Frivolités

DE LA MÊME AUTEURE

L'Esclavage raconté à ma fille, Bibliophane, coll. « Les mots à cœur », 2002 ; Philippe Rey, 2015 ; Points, 2016.

Une campagne de folie : comment j'en suis arrivée là, entretiens avec Elizabeth Drévillon, First, coll. « Documents », 2002.

Rendez-vous avec la République, La Découverte, coll. « Cahiers libres », 2007.

Égalité pour les exclus : le politique face à l'histoire et à la mémoire coloniales, Temps Présent, 2009.

Mes météores : combats politiques au long cours, mémoires, Flammarion, 2012 ; J'ai lu, 2014.

Paroles de liberté, Flammarion, coll. « Café Voltaire », 2014.

Murmures à la jeunesse, Philippe Rey, 2016 ; Pluriel, 2017.

Nous habitons la Terre, Philippe Rey, 2017 ; Points, 2020.

Baroque Sarabande, Philippe Rey, 2018 ; Points, 2019.

Nuit d'épine, Plon, 2019 ; Points, 2020.

Gran Balan, Plon, 2020 ; Points, 2021.

Ces morceaux de vie… comme carreaux cassés, Robert Laffont, 2021 ; Pocket, 2022.

Christiane Taubira

Frivolités

Robert Laffont

ISBN : 978-2-221-26672-4
Dépôt légal : janvier 2023
Éditions Robert Laffont – 92, avenue de France, 75013 Paris

À Dinah
Marion
Evaëlle
Aux autres
Pour qu'il n'y en ait plus d'autres

« Une critique de la violence peut avoir pour objet la représentation des rapports de cette violence au droit et à la justice. Car une cause, de quelque manière qu'elle agisse, ne devient violence au sens prégnant du mot que lorsqu'elle intervient dans les rapports moraux. La sphère de ces rapports est définie par les notions de droit et de justice.

[...] deux formes de violence habitent une autre institution de l'État moderne, la police. C'est certes une violence employée à des fins légales (avec droit de disposition) mais en même temps munie du pouvoir d'étendre cette violence dans de larges limites (avec droit d'ordonnance). »

Walter Benjamin, *Critique de la violence*
(traduction de Nicole Casanova)

« Les barbares, nos semblables
Ont toujours pissé sur les merveilles. »

Abdellatif Laâbi, *L'Arbre à poèmes*
(traduction de Françoise Ascal ;
Gallimard, 2015)

Before the play

La plupart des scènes, toutes celles qui constituent des dialogues (hormis le premier), se tiennent sous un chapiteau, lui-même installé sur une place passante. Des séquences de vie de tiers inconnus – personnes traversant en discutant – s'insèrent comme des ponctuations, soit de monologues, soit de dialogues, momentanément interrompus.

Une jeune femme, dans la vingtaine, de type amérindien, traverse lentement la scène et s'installe à califourchon sur un tambour Yongwé. Elle est enceinte.

Elle est suivie à intervalles irréguliers d'autres femmes qui traversent en se présentant et soit regagnent les coulisses d'en face, soit s'installent, occupées à quelque activité, en un lieu de la scène ; ces femmes ont des phénotypes qui représentent les cinq continents.

*Cette succession d'entrées doit être ordonnée en une chorégraphie audacieuse ; de même, de courtes pièces de chorégraphie seront présentées entre deux scènes, quand ce sera mentionné – références : Blanca Li, Anne Teresa de Keersmaeker, Alvin Ailey (*Revelations*), Pina Bausch (*Barbe-Bleue*), Trisha Brown, Maya Deren, Bouchra Ouizguen (*Corbeaux*).*

Nina Simone : Ain't Got No.

Puis, tomber de rideau et, en prologue, Sequoyah, vêtue d'une tenue traditionnelle amérindienne, déclame son premier monologue.

Quand le rideau se lève, peu après, douze femmes sont installées sur scène ; très occupées pour la plupart (tâches domestiques ; affairement professionnel ; une femme est penchée sur une radio, jouant avec les boutons ; une autre est plongée dans une encyclopédie volumineuse ; une femme paraît rêveuse).

Sequoyah entre en scène et la traverse, en prononçant sa phrase : « Le temps s'est déchiqueté. » Elle s'arrête, songeuse, puis s'installe, un sanpulah devant elle ; elle en tire des sons amortis.

***

Mis à part cette séquence d'ouverture où les treize femmes se trouvent sur la scène, et celles du Chaudron savant où elles sont sept, il n'y aura jamais plus de quatre ou six femmes en conversation sur scène. Chaque femme doit porter une tenue très caractéristique afin de faciliter son identification (notamment lorsque ses répliques sont à contre-courant de son personnage).

Durant certaines conversations, le jingle de la radio retentit. Quelques mots. Puis une femme commente l'intempestivité de cette radio. Les femmes sur scène intègrent la radio dans leur conversation, en commentant l'actualité, ou l'éteignent.

Cette radio, au son grésillant mais à la voix claire, traite, toujours en trois ou quatre phrases maximum, ses sujets d'actualité.

Souvent, une femme se tient au fond du chapiteau, les mains parfois occupées ; elle fredonne des airs très connus, sans paroles ; ou rêvasse.

Pendant le déroulement de la pièce, les activités varient : mortier et pilon (manioc ; feuilles ; awara, etc.).

Épisodiquement, fond musical.

Profils des principaux caractères

I – Sequoyah

Jeune femme amérindienne *(premier monologue en tenue traditionnelle)* ; pour ses autres expressions, sa tenue vestimentaire est indiquée à chaque fois

II – Gwendolyne

Jeune femme bushinengue *(premier monologue en tenue traditionnelle)*

Grande tonicité dans la voix lors des monologues

(N. B. : tenue différente pour le deuxième monologue)

III – Tadéa

Jeune femme créole *(premier monologue en tenue traditionnelle)*

Ton parfois moqueur, entrecoupé de colère

(N.B. : tenues différentes pour le deuxième monologue et le dialogue à trois)

IV – Inaya

Jeune femme très coquette, soucieuse de son apparence

Première présence sur scène : occupée à arranger sa coiffure ou à se maquiller (apparence de frivolité)

V – Sayna

Paraît très blasée, avec souvent des commentaires décalés

VI – Véra

Plutôt caustique ; prodigue en références historiques ou culturelles

VII – Faiza

Enjouée mais assez remontée contre l'impunité (violences sexistes et sexuelles)

VIII – Solavi

Très remontée contre l'impunité (violences contre les enfants)

IX – Célia

Participe aux conversations, tout en exerçant une vigilance sémantique

X – Keshia

Agit par moments comme si elle était préposée à la radio

XI – Solomiya

C'est la maman d'Olivia ; elle est au centre de l'intrigue ; elle sera assez peu présente et souvent commentée ; n'est pas très active sur scène

XII - Dihya
Plutôt incisive, sans agressivité

XIII - Kayla
Coryphée moderne (avec, parfois, une petite chorale de trois voix supplémentaires)

Auto-présentation des personnages

Lors de l'auto-présentation des personnages, à son tour, juste après Solomiya, Olivia parcourt la scène, sans rien dire. Elle commence par un grand cercle qu'elle refermera en spirales décroissantes. Elle paraît distraite. Elle remonte les spirales vers l'extérieur puis quitte la scène côté cour.

Sequoyah

« Peuples premiers »... disent-ils. Nos filets de voix enflent... insuffisamment

Gwendolyne

L'Afrique en diaspora demeure-t-elle ? Est-elle elle-même, est-elle autre ?

Tadéa

Forcées au contact, les cultures changent-elles en échangeant ? Se perdent-elles ?

Solomiya

Je suis Solomiya. Je tiens mon prénom des Dakh Daughters. Je suis la maman d'Olivia

Inaya

Je m'appelle Inaya. Je suis une sociable manquée

Solavi

Dans mon ventre jeune, la rage… sans désespoir. Adieu Corneille

Faiza

Il ne faut pas atermoyer. C'est le pouvoir qui fait, c'est par le pouvoir qu'on défait

Dihya

Ce n'est pas parce que je ne piaffe pas que je ne trépigne pas

Sayna

J'essaie le flegme, c'est assez peu convaincant. Alors, je rue

Célia

On le cite à tort et à travers, mais Camus a vu juste : il faut bien nommer les choses

Véra

Les historiennes nous aident bien, mieux que des béquilles

Keshia

Le monde est imbuvable, mais c'est le nôtre… La poésie, un peu, débarbarise… un peu

Kayla

Je suis Kayla, la Coryphée. Ce titre trépigne d'être reconnu en son genre féminin

Les trois choristes

(D'une même voix.)

Nous sommes les voix qui portent le chœur

Musique

Un quatuor est installé en permanence en flanc de scène, visible par le public : flûte des mornes + percussion + contrebasse + oud. S'y ajoutera un bandonéon pour la scène avec le tango. Une prestation de washboard aura lieu lors du dialogue sur l'endométriose. Et un solo de kora accompagnera le dernier monologue de Kayla, la Coryphée.

PLAYLIST

Les morceaux qui seront joués (pour les chants, la Coryphée et ses deux choristes se placeront, selon le moment, tout près du quatuor ou à un autre point de la scène, y compris éventuellement en devant de scène) :

— Nina Simone : *Ain't Got No* + *She Doesn't Know Her Beauty*

— Josy Masse : *O Banisso*

— Marijosé Alie : *Eva*

— Mayra Andrade : *Pull Up* (par Kayla et le chœur)
— Anne Sylvestre : *Les gens qui doutent*
— Barbara Hendricks : *Requiem* de Gabriel Fauré
— Casey : *Ennemi de l'ordre*
— Sidi Wacho : *Bordeliko*
— Édith Piaf : *L'Accordéoniste* (« La fille de joie est belle »)
— Sarah Vaughan : *Fever*
— Aretha Franklin : *I Say a Little Prayer* (fredonné)
— Viktor Lazlo : *An sèl soléy*
— Garifuna Nuguya (Je suis Garifuna) de Belize
— Baka (« Pygmées ») : *Ima Gati*
— Christiane Eda-Pierre : *Erzsebet* de Charles Chaynes
— Whitney Houston : *I Will Always Love You*
— Anne Paceo : *Wide Awake in SHAMANES*
— Chick Corea : *Light as a Feather*
— Leyla McCalla : *Pays sans chapeau*
— Nèg Marron : *Laro Camopi*
— Kalawang : *Péyi an danjé*
— Sona Jobarteh : *Mamamuso (kora)*
— Ustad Mahwash : *Écoute le ney* (flûte et percussion + voix)
— Nougaro : *Tu verras*
— Reggae instrumental : *Positive Vibration*
— James Brown : *It's a Man's World*
— Henri Salvador : *Le lion est mort ce soir* et *Une chanson douce*
— Barbara : *Göttingen*
— Kalawang : *Péyi an danjé*
— Jacques Brel : *Le Plat Pays*
— *Twinkle Twinkle Little Star*

Acte premier

Scène première

(Sequoyah est coiffée de deux longues tresses, le front ceint d'un joli bandeau de perles ; une cape ankisa est posée sur ses épaules ; elle porte une saya, robe à franges de coton blanc avec des pompons de cent couleurs ; elle a des mocassins aux pieds ; aux poignets et aux chevilles, des bracelets de graines tonnerre tintinnabulent.)

Sequoyah

(Monologue de l'Amérindienne.)

Le temps s'est déchiqueté
On n'a plus la main sur rien
Ils parlent de nous
Pour nous… parfois
Sans nous…
Souvent
Ils parlent partout
Dans des livres
Et des revues
Des parlements

Et des colloques
Dans des journaux aussi
Ils parlent de nous
Sans nous
Certains disent que nous sommes gentils
Je n'ai jamais compris
Sommes-nous à ce point pareils
Ressemblants et remplaçables
Interchangeables
Insignifiants donc
TOUS gentils
Ou méchants
TOUS
Distraits
TOUS
Ou paresseux
TOUS
Joyeux
TOUS
Ou indolents
TOUS
Belliqueux
TOUS
Ou nonchalants
TOUS
Cruels
TOUS
Ou crédules
TOUS
Ou habiles
TOUS

Ou fragiles
TOUS

C'est drôle
Pour de bon
Car nous n'avons cessé de varier
De nous distinguer
Dans nos mœurs et nos routines
Ces habitudes millénaires
Les mieux ancrées
Les bien amarrées
Les moins enracinées
Nous avons pris goût
Depuis longtemps
À nous renouveler
Dans tout
Nos traditions
Nos apparats
Ceux des jours ordinaires
Ceux des cérémonies
Les tatouages du mariage
Les scarifications de deuil
Les ornements de fête
Pour les changements de lune
Les équinoxes
Les grandes marées
Jusque dans la superstition
Nous mettons des humeurs
Des préférences
Des élans
Des toquades

Des lubies
Des fantaisies
Du sacré

Nous avons tenté de parler nous-mêmes
...
Nous avons beau hurler
Nos cris finissent
En vains chuchotements
Nos agacements las
Trépignent
En dérisoires grincements
Nos exaspérations suent
Nos voix s'enlisent
C'est ainsi depuis des lustres
Depuis la nuit des temps
...
Le temps s'est déchiqueté
Il a largué quelques lambeaux au vent
Nous sommes des indices
Des brisées de nous-mêmes
La trace
Le bourgeon

Le temps s'est déchiqueté
Ils n'entendent guère davantage notre cri d'aujourd'hui
Certains tendent l'oreille
Elle ne bourdonne que du passé
Alors, ils s'attendrissent

S'extasient
Sur les paroles de nos chefs d'antan
Sur le discours de Sitting Bull
1875
Sur celui du chef Seattle
1854
Une sagesse d'antan et de jadis
Du temps d'avant le magnéto à bandes
Du temps d'avant le Nagra
D'avant le magnéto à touches
À touches et à cassettes
K7 !
Pourtant
Voyez
Comme ils tendent l'oreille
Mettent les mains en coupe
Que recueillent-ils ?
L'écume
La mousse que traîne la parole
Que la glace a coincée sous la roche
Mots refroidis et figés
Du ciel qui pleure
Sur notre malheur
Des plaines assommées
« Des vallées verdoyantes
Des cours d'eau murmurants
Des vallons encaissés
Des lacs et baies
Aux rives boisées »
Des sépultures abandonnées
… la vie selon le cycle fatal et abrutissant

Du soleil et des saisons
...
Nous non plus
Nous ne sommes pas entrés dans l'Histoire

Ruth Muskrat Bronson
Malgré nom et prénom
Était amérindienne
Cherokee
Pour dire comme eux
Cherokee par son père
Et alors ?
Il arrive que l'amour se mêle à la guerre
Ruth voulait des écoles
Elle l'a dit à Coolidge
Quand il était président
1923
Elle a remis deux feuillets de discours
Ils ont jauni
Qui s'en souvient ?
Le discours grogné des hommes
Leurs mots incertains et imprécis
Traversent le temps
Le discours écrit d'une femme
Sa pétition ferme
Disparaît de la mémoire
Dans tous les schémas
Les femmes passent à l'as
Tant de clichés à remonter
Quand ils cherchent des tribus
Aux dents limées

Aux oreilles ciselées
Au nez percé

Le temps s'est déchiqueté
Il a dispersé nos effluves

Ah ! je disais
Qu'ils n'entendent pas nos paroles d'aujourd'hui
Moins sentimentales
Que la biche blessée sentant approcher le chasseur
Ou le cri solitaire de l'engoulevent
Ou le froissement des ailes d'un insecte
Nos paroles
Moins telluriques
Que les flancs de montagne sanctifiés
Et les feuilles qu'on entend se dérouler au printemps
Nos paroles
Moins lyriques
Que l'impossible solitude parmi nos morts qui toujours et partout nous accompagnent
Nos paroles ne percent pas
Nous sommes fétus
Comme dans ces westerns
Où on nous extermine
Comme la vermine

Ce que je dis n'est pas juste
Pas tout à fait
Certains font l'effort de laisser frayer
La parole amérindienne

Contemporaine
Celle des jeunes, un peu
Celle des Vieux
Si elle s'aventure
Dans leur langue et leur langage
Leurs pays et leurs codes
Leurs institutions leurs procédures
Ah ! quelles enjambées
N'a-t-il accomplies
Le chef Raoni
Depuis l'Amazonie
Jusqu'à la CPI !

On a déchiqueté le temps

Nous sommes les premiers sur nos terres
Aujourd'hui les derniers
Bouleversants prisonniers
D'un patrimoine sacré
Dispersés sommes-nous
D'une pointe du monde
Aux confins de la Terre
Essayant de dire « Nous »
De nous dire nous-mêmes
Tels que nous sommes
Indiens tamoyo
Parlant tupinamba
Vrais Bororos
De Kejara
Faux Oyaricoulets
D'esprits fiévreux

Du Mato Grosso
À la terre des Mapuches
Des Iñupiat d'Alaska
Aux Mowanjum clairsemés
Nous
Obstinés à survivre
Par l'esprit wandjina

Est-ce parce que nous ne venons pas
D'une civilisation impérieuse ?

Scène II

Sequoyah

(L'Amérindienne qui vient de prononcer le premier monologue ; rondement enceinte.)

Le temps s'est déchiqueté !

Dihya

Et toi, tu fais un enfant dans ce monde !? Tu le protèges comment ?

Kayla

La Terre n'est plus ronde. Elle n'est plus bleue comme une orange. Tout se dissout s'évapore. La Terre débagoule nos excès, notre immodération, nos débauches ! Oui Dihya, comment protéger un enfant ?

Sayna

Le temps ? le temps ! le temps qu'il fait ou le temps qui court ?

« Qui dit encore que le temps ne m'appartient pas

Moi qui m'étrille à même l'échine du soleil
Et le baise et l'embrasse de ma langue de flamme... »

Faiza

C'est étrange, non ? C'est toi qui dois protéger ton enfant ? C'est quoi, cette cité ?

Véra

C'est vrai, quoi ! Tu le protèges au berceau, d'accord. Avant la garderie aussi, d'accord. Et encore, c'est pas toute femme qui peut. Mais à partir de la garderie, tu fais comment pour le protéger ? Tu l'as plus !!!! Il est plus entre tes pattes. C'est la SÔSYÉTÉ qui s'en occupe...

Solavi

Et aussi mal qu'elle peut !

Célia

Tu vois, les plus civilisés ne sont pas ceux qu'on croit !

Tadéa

C'est ça, tout cru ! C'étaient quoi, ceux qui faisaient Amargi ? des sauvages ? Tu paries, maint'nant, on dirait que ce sont des irresponsables ou des ignorants. Des Tsipras, quoi !

Keshia

Des Varoufakis, plutôt !

Inaya

C'est ça ! vous-mêmes, malgré quoi et quoi, vos références, ça reste des hommes ! encore des hommes ! toujours des hommes !

Gwendolyne

Pas d'not' faute si c'est eux sur la scène, sur la croupe du cheval, au gouvernail et à la manœuvre !

Solomiya

On fait avec ce qu'on a ! Pas d'not' faute si c'est un monde d'ogres. Les hommes comme les femmes. Les Thatcher, les Golda Meir, Indira Gandhi, ou même Sirleaf un peu

Solavi

C'est bien vrai. Sirimavo n'était pas pire mais pas tellement mieux. Il y a Dilma Rousseff qui les sauve un peu ! Elle, ce n'était pas le même genre

Inaya

Le problème, c'est le pouvoir ! Quand les femmes y vont, qu'elles le prennent tel quel, c'est lui qui les prend. Pour survivre, elles s'endurcissent. Elles bandent !

Solavi

Eh Sayna, tu le sors d'où, ton morceau de poème ?

Inaya

Des mots pareils, je suis sûre que c'est une poétesse. Une femme à toupet. J'allais dire une femme à couilles, mais vous allez me renvoyer mes propres paroles. Et vous aurez raison. C'est ça notre drame : on a beau être lucides, on glisse dans leur piège dès qu'on se relâche un peu

Gwendolyne

Ah ! c'est fatigant la lutte ! La *lotta continua* jusqu'à *la victoria siempre. Viva El Che !*

Inaya

Et voilà… en plus du mélange des langues, encore un homme !

Keshia

C'est la vigilance qui est fatigante, plus que la lutte ! la lutte est gratifiante. Quand tu te bats sur des causes claires, tu sais pourquoi tu en baves, pourquoi tu te fâches avec les gens que t'aimes, pourquoi tu deviens intolérante, pourquoi…

Solavi

Oh mémé, tu nous lâches ! On a besoin de futilités, des fois…

Célia

Et toi, Sayna, arrête de nous faire cuire. Tu dis ou tu n'dis pas pour le poème ? Parlez maintenant ou taisez-vous à jamais !

Keshia

Elle est quand même virile, cette formule ! ça met un drôle de sceau sur un mariage. J'ai l'impression que, moi, d'entendre ça, j'aurais une sorte de frisson courant dans ma colonne vertébrale

Solavi

Comme tu dis ça, c'est vrai ! ça me rappelle *Shining*, le film de Kubrick

Sayna

C'est pas une histoire de mariage, ça !

Solavi

Non, mais, sais pas pourquoi, cette sommation : « Parlez maintenant ou taisez-vous à jamais », ça me fait le même effet

Sayna

Je crois que tu aimes bien te faire peur. *Shining* n'a rien à voir

Solavi

Mais Nicholson est trop puissant

Keshia

J'aime beaucoup cet acteur, mais il me fait vraiment bizarre. Depuis *Vol au-dessus d'un nid de coucou*

Solavi

J'approuve ! T'as pas l'impression qu'il joue. Au lieu qu'il tienne un rôle, tu dirais que le rôle le raconte, lui

Gwendolyne

C'est ça, un immense acteur

Inaya

Et une fois de plus, vous n'avez rien à dire sur les immenses actrices

Solavi

Attends, t'es bonne, toi ! on va pas enterrer les génies parce que ce sont des hommes !

Inaya

On n'les enterre pas, on constate !

Solavi
La conversation est partie sur un film, c'est tout. Nicholson est remarquable, il est remarquable ! Point

Inaya
C'est pas ça le sujet. Le sujet c'est que chaque fois que vous avez besoin d'une référence, c'est un homme qui vient !

Véra
(D'abord, fredonne It's a Man's World *de James Brown, puis :)*
D'un point de vue, c'est vrai. Il y a des actrices remarquables à la pelle, Monroe, Bergman, Hepburn, les deux, Dietrich. Et Viola Davis et Janelle Monáe et Lupita Nyong'o. Ces dernières sont jeunes et déjà époustouflantes. Et Deneuve, Huppert, Maïga, Casta... Ajoutons Oprah Winfrey, même si elle ne joue pas souvent

Inaya
Je note simplement que, dans vos conversations, ce ne sont pas elles qui arrivent en référence...

Solavi
Tu veux dire qu'on fait exprès ?

Faiza
Mais non, elle veut dire que vous êtes aliénées aux hommes

Inaya
Pas du tout ! Je me contente d'observer que les conversations mènent irrémédiablement à eux

Faiza

Et c'est pas de vot' faute. C'est ainsi que le monde roule

Sayna

Attends, on peut reprendre. On peut essayer. Cette histoire de mariage et de frisson, on aurait pu penser à *La Veuve noire*, pas l'araignée qui bouffe son mâle, le film, ce beau film avec Jeanne Moreau, sublime

Solavi

Mais non ! tu confonds avec *La mariée était en noir* !

Sayna

Ah ouais, zut ! Résultat j'ai l'air con avec mon jeu de mots à la noix sur l'araignée

Solavi

Disons association d'idées, parce que Jeanne Moreau va tisser une toile d'araignée pour venger son mari

Gwendolyne

Enfin, on ne va pas en plus prendre sur nous le fait que les hommes ont tout envahi, qu'ils sont plus nombreux au cinéma, au théâtre et partout ailleurs !

Inaya

Y a qu'à les virer de partout !

Faiza

Toi, au moins, t'es radicale !

Inaya
Oh oh gaspille pas les mots !

Faiza
Eh ben bon, quoi encore ?!

Inaya
Virer les hommes de partout, ce n'est pas ça être radicale

Faiza
Ah bon ! on peut faire pire que les virer ?! Quoi ? Les émasculer ?

Inaya
Ne sois pas vulgaire !

Faiza
Sais pas, moi, sais pas comment faire pire que les virer de partout…

Inaya
Être radicale, ce n'est pas faire pire, c'est faire juste, faire ce qu'il faut où il faut

Solavi
C'est nouveau, ça ! Je croyais que « radical », c'était « pas de quartier ». Or virer les hommes de partout c'est plus conforme à « pas de quartier » !

Inaya
Si tu les vires de partout, que tu les remplaces par des femmes, et qu'elles font les mêmes conneries ou les mêmes saloperies qu'eux – ça s'est déjà vu, et plus souvent que toujours –, tu auras changé quoi ?

Gwendolyne
Ben, déjà les femmes ont le droit de faire des conneries, non ?

Inaya
Sans doute ! mais le progrès, ce n'est pas remplacer les saloperies masculines par des saloperies féminines

Faiza
(Dans un éclat de rire.)
On a bien le droit, enfin, de mettre la pagaille nous-mêmes ?

Inaya
Et tu crois que ça vaut la peine de se fatiguer à virer les hommes pour ça ?

Faiza
Je te rappelle qu'on a commencé sur la radicalité

Inaya
Justement !

Faiza
Alors, dis-moi comment tu fais radical sans tout chambouler

Inaya
Moi, je chamboule pour de vrai et pour de bon

Faiza
Ah ouais ! Et sans virer les hommes !

Inaya
Il ne suffit pas de les virer pour changer la société

Solavi
C'est quand même un bon début !

Inaya
Pour la rancœur, peut-être. Pour le mieux-vivre, pas sûr !

Sayna
Ah, c'est du mieux-vivre que tu cherches !

Inaya
Tout bêtement, oui. Sinon je ne vois pas à quoi peut servir la radicalité

Sayna
Ah ben, fallait dire. Donc toi, c'est la radicalité politique ! En effet il ne suffira pas de virer les hommes, il faut monter les bas salaires, plafonner les dividendes, interdire la chasse à courre, contrôler les pesticides, alléger les abattoirs, réduire le temps de travail *(jusque-là sur un ton chantant, les périphrases ayant sept pieds chacune ; changer de ton pour la suite)* et plus sérieux encore, augmenter les minima sociaux, baisser les loyers et les charges, prolonger les indemnités chômage…

Inaya
Non ma chérie, ça non plus, ce n'est pas de la radicalité, c'est de la pacotille !

Solavi
Houlaaa !

Inaya

Oui, ça, ce ne sont que des aménagements. Un compromis avec le système qui écrabouille

Véra

Hou la la la propriété, c'est le vol. Karl Marx *dixit*

Célia

Tandis que son beau-fils Lafargue revendique le droit à la paresse

Dihya

Et encore des meeeeecs !

Faiza

Putain le piège ! Mais purée ! on est cernées ! Elle n'a rien dit sur tout ça, Rosa Luxemburg, par exemple ? Ou même Simone de Beauvoir ? Ou encore, sais pas, moi, Dalida n'a pas chanté une ritournelle sur ça ?

Inaya

Votre quête est vaine, mes sœurs. Ce n'est ni un panthéon qu'il faut dresser ni un musée qu'il faut garnir. C'est le chemin de vos filles qu'il faut ouvrir

Faiza

Pardon et merci madame, mais ce chemin, on l'ouvre tous les jours. Déjà en les envoyant à l'école. Ensuite, en en bavant nous-mêmes tous les jours !

Inaya

En baver n'est pas un art de vivre

Solavi

Ça, c'est bien vrai !

Véra

Peut-être ! mais c'est une façon de survivre !

Inaya

Justement. Ça ne peut être une raison de vivre

Solavi

Alors Sayna, tu nous dis pour ce poème ? Qui a écrit ces choses hardies et débraillées ?

Véra

Moi aussi, j'aime cette crânerie fulminante

Sayna

Eh eh elle vous plaît ?! Quelle belle effrontée, en effet cette Thésée ! Elle s'appelle Thésée, Lucie Thésée. Martiniquaise. Elle a été élève de Césaire. Et on le dit toujours moins, de Suzanne Roussy aussi, l'épouse de Césaire

Solomiya

(Elle entre sur scène en parlant, sans considérer la conversation en cours.)

Oh les filles, je suis juste passée vous dire de ne pas m'attendre à la prochaine séance du Chaudron savant. J'ai rendez-vous le même soir, à la même heure avec le principal du nouveau collège de ma fille

Faiza

(Taquine, adoptant un air complice.)

Oh oh ! un rendez-vous en soirée !

Solavi

Toi, tu n'peux pas t'empêcher !

Faiza

Ben, c'est le bon sens et l'expérience qui ne peuvent s'en empêcher ! Qu'est-ce qui l'empêche de te recevoir en journée ?

Solomiya

L'urgence, tout bêtement ! Et il ne me reçoit pas en soirée, mais juste après les cours. Seulement, je vais avoir plus d'une heure de trajet pour rentrer. Voilà pourquoi j'arriverai trop tard au Chaudron savant. Vous allez donc faire la recette, la discussion culturelle et le texte pour le livret sans moi

Solavi

Mais dis-moi, ta fille change d'établissement ? Elle était déjà au collège l'an dernier ?!

Solomiya

Oui elle change d'établissement. Du moins, elle va changer, il ne pourra l'admettre qu'au prochain trimestre. Et je peux te dire, ça n'a pas été sans peine ! Je me demande comment font tous ces gens qui contournent la carte scolaire. Pour moi, ça a été la croix et la bannière. J'ai dû m'arranger avec une amie qui m'a fait un faux certificat d'hébergement

Faiza

Et pourquoi tous ces tracas ? Si tu n'as pas vraiment déménagé, pourquoi ta fille change de collège ?

Solomiya

Elle n'en pouvait plus ! Elle me demandait ça depuis la fin du premier trimestre

Solavi
En pleine année scolaire ? Un caprice ?

Solomiya
C'est ce que je lui ai dit. Surtout qu'elle avait plutôt de bonnes notes. Ce n'était pas le pinacle, mais c'était très convenable

Solavi
Alors ?

Solomiya
Alors elle m'a dit qu'elle n'en pouvait plus de l'ambiance, que c'était lourd…

Faiza
Harcèlement ?

Solomiya
C'est ce que je lui ai demandé. Tu penses bien ! Elle m'a dit non, mais qu'elle ne se sentait pas bien dans ce collège, et qu'elle n'était pas arrivée à se faire des amis

Solavi
Même pas UNE amie ?! Ou un copain ?

Solomiya
Étonnant, hein ?

Faiza
Et t'es sûre qu'elle n'était pas harcelée ?

Solomiya

Écoute, ma fille et moi, on se parle franchement. Je pense qu'elle me l'aurait dit. Elle affirme que non. Moi, je ne flique pas ses réseaux sociaux ni son journal intime. D'ailleurs, comme je lui ai répondu, elle n'a pas le profil d'être harcelée

Inaya

Ah ! parce qu'il y a un profil, tu crois ?

Solomiya

Ben, elle ne porte pas de foulard, pas de jeans serré, pas de jupe courte, pas de crop top ; elle n'est pas lesbienne, elle n'est pas grosse ; elle n'est ni la première de la classe ni la cancre, ou cancresse, sais pas comment on dit pour les filles ; elle n'est même pas rousse. Elle n'est pas trans ! Son prénom est discret, Olivia. Elle ne bégaie pas. Elle n'a pas un nom à coucher dehors. Elle n'est pas handicapée. Elle n'habite pas dans une roulotte. Et comme je lui ai dit, ça ne se voit même pas qu'elle est métisse

Solavi

Ah ! Ta fille est métisse. Ce n'est pas l'ado réservée que je connais alors ?

Solomiya

Si ! C'est ma seule enfant. Tu vois, toi, si proche de nous, tu ne vois pas qu'elle est métisse. Son père lui-même était déjà très métissé, au sens de la peau claire, il est sénégalo-libano-polonais

Solavi

(Riant fort.)

À force, ça s'efface !

Véra

C'est comme les vêtements de couleurs exposés à la pluie et au soleil ha ha ha !

Dihya

Pour le coup, le soleil assombrit la peau, mais il fait le contraire aux vêtements, il les éclaircit ! C'est pour ça que je ne comprenais rien ni à la chimie ni à la physique au lycée

Véra

Tu sais y a des tas de choses que la science n'explique qu'approximativement ? Et ça dépend des sciences. À l'époque de l'esclavage, dans certaines familles, on connaissait des moments de grande panique. À la naissance d'un nouvel enfant. On assistait parfois à une espèce de retour d'origine. Un bébé tout blanc naissait dans une famille toute blanche, avec une tache bleue sur le corps, souvent sur le haut des fesses. C'était la preuve irréfutable d'un gène nègre, à une branche quelconque de l'arbre généalogique. Épouvante, désarroi, consternation. Avant le sauve-qui-peut. La famille de la femme accusant la famille de l'homme et vice versa

Faiza

Sais pas si ton histoire est vraie, mais je la trouve plutôt savoureuse

Véra

Elle est vraie, oui. Et ce n'est pas une histoire, ce sont des situations. Il y a quelques romans, en français ou en américain, qui racontent ces drames familiaux

Solavi

Cette histoire de cacher des origines noires, lorsque la couleur s'est bien estompée…

Véra

Aujourd'hui encore d'ailleurs. Et des histoires vraies, pas seulement des romans sulfureux à la Boris Vian, genre *J'irai cracher sur vos tombes…*

Solomiya

Vous êtes incorrigibles, les filles ! On dit un mot devant vous, et c'est comme si on tirait une pelote, c'est interminable

Kayla

C'est vrai ! Ces filles-là, ce sont des voyageuses !

Solomiya

C'est parti de l'histoire que le père de ma fille est déjà un métissé pâle

Faiza

Et que ça se voit encore moins sur ta fille

Solavi

Et que ça n'peut pas être un motif de harcèlement

Keshia

Vu que ta fille Olivia n'a aucun défaut qui serve de motif au harcèlement

Inaya
Excusez-moi de me mêler, les filles, mais franchement, c'est pas supportable, ce que vous racontez !

Solomiya
Comment, c'est pas supportable ! C'est la vérité, ce que je dis là !

Inaya
La vérité n'a rien à voir. Tu ne te rends pas compte ! Tu viens de débiter une série d'horreurs !

Solomiya
Moi, j'ai dit des horreurs ?!

Inaya
Attends ! Tu nous as dressé une liste de prétextes à harcèlement. Tu justifies !

Solomiya
Comment je justifie ?! Mais tu es folle !

Inaya
Et Keshia qui, en plus, parle de « motif » de harcèlement

Keshia
C'est quoi ce **truc** de pinailler sur « motif », « prétexte », « cause », que sais-je ?

Inaya
Mais la différence est énorme, colossale, abyssale !

Dihya
Attends, c'est parti pour un cours Larousse ?

Solomiya

Je suis estomaquée de voir le cancan que tu soulèves parce que j'ai dit que ma fille Olivia n'a pas le profil pour être harcelée. C'est une enfant intelligente, douce et serviable. Elle était même rieuse pendant sa première année dans ce collège. Comme elle s'est ternie au fur et à mesure, je lui ai demandé si elle était harcelée. Je raisonne et je pose des questions. Je ne comprends pas que tu me tombes dessus

Inaya

Ma chérie, c'est toi qui ne réalises pas l'hérésie que c'est ! Tu dis : « Elle n'est pas grosse, elle ne porte pas de crop top... » Non mais ! On a le droit de harceler les grosses ?!

Solomiya

Mais enfin, ça n'a rien à voir avec ce que je dis !

Inaya

Ah si ma très chère ! C'est en plein cœur de ce que tu dis

Dihya

À l'insu de son plein gré, quoi

Solomiya

Écoute, franchement, tu dérailles. Excuse-moi de te le dire gentiment

Inaya

Tu peux même me le dire méchamment !

Solomiya
Bon, excusez-moi les filles, je suis obligée de filer

(Solomiya s'en va.)

Faiza
Tu exagères, quand même, Inaya !

Inaya
Comment j'exagère ?! Elle nous débite une litanie comme une liste de courses, qui explique pourquoi d'autres gamines sont harcelées : grosse, lesbienne, foulard, crop top… c'est de la folie furieuse !

Faiza
Ce n'est pas du tout ce qu'elle a voulu dire !

Inaya
C'est pourtant ce qu'elle a dit

Solavi
Elle se fait du souci pour sa fille, c'est tout !

Inaya
C'est pas comme ça qu'elle peut la protéger !

Dihya
Enfin, tu ne vas pas douter de son amour maternel !

Inaya
Ce n'est pas le sujet !

Faiza
Tu l'accuses de ne pas la protéger

Inaya
Je ne l'accuse pas, je l'alerte !

Dihya
On ne peut pas dire que tu pratiques la méthode douce…

Inaya
Y a pas de place pour la douceur, dans tout ça !

Faiza
Charmant ! C'est amical, ça !

Inaya
C'est en effet très amical. Il faut beaucoup beaucoup d'amour pour prendre le temps d'expliquer alors qu'il est plus que temps de tout foutre en l'air

Dihya
Charmant !

Inaya
Ma chérie, ce n'est pas une conversation mondaine. Le harcèlement détruit. Le refus doit être absolu. Pour les siens et pour les autres

Faiza
Enfin ! Tu ne vas pas soupçonner Solomiya d'égoïsme !

Inaya
Je n'accuse pas Solomiya, je ne la soupçonne pas. Je parle pour nous toutes. Je dis que nous devons bannir ce genre de raisonnement qui, même inconsciemment, prêche l'accommodement

Solavi
C'est rude, ce que tu dis là !

Inaya
Beaucoup moins rude que tous ces minuscules arrangements qui vous rendent complices de ce « monde de pestilence »

Célia
C'est ça qu'est chouette avec toi : la nuance !

Inaya
Parce que toi, tu ne prends pas l'odeur ? Ce monde pue, ma chérie, il pue. Il pue, il pue et il gronde ! Et ceux qui n'en peuvent plus braillent. Ce monde est un désastre

Faiza
Foutons-le en l'air, alors !

Toutes en chœur
Hummmmmmmmmmmmmm

Inaya
(Tranquillement.)
Le mettre en ordre devrait suffire

Véra
D'après Léo Ferré : « Le désordre, c'est l'ordre moins le pouvoir »

Dihya
Et tandis que vous jacassez gentiment, mesdames, nous piétinons, pire, nous négligeons car nous

n'avons toujours pas décidé quelle stratégie nous adoptons dans cette affaire

Faiza
Cette affaire… ?

Dihya
Cette affaire de cités odorantes !

Faiza
Ah ! Bon, il faut une stratégie… ma foi

Inaya
Dihya a raison. On obéit ou on subvertit

Solavi
Pas de répit ! Pas de pause ! La vie c'est la guerre !

Inaya
Pas tant que ça. On n'est juste pas obligées de marcher au pas, tout le temps

Solavi
C'est bien ce que je dis : la vie c'est la guerre

Faiza
Je suis assez d'accord qu'il vaut mieux que nous disions clairement comment nous entrons dans cette affaire

Inaya
Et surtout dans quel état nous sommes prêtes à en sortir

Solavi
Donc, mesdames les grandes stratèges, générales cinq étoiles comme les hôtels, quelles sont à votre avis les grandes possibilités de subversion sur une aussi banale opération ? C'est comme la fête des voisins, non ? il suffit de faire une liste et d'organiser, même pas besoin de s'user à glisser des tracts dans les boîtes aux lettres, l'évènement est public

Dihya
Ce qu'on disait l'autre jour, c'est que ça n'est pas si banal que ça, de nous inviter à participer à un concours de cités odorantes

Inaya
On a le droit de très mal le prendre !

Faiza
Pourquoi, ça te rappelle « le bruit et l'odeur » ?

Inaya
Si ce n'était que ça ! Il était tellement bouffon, le gars en crachant ça, qu'il en était pathétique

Solavi
Où est le problème, alors ?

Dihya
Le problème, on a commencé à l'aborder l'autre jour : qui participe ? Le maire se démène, mais il se démène surtout auprès de nous et de nos quartiers

Solavi
Tu ne vas pas te mettre à penser qu'il est malveillant ?!

Dihya
Lui, non

Inaya
Mais son subconscient, sûrement !

Dihya
Je n'irais pas jusque-là, mais je pense qu'il y a une ou deux choses à tirer au clair

Solavi
i.e., comme on écrit, c'est-à-dire ?

Dihya
Écoute Solavi, arrête de jouer les candides, on n'est pas chez Voltaire le fourbe, ici

Solavi
C'est vous qui mettez du temps à accoucher

Dihya
Parce qu'il vaut mieux qu'on mette les choses à plat, et ensemble

Faiza
Allons-y alors ! Purgeons ! C'est quand même déjà un peu douteux d'organiser un concours de cités odorantes. Ça veut dire quoi ? Nos cités sentent mauvais, ou elles sont inodores ?

Solavi
Ah tiens, moi je ne l'ai pas pris comme ça. Il y a toutes sortes de concours de toutes sortes de choses

Faiza

Ce n'est pas tant l'absurdité du concours, on en a en effet vu et entendu d'autres, en termes d'inepties

Solavi

En plus, ce n'est pas « cités » au sens de cités ou quartiers populaires, j'avais compris que c'était « cités » au sens romain

Faiza

Raison de plus ! Pourquoi l'équipe du maire nous gonfle pour y participer, au point de vouloir nous aider plus que ce qu'on demande, en laissant tranquilles les quartiers résidentiels

Inaya

Pas mal vu, vu que s'il y a des endroits où on peut parler d'odeurs, c'est bien là, l'odeur d'essence de leurs tondeuses, le chlore de leurs piscines qui vient s'évaporer jusque dans nos escaliers, la fumée de leurs barbecues qui vient nous asphyxier jusque dans le minuscule jardin d'enfants, les odeurs mélangées de leurs raclettes, et même leurs parfums de toilettes à la lavande frelatée ou amande avariée, sans parler des vapeurs de leurs mélanges d'alcools ou des remugles de leurs fosses septiques quand celles-ci larguent et trahissent leurs boyaux

Solavi

Bon, ben voilà un portrait à la Brecht !

Faiza

Alors, finalement les filles, on y participe ou pas ?

Dihya

Il me semble qu'on a déjà embarqué, non ?

Faiza

Sure! Of course! Mais comme tu disais, il nous faut définir une stratégie, et ne pas simplement nous laisser porter par un courant sans savoir où il nous mène

Solavi

Le courant du fleuve de l'opportunisme hi hi hi !

Dihya

D'où la présente mise au point... *(puis, plus bas, comme en voix off:)* Sais pas comment vous auriez survécu si on vous privait de la parole

Inaya

Il s'agit simplement de formuler CLAI-RE-MENT dans quel but on entre dans ce truc, si on y entre vraiment

Solavi

Et ça se formule comment ?

Faiza

Moi, je pense qu'il faut davantage se fixer sur « cités » que sur « odorantes »

Véra

De toutes façons, pour nous, par définition, « odorant » c'est vexant !

Inaya

Par préjugé, pas par définition

Solavi

Très juste !!!! Bon, on fait comment avec la cité, alors ?

Dihya

Je suggère qu'on profite de l'ambiance et des moyens, puisque la mairie est prête à mettre des tentes et un chapiteau à disposition, et que des éducateurs proposent bénévolement leur aide. On monte une opération pour permettre aux ados de se retrouver et…

Faiza

Je ne vois pas le rapport avec l'odorance

Véra

Bof ! On est bien d'accord que les histoires d'odeurs, pour nous, ce n'est pas à prendre ?

Faiza

De là à faire des trucs qui n'ont absolument aucccccun rapport…

Dihya

Qui dit ça ? Les odeurs, on en fait notre affaire. D'abord, ils veulent quoi ? Qu'on parfume ? Nos plantes et nos fleurs parfument déjà, même si nos balcons sont étriqués, ils sont propres, beaux, décorés et parfumés. S'ils veulent, en plus, on fait de la cuisine odorante, une tente tous les deux coins de rue, pour éviter le mélange des fumets. On ne va juste pas acheter des bougies aux parfums artificiels et donner à nos quartiers des allures de cimetières

Solavi

OK OK. Donc on transmet aux autres, et on se répartit les tâches entre petits groupes ?

Faiza

En sachant qu'on sera toutes obligées de participer à plusieurs groupes

Solavi

OK OK OK. Donc, en attendant l'installation du chapiteau, on se retrouve librement, selon nos disponibilités, chez l'une ou l'autre ou dans le local des assos ? Quelqu'un tient un planning ?

Dihya

Ah non ma chérie, on est des grandes filles, on s'organise au pied levé. Celles qui peuvent viennent quand elles peuvent. On sait que certaines ont plus de contraintes que d'autres

Inaya

Parfait. Moi, c'est bon, je peux vous retrouver dès jeudi soir. D'ici là, je dois liquider une sympathique besogne assez folle dans laquelle je me suis embarquée, sans regret : à une bande de filles on va tenter de battre des records de marathons à l'envers, avec des dossards aux noms des capitaines Carola Rackete et Pia Klemp. Ça me consolera de cet épisode sur l'odorance, comme disait Faiza

Véra

Haut les cœurs ! C'est nous qui décidons, et pour le coup oui, on va bien subvertir leur truc. S'il y a un destin féminin, c'est péter des murs et pulvériser des plafonds

Inaya

Ça fait des siècles qu'on n'a pas cessé de morfler ! Et vous voyez comment on résiste ? Avec « pimpance » comme dit Virginie Despentes

Dihya

Quant à l'odorance, ils en auront pour leurs narines. On va cuisiner sur toutes les places, et tu vas voir comme on va les tourbillonner avec du paprika par-ci, du curry par-là, harissa par en bas, muscade par en haut, gingembre à bâbord, cardamome à tribord, on va leur pirouetter la tête !

(Un groupe de cinq filles traversent la scène en exécutant des figures de hip-hop ; sous une musique de Sidi Wacho : Bordeliko.*)*

Scène III

(Gwendolyne est vêtue d'une tenue de ville, par-dessus laquelle elle a passé un pangi ; elle porte à une cheville un bracelet de graines tonnerre ; elle est coiffée de débuts de tresses qui s'éploient en une grosse touffe ébouriffée.)

Gwendolyne

Franchement, pendant longtemps, j'ai cru qu'ils croyaient vraiment à leurs bobards sur les races. Et comme ils nous ont placés tout en bas en bas en bas de l'échelle humaine, et encore, quand ils ne nous casaient pas parmi les animaux, j'étais persuadée que c'est à nous seuls qu'ils avaient fait subir d'innommables atrocités.

Jusqu'à ce que je tombe sur cette histoire de mille femmes blanches.

(Gwendolyne prend un air perplexe, se tient le menton, et déambule quelques secondes sur la scène, en diagonale.)

J'ai toujours su que je manquais d'imagination. Lorsqu'une chose est extraordinaire ou invraisemblable, il faut qu'on me l'explique plusieurs fois, puis je lis et relis, j'écoute et réécoute, ensuite je tourne et retourne les choses dans ma tête, j'attrape la migraine et chaque fois que j'y repense, j'éprouve comme un vertige. C'est ce qui s'est passé lorsque j'ai mis la main sur ce livre qui raconte comment un président des États-Unis du temps de la guerre de Sécession – d'abord, je dois vous avouer que j'ai gardé un très vague souvenir de ce cours et des cours d'histoire en général –, donc ce président qui s'appelait Ulysses Grant, avec *s* à la fin d'Ulysses, comme pour faire chic et exotique, donc ce président, expliquait le livre, a conclu un accord pour livrer mille femmes blanches contre des chevaux et des bisons offerts par le chef amérindien Little Wolf. C'est ça même : des femmes contre des chevaux et des bisons. J'en suis restée éberluée pendant des mois et des mois, vacances comprises. Les femmes, ils les ont prises pour la plupart chez les pauvres, dans des prisons et dans des asiles pour folles. Voilà ! C'était, paraît-il, pour repeupler les peuples amérindiens. Ou les métisser. Ou les greffer. Ou les diluer. Mais bon, puisque leur chef était d'accord… On sait tout ça parce qu'une de ces femmes, pauvre ou folle, pauvre peut-être mais pas si folle, a tenu un journal. C'est rigolo d'imaginer cette femme en train d'écrire. À la bougie ? Ou seulement à la lumière du jour ? Il est vrai que cette teneuse de journal était devenue femme de chef. C'est ce que raconte le livre. Tout de même !

cette femme qui tient un journal et qui raconte les guerres, les grandes palabres, les querelles, des mariages chrétiens au milieu des tipis… Ben oui, il y avait tout ça aussi dans ce temps-là et dans cet endroit-là ! Cette femme s'appelait May Dodd. Pour de vrai ! Elle raconte tout, y compris une histoire d'arsenic pour les loups ou pour les Blancs, je n'ai pas tout compris, les détails ne sont pas toujours très clairs. Mais on apprend des tas de choses. Et surtout, je réalise que c'est grâce à elle qu'on sait des choses sur cette affaire, et peut-être même qu'on en a de bonnes traces. « De première main », comme on dit aujourd'hui. Ce qui est bien, c'est que même lorsqu'ils cachent tout ou qu'ils cessent de s'en vanter lorsque la férocité n'est plus à la mode, il y a toujours quelque part quelqu'un qui a pensé à laisser des traces. Petit Poucet, c'est un rôle cosmique ! il y en a partout et de tout temps. Quand je pense à Bibi Kali'na. Elle n'a pas tenu de journal, elle, mais grâce à ce qu'elle était dans le village amérindien avant qu'on les embarque pour l'exposition universelle des soi-disant sauvages – sauvages vous-mêmes ! – au Jardin d'acclimatation, grâce à Bibi, on a gardé le souvenir de ce qui s'est fait à cette époque et le souvenir de ceux qui ne sont jamais revenus. Elle-même Bibi non plus n'est pas revenue. Tu regardes dans tous les sens, et toutes les époques, en tout cas selon la largeur de ce que je sais, c'est souvent les femmes qui embarquent ces choses-là pour les faire traverser le temps. Quant à cette tactique de ramasser des femmes chez les pauvres et dans les prisons, on se demande si ce n'était pas une recette d'époque. Je veux dire d'époques du passé. Cent ans avant cette histoire de femmes blanches pour fabriquer des enfants amérindiens, des chefs organisateurs comme eux – ceux qui ont manigancé tout ça, leurrer des pauvres ou abuser des folles – avaient fait presque pareil pour envoyer des gens soi-disant peupler la Guyane. Là, pour ce coup-ci, ils avaient mélangé : des pauvres, des pas pauvres, des femmes, des hommes, des chômeurs, des curieux, des clochards, des prostituées, des paysans ruinés, des matelots las, des cuistots sans chef, des laboureurs et des maçons, des tailleurs et des forgerons, des tanneurs et des teinturiers… Avec quelques aristos. Toute une armée de désœuvrés appâtés de France mais aussi d'Autriche, de Suisse, de Tchéquie… Une espèce de Babel flottante. Grant avait expédié les femmes-là, les pauvres et les soi-disant folles, il les avait expédiées dans le Nebraska, genre contrée polaire perdue derrière le dos du Bon Dieu. Choiseul, lui, il avait envoyé sa trâlée de pauvres et sa clique d'aristos à Kourou, au temps où les marécages régnaient et où les moustiques pullulaient. Les guerres ont continué dans le Nebraska, les ravages des alcools aussi. Mais les guerres ont dévasté plus que tout le reste : les soldats américains déferlaient sur les tribus sans pitié ni quartier. À la fin, ce sont des femmes blanches elles-mêmes qui ont organisé la riposte contre ces soldats et mercenaires blancs. C'est ce que raconte le fameux journal de May Dodd. C'est surprenant, quand même. Vraiment, ces conneries de couleur de peau… pas étonnant que moi-même je me mélange les pinceaux. Avant ces massacres-là, on pouvait penser à elles en disant : « Les pauvres ! » Après ça, c'était plutôt : « Oh les furies ! » Ben quoi ? elles avaient fait des enfants dans cette histoire. C'est ce qui était prévu. Mais on dirait que les couillons qui avaient monté tout ce programme, ils n'avaient pas deviné la suite. Métis ou pas, bouclés ou frisés, leurs enfants sont leurs enfants. Dans ces boucheries et ces saccages, elles perdaient tout : leurs maris qu'elles ont fini par aimer, je suppose, leurs enfants qu'elles commencent par aimer depuis l'utérus, les villages où elles vivent et ont leurs habitudes. Le journal de May Dodd raconte comment les sœurs Kelly, Margaret et Susan, se sont bien vengées. Elles ont châtié tous les soldats qu'elles ont pu. Châtié, pas châtré. Ces sauvageries-là, ce sont les massacreurs qui les commettent, jamais les femmes, ni les Natives ni les Afro-Américains.

(Six femmes surgissent des coulisses, trois côté cour, trois côté jardin ; elles se croisent à vive allure en diagonale sur la scène, avec des mouvements amples de voguing. Elles commencent toutes par quelques mouvements old way, elles y ajoutent des contorsions avant de se lancer dans une démonstration de vogue fem ; elles terminent par une espèce de compétition de dips et drops.)

Scène IV

(C'est une séance de ce qu'elles appellent le Chaudron savant. Sept femmes sont affairées autour d'un barbecue, certaines accroupies, d'autres assises sur des banquettes basses, des cuvettes devant elles ; elles s'activent dans des préparations culinaires. Elles reviennent sur la préparation du festival.)

Faiza

Je comprends Solomiya, quand elle dit qu'elle ne veut pas fliquer sa fille, en espionnant son journal intime ou ses réseaux sociaux. C'est une marque de respect. Nous quand on était ados, ma sœur et moi, on n'appréciait pas que la *mater* passe dans nos chambres, on voyait bien ses traces, quand elle avait fouiné

Solavi

C'est sûr qu'à l'époque, on faisait des acrobaties d'ingéniosité pour dissimuler nos secrets

Sayna

Ouais, c'est vrai, nos mères étaient fliqueuses ! Au point qu'on se refilait nos affaires intimes pour échapper aux fouilles

Faiza

C'est tout à l'honneur de Solomiya de ne pas espionner sa fille. Ni journal intime ni réseaux sociaux. C'est l'âge où on se construit. On a vraiment besoin de préserver ses secrets

Inaya

Et depuis quand les réseaux sociaux sont secrets ? C'est justement l'inverse qui fait leur force de nuisance !

Solavi

Dans un sens, c'est vrai

Inaya

Dans tous les sens, ma chérie

Faiza

N'empêche que, par définition mères et filles, nous ne sommes pas de la même génération. Donc, ce ne serait pas correct d'aller fliquer leurs réseaux sociaux

Véra

Ça n'interdit pas d'avoir un œil

Célia

Un œil de temps en temps

Solavi

C'est vrai, c'est une période où elles ont besoin, comme nous, à l'époque, d'avoir leurs vies et leurs manières, leurs univers aussi

Véra

Ça n'empêche pas d'avoir un œil

Célia

Ça n'empêche pas !

Faiza

À la réflexion, ça vaut même mieux !

Sayna

C'est ça qu'est désopilant avec vous. Vous passez votre temps à valser sur vos positions. On surveille nos filles ou on ne les surveille pas. Faut arrêter de donner raison à la dernière qui parle !

Dihya

Exception pour Inaya ! Faut rendre à César… Côté entêtements bornés…

(Inaya claque un tchip retentissant.)

Véra

Ben, la vie, ça n'a jamais été tout oui ou tout non ! On peut vouloir respecter leur liberté et ne pas les surveiller, et, d'un autre côté, on ne peut pas les larguer comme ça dans les dangers de la vie

Dihya

Quels dangers ????? Ça y est, on est parties pour un scénario !!

Inaya

Ben, la vie sans danger, ça n'existe pas !

Faiza

Justement ! Partant de là, tout prétexte pour fliquer est malhonnête !

Célia

Fliquer ! fliquer ! juste jeter un œil pour protéger !

Véra

C'est vrai ! Y a une responsabilité. Imagine que les mères des mères de nos mères n'avaient pas, mine de rien, jeté un œil sur les lessives mensuelles

Sayna

Menstruelles, tu veux dire ?

Véra

C'est ça, menstruelles, puisque tu trouves que c'est le bon moment pour un jeu de mots bancal…

Célia

Donc, tu disais : sur ces lessives mensuelles…

Véra

Oui, à la réflexion, si elles n'avaient pas surveillé, en douce le plus souvent, sans doute que, dans plein de cas, elles n'auraient pas pu rattraper des débuts de grossesse. Combien d'entre elles ont sauvé leurs filles grâce à des lavements vaginaux et des décoctions

Sayna

Et tu crois que nos propres mères aussi surveillaient ? C'était plus compliqué pour elles. Moi, je n'ai pas connu de serviettes hygiéniques lavables !

Véra

T'inquiète, elles devaient surveiller les poubelles !

Célia

Tu vois, a posteriori, ça me rassure de savoir que ma mère a pu s'inquiéter comme ça pour moi. Tu te rends compte, chaque mois ?! Ça fait du bien de réaliser ça, tout d'un coup !

Solavi

Moi, je n'ai pas besoin de réaliser. J'ai vécu cette vigilance, et j'ai eu de la chance. Quand ma mère s'est inquiétée, j'étais moi-même bien tranquille. J'avais des rapports – clandestins, bien sûr – mais on pratiquait une combinaison de la méthode Ogino et du *coitus interruptus*. Double garantie, croyait-on. C'était déjà assez frustrant de s'arrêter au meilleur moment…

Faiza

Hi hi hi, il faut une force d'âme pour commander à ses reins dans ces moments-là ! Une double force d'âme ! je parie que le latin ne rend pas la chose plus facile

Sayna

Ha ha ha, ça forge le caractère !

Faiza

Don't stop me now If you want to have a good time ! Eh Queen !

Solavi

Tu rigoles, mais je peux te dire que c'est ma mère qui s'est inquiétée de la date de mes règles. Moi, j'étais relax, sûre de moi. Vu les douleurs que je dégustais, je n'étais pas du genre à m'impatienter entre deux mois. Je pense que c'est justement l'absence de douleur, donc de règles, qui a alerté ma mère

Sayna

Aïe ! T'as donc dû passer aux aveux ?

Solavi

Pas eu besoin, elle ne m'a rien demandé

Sayna

Ah ouais ?! Wouahhh ! moderne, ta mère !

Solavi

Ben, le nombre de fois où je l'avais entendue dire que si elle n'était pas tombée enceinte à dix-sept ans, elle aurait fait des études pour être astronaute…

Sayna

Elle a donc voulu préserver l'avenir d'astronaute de sa fille…

Solavi

Tu peux badiner, la pilule n'était pas accessible et l'avortement t'envoyait en tôle, mère et fille ! Si tu veux avoir une idée, regarde comment ça se passait encore l'an dernier en Argentine ; le Chili, c'est tout récent. Le Mexique, OK…

Inaya

Pas besoin de citer des pays, c'est partout, sur tous les continents. S'il y a une combine universelle, c'est bien comment les hommes au pouvoir passent leur temps à brider le corps des femmes. Regarde en Pologne ! Et l'Irlande en est sortie il y a peu. Quant aux États-Unis, ce n'est pas le progrès qui les étouffe. C'est comme pour la peine de mort ou le mariage gay, de façon cyclique, une espèce de fièvre s'empare de certains États. Une sorte de démence, comme une crise de blennorragie. Des mecs en retour d'âge, la plupart du temps. Parfois, c'est une femme qui est gouverneure dans ces États. Comme en Alabama. Mais cet État raciste n'est pas au sexisme près

Solavi

Il faut dire que lorsqu'un président préhistorique nomme à la Cour suprême des gens qui ont un mental de Neandertal, on n'est à l'abri de rien

Dihya

Bon, nous voilà rendues bien loin, à partir de la surveillance de nos ados

Sayna

C'est vrai ! on est parties de Solomiya et de sa fille Olivia ! N'empêche que ce changement de collège ne va pas faciliter leur vie à toutes les deux. Ça leur fera une heure de trajet supplémentaire, donc deux heures par jour. Et encore, quand tout va bien…

Véra
On a pris une demi-heure de retard sur la rédaction du livret. Y a une volontaire, ce soir, pour la partie consacrée à la tente qui servira de quartier libre aux ados ?

Inaya
Ça sera l'endroit le plus sympa du festival. Ça va être Woodstock !

Véra
Tu as de ces références, toi !

Inaya
Faudra surtout avoir le courage et le bon goût de leur foutre la paix aux ados !

Solavi
Tu vas expliquer ça à leurs mères

Véra
Peut-être à leurs pères, surtout

Dihya
Quand ils ne se sont pas encore barrés

Véra
Bon, on désigne quelqu'un pour ce livret ?

Faiza
Écoute, on va bouffer d'abord, hein ! C'est toujours meilleur chaud, et ça sent rudement bon

(Les sept femmes s'affairent pour s'attabler.)

Scène V

(Elles sont toujours au Chaudron savant, en train de dîner à la bonne franquette.)

Keshia

Excusez mon retard mesdames, j'ai fait un stop au pub pour récupérer ma mise, excusez du peu !

Sayna

Oh oh ! madame joue ?! Normalement c'est une addiction masculine !

Keshia

C'est toujours le premier pas qui coûte !

Sayna

Et qui compte, manifestement, à tous les sens du verbe

Keshia

Tu peux le dire ! J'ai joué à la loterie et j'ai gagné !

Solavi

Wouahh ! tu nous offres quoi, une soirée en boîte, un week-end, une croisière ?

Keshia

Holà holà, modère ton enthousiasme ma chère !

Solavi

Ah ! madame est égoïste !

Keshia

J'aurais pu ne rien vous dire, si je l'étais !

Faiza

En effet, pas d'obligation

Sayna

Sauf sadisme avéré !

Keshia

C'est plus simple que ça : j'ai gagné, mais pas de quoi faire grand-chose !

Solavi

Un tour de camping alors !

Sayna

Ouais c'est bon ton suspense à la noix. Tu as gagné combien alors ? De quoi offrir une tournée de limonade artisanale ?

Keshia

Même pas ! La prochaine fois peut-être, puisque c'est le premier pas qui coûte. Le second suivra

Sayna
Alors, tu nous dis le montant de ta fortune ?

Keshia
Trois euros cinquante !

Solavi
Tu blagues ?!

Keshia
Non ! J'ai gagné trois euros cinquante, c'est un début quand même, pour une première fois ! J'ai joué dix euros cinquante et j'ai gagné trois euros cinquante !

Inaya
Donc tu as perdu !

Keshia
Comment, j'ai perdu ?!

Inaya
Ben, tu as perdu sept euros !

Keshia
Ahhhhh… vu comme ça…

Inaya
Ben, en arithmétique, ça ne peut pas se voir autrement !

Solavi
Ma foi… la douche ! c'est vrai que sous cet angle…

Inaya
Désolée, mais je crois qu'il n'y en a pas d'autre…

Sayna
(S'esclaffant.)
Tu comprends pourquoi le jeu est une addiction plutôt masculine ?

Keshia
Je ne vois pas le rapport !

Faiza
Les femmes qui ont des gosses à la maison et qui doivent remplir les assiettes réalisent vite que les jeux de hasard sont des chimères et qu'il vaut mieux compter les vrais sous, les sous sûrs, pas la fumée de gains imaginaires

Sayna
Tout bêtement parce que la faim des enfants n'est pas imaginaire !

Keshia
Ouais, vu comme ça… N'empêche que justement c'est lassant de toujours compter. Vous n'avez jamais envie de fantaisie, vous ? Pour vous, pour vos enfants ? Et vous faites comment, dans ces cas ?

Inaya
On ne joue pas !

Keshia
Merci madame vertueuse. On fait quoi, on tape dans l'épargne maigrichonne qu'on additionne sou par sou pour les coups durs ?

Sayna
On fait des jobs en plus !

Keshia
Merci pour le rêve !

Solavi
Sans compter qu'il y a des limites à l'accumulation des jobs. Tu peux empiler, il vient un moment où, avec le transport, les vingt-quatre heures d'une journée sont passées

Faiza
Bon, là, on parle théoriquement. Aucune d'entre nous n'en est à accumuler ainsi les jobs !

Sayna
Ça n'empêche pas d'avoir besoin de beurre pour les épinards, de temps en temps !

Keshia
Le problème, c'est la marge ! Il vient un moment où tu en as marre de soustraire, tu vois !

Célia
Exact ! Les fins de mois se suivent et se ressemblent, c'est prélèvements automatiques et dépenses mensuelles obligatoires ou inévitables, et démerde-toi avec les imprévus !

Keshia
Il arrive un moment où tu te dis : puisque le revenu courant ne suffit pas aux dépenses courantes, il faut bien trouver ailleurs

Sayna

(Dans un grand éclat de rire.)

Et c'est ainsi que les hommes se mettent à jouer !

Inaya

Ça, c'est une introduction qui les excuse !

Sayna

Je ne cherche à excuser personne ! Les jeux de hasard, c'est presque aussi vieux que l'humanité ! On peut appeler ça une tradition universelle, du patrimoine commun ha ha !

Célia

Joli sens de la mesure !

Dihya

Ne lui dis pas ça, la mesure n'a rien à y voir. C'est de l'Histoire, simplement

Célia

Tu as le chic pour donner un vernis sérieux aux sujets les plus futiles

Sayna

Tu te trompes, ce n'est pas une blague. Je veux bien admettre que « aussi vieux que l'humanité » est un peu excessif, mais c'est hyper vieux quand même ! C'est l'époque de Babylone

Faiza

Parce que toi, tu prends le temps de savoir depuis combien de temps des gens pauvres se font plumer

Sayna

Pas que des pauvres ! Certains, c'est pour le plaisir que procurent le risque et le jeu

Inaya

D'ailleurs, je crains qu'il y ait des jeux réservés aux pauvres et des jeux qui leur soient interdits. Tout le monde ne va pas à Las Vegas !

Solavi

Ni même au casino !

Sayna

Tu peux être sans le sou et avoir de la classe. Regarde Delon et Gabin dans *Mélodie en sous-sol*

Inaya

Sauf que la vie, ce n'est pas du cinéma !

Célia

En effet, mais, diversion à part, explique-nous ton histoire de jeux à Babylone

Sayna

Babylone, en Mésopotamie, était la capitale de plein de choses. On a retenu la décadence, mais la ville fut prospère, culturelle et audacieuse

Faiza

Pour la décadence, on sait. Les Babylone... les flics sans foi ni loi... Ne me dis pas que ça va avec la prospérité... sauf une prospérité à la Chicago au temps d'Al Capone

Sayna

Ce serait bien si tu évitais de tout malaxer, les lieux, les époques, les personnages

Solavi

C'est de ta faute ! Tu fais un tas de chichis pour nous raconter Babylone et les jeux

Dihya

Moi, j'admets assez facilement l'idée que les jeux sont vieux. Sinon, on ne saurait pas expliquer pourquoi les adultes, partout, tout le temps, dans toutes les cultures, se passionnent pour toutes sortes de jeux

Inaya

DES adultes ! pas LES adultes !

Dihya

OK, DES adultes. Mais il n'existe pas une société où il n'y a pas des jeux d'argent

Solavi

Même dans les sociétés où il n'y a pas d'argent ?

Dihya

Sais pas. J'ai l'impression qu'en dehors du gain, il y a quelque chose. Regarde les concours de picolettes, où tu as des gens qui misent leur voiture et parfois leur maison, sur un concours de chants d'oiseaux ! Et qui peuvent tout perdre ! Sans compter les pays où des fils de putes, des *sons of a bitch*, jouent leur femme ou leur fille...

Faiza
Même folie pour les combats de coqs

Célia
Ah ça, non ! Ça ce n'est pas du jeu ! C'est de la cruauté, comme la corrida ou les bœufs tirants !

Faiza
Ce n'est ni jeu ni cruauté, c'est de la culture !

Solavi
Tout n'est pas bon à garder, dans la culture !

Inaya
Peut-être. Mais qui en juge ?

Solavi
Euh euh euh…

Dihya
C'est toujours pareil avec vous. On a commencé sur les jeux, et avant que personne comprenne, les paroles et les raisonnements partent dans des chemins-chiens

Célia
C'est bien vrai, ça. Alors toi, Sayna, tu arrêtes de nous faire languir avec tes grands mystères sur l'origine des jeux ?

Véra
Eh eh plus encore que les jeux, je pense qu'une autre pratique va vous intéresser : c'est Amargi ! Tadéa en parlait l'autre jour

Solavi

Ah oui, je m'en souviens ! Vous faites toutes les deux comme si c'était une mystique magique !

Sayna

Rien de magique. De l'intelligence, point ! De la sagesse aussi, une sagesse sans altruisme mais avec beaucoup de clairvoyance

Solavi

C'est-à-dire ?

Sayna

Je ne saurais te décrire les choses dans le détail de leur exactitude et de leur précision, mais…

Solavi

Arrête de jouer avec nos nerfs. Tu as toujours aimé faire l'intéressante !

Sayna

Oui ma douce, et à tous les coups ça marche avec toi *(Éclat de rire.)*

Véra

C'est vrai, Solavi, tu vois bien qu'à chaque fois, c'est son plaisir de te faire saliver. Arrête de marcher. Et tu verras, elle va te rechercher comme auditoire de choix

Solavi

OK OK ça va ça va

Sayna

Je disais donc, ou plutôt, j'allais dire que les autorités de l'époque, c'était une époque de rois et de sultans, bref, les chefs d'alors se sont rendu compte que, autant pour des motifs liés aux aléas naturels des saisons que du fait des vicissitudes de la vie, les agriculteurs, principalement, mais aussi des artisans, bref, ceux qui travaillaient dans la société, souvent plus pour le compte d'autrui que pour leur propre avantage, se retrouvaient souvent endettés

Célia
Ça, pour le coup, c'est vieux comme le monde !

Véra
Pas si sûr ! Le monde n'a pas toujours connu l'argent et les dettes

Sayna
Les dettes, je suis sûre que si. Et pour l'argent, j'ai idée que ça remonte ! Les cauris, la drachme, ou alors cette histoire de quipus inca, même si ce n'était pas une monnaie en tant que telle, ça servait à compter…

Célia
Le problème avec toi, c'est que ta parole est toujours en train de gambader ! C'est si compliqué que ça d'aller droit au but ? Tu faisais comment pour tes examens ? Tu racontais comme ça des histoires parallèles ?

Solavi
Laisse-la finir ! toi-même, tu rallonges l'histoire avec tes commentaires !

Sayna
Voilà ! je finis donc. Les autorités babyloniennes de l'époque ont compris que si elles laissaient

s'accumuler les dettes, la société risquait de collapser. Donc au lieu de regarder les dettes creuser un puits sans fonds, et de jeter en prison des endettés – disons de continuer à les jeter en prison, parce que ça se faisait, mais ça ne menait à rien, au contraire, ils étaient à la charge du budget public –, donc au lieu de laisser s'aggraver les dettes, les saisies, les fuites et enfler les groupes de haillonneux, elles ont décidé quoi, les autorités clairvoyantes ? Elles ont décidé de fixer un jour dans l'année où elles annulent les dettes !

Véra

J'ai déjà lu une anomalie comme ça ! C'était pas plutôt chez les Sumériens ?

Sayna

Écoute, franchement, Sumériens ou Babyloniens, je ne sais pas quelle différence ça peut faire. C'est une histoire de trois millénaires avant le Christ !

Faiza

Sayna a raison ! Le truc flippant, et intéressant, c'est cette histoire de suppression de dettes ; d'effacement de dettes ; d'annulation de dettes ; d'extinction de dettes ; de raturage de dettes ; de biffage de dettes ; d'abrogation de dettes ; de bannissement de dettes ; de…

Solavi

Ça, ça t'aurait plu, Keshia !!!!

Keshia
Ça m'aurait surtout arrangée ! mais ça m'aurait plu aussi ! Je trouve l'idée poétique, en plus d'être pratique !

Solavi
Ils savaient vivre, à cette époque !

Faiza
Ils savaient surtout réfléchir, ces rois-là !

Inaya
Ils réfléchissaient un peu sur le dos des autres. Ce sont les dettes privées qu'ils annulaient…

Sayna
Ben, si on considère que les créanciers étaient les nantis, donc la classe privilégiée qui soutenait les rois parce qu'elle en tirait bénéfice, ce n'est pas immoral d'effacer ces ardoises !

Inaya
De toutes façons, les dettes sont toujours plus immorales que leur suppression. Je ne sais pas quel est le malin qui a réussi à renverser cette morale. Ça a bien pris ! Même les endettés, alors qu'ils sont de bonne foi et en difficulté, considèrent qu'ils doivent rembourser leurs dettes, y compris avec des intérêts extravagants !

Célia
J'ai entendu ma mère dire qu'elle avait fait des emprunts avec des taux d'intérêt à 23 % ! Et ce n'était pas un siècle avant le Christ

Dihya

Taux d'intérêt, taux d'usure, monts-de-piété… les prêteurs sont une engeance !

Inaya

Et même quand tu ne les rembourses pas, ils ne sont pas ruinés. En fait, ils te poursuivent par cupidité, ou pour l'exemple ou par désœuvrement !

Solavi

Moi, j'aime bien ton idée, mais il faut reconnaître qu'elle n'est pas viable. Si personne ne rembourse…

Sayna

Alors ?

Solavi

Alors, le système ne tient pas !

Sayna

Le système se régénère !

Faiza

Comment ?

Sayna

Je n'en sais rien ! Je constate juste qu'il ne s'écroule pas ! On n'est plus en 1929 !

Dihya

Dommage, d'ailleurs ! parce qu'à cette époque, Roosevelt a instauré un New Deal, il a mis les banques au pas : c'est pas leur argent, elles ne peuvent pas faire ce qu'elles veulent avec, il a inventé du boulot pour les artistes…

Faiza

Il a lancé un *big* programme de logements

Inaya

Et il en a bien exclu les Africains-Américains !

Solavi

Ah ouais ?!

Inaya

Oui ma chère, c'est avéré, par des gens sérieux ! Des auteurs sérieux et des livres savants, tu peux lire Satter, Katznelson et d'autres

Dihya

Ouais, tu m'étonnes !!! Dès qu'il s'agit d'une belle histoire, il y a toujours une pourriture dans un coin ! C'est écœurant et déprimant !

Inaya

Finalement, les rois d'aujourd'hui, ils effacent des dettes ! La crise de 2008 ! Ils ont effacé les dettes des banques, sous prétexte de protéger NOTRE argent ! Qui a de l'argent à protéger ? Désolée pour moi, mais pas moi !

Dihya

Là, pour le coup, le système se régénère !

Sayna

Autres temps, autres mœurs ! Les dettes sont devenues trop courantes pour qu'on puisse les annuler comme ça !

Dihya
Et les rois n'existent plus ! ha ha ha !

Véra
Sauf dans les pays à pétrole !

Sayna
On en trouve ailleurs, en Europe, en Afrique… des survivances !

Dihya
Disons quelques séquelles !

Célia
Et même les non-rois ont conservé des habitudes arbitraires : leur histoire d'amnistie, à chaque élection, ou à chaque fête nationale. Il y a des endroits où ça se fait encore. Ils élargissent tous les petits délinquants et voleurs à la tire, hop ! ça désengorge les prisons

Inaya
Ils n'ont pas besoin d'élargir les délinquants financiers, ceux-là sont libres et adulés. Et quand ils en tiennent un, ils le laissent vaquer pendant des années jusqu'à ce que tout le monde oublie

Faiza
Et dans certains autres pays, bien comme il faut, donneurs de leçons au monde, suivez mon regard, il n'y a pas bien longtemps que ça ne se fait plus

Inaya
Parfois, ça n'élargit pas que les petites frappes. De mémoire, une loi d'amnistie d'août 1981 avait

provoqué un tas de problèmes, il paraît qu'on avait libéré des membres d'Action directe…

Faiza
Et dans ces pays-là, suivez encore mon regard, le droit de grâce existe encore. Ce sont des traces de monarchie, ça !

Sayna
Pour en revenir à la dette, ou plutôt si on dit les choses : au bien-fondé de l'effacement d'une dette, lorsque son maintien est plus grave et plus dangereux que sa suppression, j'ai toujours pensé que c'est ce qu'ils auraient dû faire pour la Grèce ! Si l'Europe avait un sens. Et une morale !

Faiza
Ah oui ! je suis d'accord ! Moi aussi, ça m'a mise bien mal à l'aise, cet entêtement contre les Grecs !

Solavi
Ouais ! Tu avais l'impression que c'était vraiment : va t'faire voir chez les Grecs !

Dihya
T'as vu le film de Costa-Gavras *Adults in the Room* ? Excellent et déprimant. Là, tu vois le sadisme à l'œuvre !

Faiza
C'est même pas sûr que ce soit du sadisme ! C'est pas forcément pour humilier un peuple comme si on voulait le punir pour son histoire mythique. Il y avait, je dirais, une bêtise obtuse chez ce chancelier

allemand. Un infâme cocktail d'arrogance, d'ignorance et de toute-puissance

Dihya

Exactement ! Comme si c'était l'occasion de faire payer aux Grecs les siècles où toute l'Europe a vénéré la Grèce pour son invention de la démocratie

Célia

La société grecque n'était pas innocente non plus, il faut le dire, dans la faillite économique et le bordel administratif

Faiza

Mais le peuple venait de choisir de nouveaux dirigeants, très progressistes, l'Europe aurait pu leur donner un peu d'oxygène

Inaya

L'Europe ! ah ! la belle affaire ! Une France velléitaire, pusillanime et mollassonne. Une Allemagne hautaine et obtuse… C'est l'Europe, ça ?

Faiza

C'est au nom des Européens, en tout cas

Inaya

Vite dit !

Solavi

Entièrement d'accord ! Le président français et le chancelier allemand, ça n'était pas non plus la France et l'Allemagne

Faiza

De même que les anciens dirigeants grecs, bien corrompus et bien répressifs, ce n'étaient pas les Grecs

Véra

Mais en finale, ce sont les Grecs qui ont trinqué !

Inaya

Et plus encore les Grecques, et les pauvres, et les métèques et les juifs errants et les pâtres grecs, comme dirait Moustaki. En résumé, les démunis et les paumés, *as usual* !

Véra

Et on parle des Grecs, encore ça se voit net, parce que c'est dans l'Europe, mais...

Dihya

Dans l'Europe, mais le sud de l'Europe. Ça n'est pas pareil !

Inaya

Et il y a plus au sud que le sud de l'Europe : les pays d'Afrique. Regarde leur histoire de dettes qui ne s'éteignent jamais

Solavi

On ne peut même pas dire que c'est l'escroquerie du siècle, c'est à cheval sur deux siècles !

Faiza

Ah ça, assurément, ce serait plutôt l'escroquerie du millénaire ! Après avoir capturé leurs habitants robustes et leurs femmes fécondes et s'être enrichis pendant plus de quatre siècles en les déportant aux Amériques…

Dihya
Après leur avoir volé leurs diamants, leur argent, leur or…

Véra
Leurs territoires…

Faiza
Leur bauxite…

Véra
Leurs bois tropicaux…

Dihya
Leur lithium…

Véra
Leur uranium…

Faiza
Et même des céramiques et des argiles !

Inaya
En échange de containers de déchets toxiques déversés dans leurs décharges !

Dihya
Et donc des maladies cancéreuses en pagaille…

Faiza
Donc après leur avoir volé tout ça, qu'ont-elles fait, les anciennes métropoles coloniales ? Elles ont fini par céder face aux indépendances. Puis elles ont fait des

trémolos sur le développement, elles ont prêté aux nouveaux États de l'argent, tout l'argent qu'elles avaient de côté, sans usage, à des taux d'intérêt qu'elles ont fixés elles-mêmes, à rembourser selon un échéancier qu'elles ont aussi fixé toutes seules. Et ces pays n'en finissent pas de rembourser. Trois générations déjà qui remboursent. Elles ont rendu trois fois l'argent prêté, mais apparemment, elles n'ont remboursé que les intérêts, pas encore le capital. Plus tu paies plus il reste à payer. Ce n'est pas de la finance, c'est de la magie

Dihya
On comprend pourquoi Thomas Sankara a déclaré à l'ONU que c'était basta, cette histoire de dettes

Sayna
Sais pas s'il l'a dit comme ça, mais pour la réalité, c'est bien ça

Inaya
Et résultat : Sankara *kaput* ! *Dead !*

Solavi
Ce n'est quand même pas l'Europe qui l'a tué !

Inaya
Pas besoin de se salir les mains ! Il y a sur place des pleutres cupides pour faire la sale besogne !

Fayza
Comme pour Lumumba…

Véra
Ou Moumié…

Dihya
Ou Nyobè…

Faiza
Ou Ben Barka…

Véra
Ou Trotski…

Sayna
Ma foi… pourquoi pas Spartacus !

Véra
Tous assassinés

Dihya
Et la dette d'Haïti ? Ces grands Makandal là ont tout remboursé ! Ils ont mis presque un siècle et demi à payer

Inaya
Remboursé quoi ? Eux, on ne leur avait même pas prêté de l'argent ! Le roi français a décidé tout seul que la république d'Haïti devait indemniser les anciens colons dépossédés de leurs esclaves !

Solavi
Et ils ont payé ????!!!!

Inaya
Histoire de les convaincre, le roi français a envoyé une flotte qui a mouillé, avec canons pointés vers la capitale, dans la baie de Port-au-Prince…

Faiza

Donc, ils ont payé !

Dihya

Jusqu'au dernier centime !

Solavi

Mazette ! Et ils l'ont trouvé où, l'argent ? Vu leur pauvreté…

Inaya

C'est peut-être justement la raison de leur pauvreté !

Dihya

L'argent, ils l'ont trouvé tout bêtement dans des banques françaises. Et un peu américaines, je crois. Mais les nouvelles banques françaises…

Solavi

Attends ! Tu es en train de dire que des banques françaises ont prêté de l'argent à l'État d'Haïti pour qu'il rembourse l'État français ?

Dihya

Oui, c'est bien ça, ma douce

Solavi

Ça ressemble à une association de malfaiteurs !

Inaya

Pour une escroquerie légale ! Bien vu

Solavi

Et tout ça ne fait pas scandale ! La Grèce, l'Afrique, au moins cinquante pays, plus Haïti, ça fait beaucoup de surface du globe et beaucoup beaucoup de gens

Dihya

Tu peux ajouter la Caraïbe, l'Amérique du Sud, des morceaux d'îles dans le Pacifique…

Inaya

Le monde, quoi !

Solavi

Avouez que c'est absurde ! Ce monde qui en bave est quand même beaucoup plus nombreux que ceux qui le font baver…

Véra

C'est assez banal, ça ! Regarde les peuples et leurs dirigeants…

Inaya

La servitude volontaire

Dihya

La réalité est moins lyrique que ce qu'en écrivaient ce bon monsieur de La Boétie et ce monsieur de Montaigne

Faiza

Ou que *L'Opéra de quat'sous* de Brecht

Sayna

Trêve de pédanterie, mesdames, le sujet de notre conversation c'était Amargi !

Véra

Exact ! Alors ?

Keshia

Rectif ! non, la conversation, c'était de faire confiance aux jeux de hasard pour arrondir ses fins de mois

Faiza

Nuance et pudeur ! On n'en est pas à boucler nos fins de mois. Il y a des personnes pour qui boucler le mois peut être vital. Nous, on en est aux fantaisies, aux extras…

Véra

(Éclatant de rire.)

Au point de croire qu'on a gagné trois euros cinquante quand on a joué dix euros cinquante, autrement dit, quand on a, en fait, perdu sept euros !

Keshia

Tout le monde n'est pas comptable !

Solavi

Tu peux toujours savoir compter, ça ne t'avance pas plus que ça quand c'est la banque qui fixe les taux et les agios

Inaya

Et que l'État pique tes impôts pour repêcher les banques…

Sayna

C'est vrai, ça ! C'est quand même ce qui s'est passé : l'État a fait Amargi au profit des banques, pour sortir de la crise des bulles de subprimes. Et qui c'est qui avait fourré les banques dans ces bulles ? Elles-mêmes !

Dihya

Ils commencent par faire un numéro de prestidigitation avec un tas de mots savants : et titrisation par-ci et hedge funds par-là cache-cache-j'ai-maballe cache-cache-je-m'emballe cache-cache-je-m'enbalance et nous le peuple bien kouyon, on n'y voit que du feu

Inaya

Alors que la chose est limpide : dans sa simplicité, sa clarté, sa brutalité, il s'agit tout simplement de la voracité des financiers, de la cupidité des dividendiers

Dihya

C'est ça : la cata part des États-Unis, tout l'échafaudage de spéculations s'effondre, une banque Lehman Brothers déclare à grands cris qu'elle meurt, elle est sacrifiée, histoire de donner le change, et une fois les regards scotchés sur ce bouc, les autres coupables sont renfloués, la bourse protégée, les actionnaires rassurés…

Faiza

Et tant pis pour les zozos qui ont vu maigrir leur épargne, ceux qui ont perdu leur emploi dans les faillites, ceux qui ont dû quitter leur maison hypothéquée, ceux qui, devant la flambée des loyers, ont accumulé les impayés…

Inaya

Et qu'on a abreuvés de rengaines sur le déficit budgétaire et la dette publique

Faiza

Pendant que les banquiers étaient secourus en milliards, les spéculateurs boursiers pas punis, les hauts fonctionnaires fautifs promus, pantouflés...

Sayna

C'est rien de moins que de la flibuste !

Dihya

Ainsi va le monde

Véra

Au casse-gueule !

Scène VI

(Gwendolyne, qui s'était glissée en retrait, revient sur le devant de la scène.)

Gwendolyne

Ouais, je vous ai laissés avec le Nebraska, avant ces interruptions intempestives et malotrues. Ne croyez pas, hein, moi j'aime beaucoup le hip-hop, j'aime et le hip et le hop. Sauf que, même ce que tu aimes, quand ça arrive à un moment inconvenant, c'est déplacé ! c'est importun, point barre.

Donc, je vous disais à ce moment de fâcheuse interruption qu'on trouvait ailleurs aussi les mêmes sortes de grands ordonnateurs de grandes aventures pour les autres. Ils finissent tous par être dépassés par les dégâts causés par le gros rocher qu'ils ont fait rouler. Ça ne roule jamais sur eux. À Kourou, c'est le palu qui a fait le sale boulot d'extermination. Pas tout seul. Le typhus avait commencé depuis les quais de La Rochelle. Une hécatombe, déjà parmi les sans-rien et les mal-fichus, entassés sur le macadam. Ils agonisaient lentement, lentement, allongés sur le bitume. Est-ce une condition humaine ? Ce n'est pas la seule fois qu'ils se sont débarrassés de leurs gens. Ils sont habiles à désigner des parias. Leurs prêtres réfractaires. Leurs révolutionnaires en disgrâce. Leurs petits délinquants et leurs grands criminels. Leurs mendiants et leurs voleurs à l'étalage. Leurs anarchistes et leurs lupins. Les résistants de leurs colonies. Leurs propres poètes maudits. Et les femmes qui ne se soumettent pas. Ils ont fait pareil chez les Kanaks. C'est Louise Michel, avec ses *Légendes et chants de gestes canaques*, qui m'a fait découvrir ce pays et ce peuple. Pas découvrir comme Christophe Colomb ou Cortès. Eux, ces deux-là, c'est l'or qu'ils voulaient et qu'ils étaient contents de découvrir. Elle, Louise Michel, la grande Communarde avec son drapeau noir, elle vous fait découvrir les gens, leurs cultures, leurs croyances, leurs droits, leurs chants, leurs danses, leur cuisine. Tous les bagnards n'ont pas été respectueux des Kanaks. Pourtant, ces forçats arrivaient de leur beau pays révolutionnaire avec des chaînes aux pieds, sur une terre où les Autochtones n'avaient pas connu l'esclavage. Mais eux, les forçats, ils étaient blancs. Pourtant, ils avaient ces chaînes aux pieds. On ne le répète pas assez : cette histoire de couleur des gens, c'est Débile et compagnie. Bon, si Inaya m'entendait, elle trouverait le moyen de fulminer que ce n'est pas bien de dire « eux » comme ça, comme s'ils étaient tous pareils. Il n'y a pas de témoin pour raconter ! Que des livres, ou des souvenirs de racontars. Pour les bagnes, c'est vrai : quand on lit Albert Londres, on se rend bien compte qu'ils n'étaient pas tous pareils. Et d'après ce que disent les grandes personnes de mon village, les gens du pays ne se moquaient pas des bagnards. Peut-être parce qu'ils étaient eux-mêmes maltraités. Il faut dire qu'on avait notre dose de mépris. Je dis nous, même si le mépris change avec le temps. Il y a des choses qui restent. Souvent, ça touche la langue. La langue des parents. Des gens, quoi. Des petites gens, on peut dire. J'ai des souvenirs : tout le monde parlait pareil jusqu'à l'âge de l'école. Après, on comprenait la langue, mais on ne la parlait plus. Ou presque plus. Interdite. À la maison, si on s'oubliait à la reprendre, on se ramassait une gueulante illico presto. Si c'est à l'école qu'on s'oubliait, on était bons pour un bon coup de règle. En cas de récidive dans la journée, un pensum, « recopiez cent fois : je ne dois pas parler taki-taki ». Et quand je vous dis cent fois, ce n'est pas façon de parler, c'est cent fois pour de vrai. Sans compter qu'il y a toujours une suite familiale à la punition scolaire : une raclée de lianes tressées, administrée – c'est joli, ce mot, non ?! –, administrée donc dans la cour bien propre, bien balayée, au vu et au su de tous les voisins, et zyap zyap zyap pour la désobéissance linguistique « qui ne te mènera nulle part » ; plus trois coups de lianes en rab : un pour l'opprobre que ta conduite jette sur toute la famille, un pour les feuilles du cahier ainsi gaspillées à recopier la même-phrase-pourtant-combien-de-fois-je-tel'ai-déjà-dit-et-les-cahiers-ça-ne-coûte-pas-deux-sous, et un troisième… pour la route. Je sais, parmi vous, il y en a plein qui ne me croient pas. Sans compter ceux qui pensent « Bon tout ça ce sont de vieilles lunes, avec la mondialisation aujourd'hui l'important est de comprendre les autres » et patati. Et c'est qui les autres ? Moi, je ne suis pas une autre pour d'autres ? et je n'ai pas besoin qu'on me comprenne ? alors, on va me répondre « C'est du nombrilisme », et patati ! Et moi, je vous dis : « Djèt ça ! » Tu te sens comment quand on appelle ta langue : taki-taki ? Taki-taki, ça veut dire parler-parler. C'est comme si on disait : ah, le français, c'est bla-bla ; l'anglais, c'est wichi wichi ; l'espagnol, c'est ola ola ; le brésilien, c'est cunhad ; et ainsi de suite. Vous voyez mieux le tableau ? Vous ajoutez du mépris pour l'art tembé : « Oh c'est bien joli mais trop de couleurs vives, et ces formes, on n'en comprend pas le sens, et ces longueurs et ces rondeurs, ces triangles même, on dirait bien de la symbolique sexuelle, c'est normal, ces peuples sont très naïfs et primitivement sensuels, ils utilisent les graphiques pour leurs demandes à se mettre en couple », etc. Bref, tout ce qui fait notre fierté ? méprisé ! Nos prénoms ? même régime ! ils font souvenirs et hommage à nos ancêtres marrons, Kwame, Kodjoe…, ou bien ils sont composés dans notre langue, Apinti, Tumuk… Méprisés, moqués, chahutés. Et par qui ? Qui dit que la langue aluku, c'est du taki-taki ? Ben, l'inspecteur d'académie, le préfet, le gendarme, le juge, le prêtre, la mère religieuse supérieure. Les chefs, quoi ! on dit comment en langue moderne ? le pouvoir ? Avec ça, va désobéir ! Tu le fais seulement par mégarde. Ta langue, elle te vient spontanément, quand tu n'es plus sur tes gardes, dans la cour de récréation, ou quand tu as une émotion. Tu ne fais pas exprès, tu ne nargues personne, ce n'est pas pour dire que tu fais de la résistance, c'est tout simplement que c'est naturel. Sauf que ça ne rate pas, c'est le coup de règle suivi de sa version domestique : zyap zyap zyap. Et personne ne mesure les dégâts que ça cause dans ta tête. Pourquoi brusquement des enfants se mettent à bégayer ? Pourquoi les plus débrouillards, les plus joyeux deviennent retors ? C'est comme les enfants gauchers à qui on donne une tape chaque fois que, spontanément, ils avancent la main gauche ; ou les petits qu'on prive de goûter parce que, par réflexe, ils tendent cette main gauche. Le monde est fait de droitiers. Faut l'apprendre dès l'âge de trois ans.

Je ne sais pas si c'est parce qu'ils en bavaient autant, toujours est-il que les habitants ne se moquaient pas des bagnards. C'étaient des « pôpôt ». L'administration les appelait « transportés » et les gens disaient « pôpôt » parce que c'était plus facile à prononcer. Et dans les diminutifs, il y a toujours une trace de gentillesse, non ? Toujours est-il que la tradition c'était de ne pas se moquer des bagnards. On savait comment ils étaient « transportés ». Certains avaient raconté ces bateaux-cages, les cargos-bagne, depuis la France jusqu'à chez nous. Tout ça faisait partie d'une série de méchancetés et d'atrocités que leur réservait l'administration, des fonctionnaires de la même couleur qu'eux. L'administration, c'est ça, c'est des fonctionnaires. C'était la même administration qui, avant le bagne, avait réglementé la traite et l'esclavage. Mais là, les couleurs ne matchaient pas. Quand tu te débrouilles pour réfléchir seule, tu n'y arrives pas. C'est là que tu saisis que, plus haut que les fonctionnaires, il y a des politiques qui décident. À peine tu te remets de ce que tu as commencé à savoir sur le commerce d'êtres humains, des captures en Afrique, des traversées d'océans dans des cales puantes et closes, du marché aux esclaves, de l'abomination des plantations, du fouet, des viols, des mutilations... tu commences tout juste à te relever du tournis, du vertige, du frisson et du chagrin, tu commences à percer la fumisterie de la hiérarchie des races, tu comprends que cette ignoblerie de Blancs qui vendent des Noirs, ça a laissé plein de traces dans le racisme aujourd'hui encore, tu suffoques, tu prends une grosse goulée d'air comme en réserve avant de te lancer dans un combat pour dire que nous sommes tous égaux et que la diversité est une richesse et autres platitudes ineptes qui vont bien faire ricaner les racistes qui savent parfaitement pourquoi ils sont racistes, comment ça les arrange, et qui n'ont rien à cirer de tes explications et tes argumentations philosophico-scientifico-romantico-chimérico-sentimentales, tu n'as pas encore atterri que tu découvres que les Blancs, presque les mêmes, des nazis, ceux-là, ont fait des atrocités à d'autres Blancs comme eux, les Juifs. Femmes et enfants compris. Et d'ailleurs, pourquoi ce serait moins grave s'ils ne le faisaient qu'aux hommes, même robustes et gaillards ? Mais c'est vrai que quand tu imagines les femmes et les enfants en colonnes… plus les photos qui aident impitoyablement ton imagination… Tu sens que tu es montée dans la grande roue. Attention, nausées ! Donc, tu vois tout ça et tu lis et tu entends des théories sur l'économie comme vrai moteur des guerres et les frustrations qui servent d'amplificateur, tu crois que tu comprends le mystère humain et tu n'es pas encore levée de ta chaise, zip tu lis que des Noirs ont massacré des Noirs au Rwanda. Motus ! Tu perds la parole. Tu la perds pour de vrai. Sans vouloir te hisser plus haut que toi-même, tu sais qu'il y a d'autres cas, authentiques, où on perd la parole sous le choc, le grand poète Damas est devenu muet lorsque sa grand-mère est morte, Maya Angelou a perdu les mots et les sons quand elle a appris qu'on avait assassiné l'homme qui l'avait violée. Ils n'étaient encore que des enfants, tous les deux. Toi, plus vieille, tu peux te mettre à bégayer comme Einstein ou Churchill. C'est d'ailleurs tout ce que tu peux copier chez eux.

(Mini concert : Le lion est mort ce soir *; interprétation intégrale par Henri Salvador ; version avec chœur.)*

(Gwendolyne, qui s'était glissée dans la pénombre pendant l'interprétation, s'avance, les mains occupées, soit par un objet qu'elle lustre, soit par un livre qu'elle feuillette.)

Enfin, j'ai fait tous ces détours par Gorée, les nazis, le Rwanda et Einstein pour vous dire que non seulement on ne se moquait pas des forçats, en plus on était comme plus humains, disons plus charitables que ceux qui les gardaient ou les persécutaient et qui pourtant leur ressemblaient, même peau, mêmes cheveux, mêmes yeux, mêmes tics… Sans insister sur les grandes personnes dans le village qui leur proposaient un repas par-ci, un job de jardinage par-là, une petite réparation pas indispensable, un coup de peinture délayée sur une porte, histoire de faire la charité sans froisser en donnant un salaire au lieu d'une aumône. Tout le monde savait qu'ils étaient à la rue, parce que, lorsque leur peine était finie, l'administration ouvrait la cellule : allez, dégagez, démerdez-vous. Les horreurs, c'est comme la varicelle, ça court en douce, et ça finit par sauter partout. Chez moi, les vieux disent : « *Chibi tapu fochi yu chibi ondong* : Balaie là-haut avant de balayer en bas. » Et nous, comme on n'est pas foutus de balayer là-haut, eh ben, on fout la paix à ceux d'en bas ! Et encore, les bagnards qui arrivaient chez nous, c'étaient des adultes. L'administration a construit près de la mer, du fleuve ou en forêt, et même sur une île, dix-neuf bagnes pour démolir tous ces gens qui lui ressemblaient. Et chez eux, ils ont construit des bagnes pour enfants. Hen-ren, des ba-gnes pour en-fants ! Ils ont même trouvé le moyen d'en mettre un sur une île tout près de leurs côtes. Comment je suis tombée sur tout ça ? devinez ! Un poème !!! oui, un poème de Jacques Prévert. Et pas à l'école. C'est d'abord la chanson que j'ai entendue. Une femme la chantait. Ou la récitait.

« Bandit ! Voyou ! Voleur ! Chenapan !
C'est la meute des honnêtes gens
Qui fait la chasse à l'enfant ! »

Maintenant, deux clics et tu trouves tout. Après, savoir si tout ce qui court sur la toile est vrai ou exact, c'est une autre paire de manches, comme disait ma prof. Donc j'ai pu retrouver le nom de cette chanteuse : Marianne Oswald. Ce n'est pas Sylvie ni Sheila, je ne l'ai jamais entendue chanter autre chose.

(Gwendolyne fredonne longuement Göttingen *de Barbara.)*

Peut-être bien qu'il y en a parmi vous qui pensent que je raconte des divagations. Ce n'en sont pas ! pour parler correctement la langue de l'Académie. Moi, la langue de Molière, je ne l'ai pas apprise avec Molière. Les pièces de théâtre, pour nous, le long du fleuve, elles semblaient lunaires-polaires. Ce n'est pas non plus la grande et chic Académie qui m'en a donné le goût. Le peu que je savais de ces gardiens de la grammaire sentait la naphtaline. J'ai commencé à caresser cette langue grâce à Assia Djebar. Après, je l'ai aimée parce qu'elle me prit la main, je devrais dire l'esprit, d'*Aya de Yopougon* jusqu'aux jardins de Tchekhov et aux geôles de Koestler, avant que je comprenne que, pour ces deux-là, comme pour Faulkner, ce sont les traducteurs que je lisais. Idem pour les merveilles de Toni Morrison. Puis j'ai flirté avec la démesure de Duras, avant les fantasques voyages chez García Márquez. Je suis tombée à la bibliothèque sur la longue lettre de Mariama Bâ qui, étonnamment, ne m'a pas rendue triste. C'était avant que je me passionne pour Maryse Condé, Simone Schwarz-Bart et les acérations – m'en fous si le mot n'existe pas – de Gisèle Pineau. C'était l'époque où j'ai entendu UNE chanson en français de Montserrat Caballé. Avec Johnny Hallyday. Ça m'a fait tout bizarre. Ils criaient tous les deux. Je crois que j'ai repéré cette soprano parce qu'elle porte le nom d'une île de la Caraïbe avec une drôle d'histoire de volcan. Bon, toutes ces digressions pour vous dire que le français, moi je l'aime en école buissonnière, en fugue, en chemins de traverse, en virage pour chiens errants. J'aime les lectures vagabondes qui entraînent sur des raidillons accidentels et déroutants. Ça m'a donné le goût du secret des mots. Comme les « pierreuses ». Ils ont commencé par les appeler « putes », soi-disant qu'elles puaient. Après : « pierreuses ». Parce qu'elles faisaient leur job dans les rues pierreuses. Les hommes à redingote, ils allaient plutôt chez les « soumises ». Celles-là bossaient dans des maisons et la préfecture les inscrivait dans ses registres. Ça secoue, hein !

(Gwendolyne fredonne : La fille de joie est belle*, in* L'Accordéoniste *d'Édith Piaf.)*

En plus les préfets les obligeaient à sortir « en cheveux », parce que les chapeaux étaient réservés aux « femmes honnêtes ». Eh oui ! C'était une époque !

Bon, toutes ces élucubrations me donnent envie de faire l'amour ! Je vais aller réveiller mon homme.

(Sortie de scène dans une démarche langoureuse.)

(Kayla, la Coryphée, entame Tu verras *de Nougaro, « L'amour, c'est fait pour ça » ; la chorale l'accompagne.)*

Scène VII
Tango

(Le quatuor entame une musique de tango ; s'est joint aux musiciens un joueur de bandonéon ; les quatre couples accèdent à la scène l'un après l'autre sur scène ; premier couple : la cavalière la première ; couple suivant, cavalier le premier ; troisième couple, d'abord la femme en robe ; quatrième couple, la cavalière ; chaque couple en entrant a le temps de danser trente ou quarante secondes avant l'arrivée du couple suivant.)

Entre le premier couple : la femme porte un combiné noir, à pattes d'éph, fendu jusqu'au genou dans un tissu très souple ; des chaussures à talons hauts partiellement compensés d'au moins vingt centimètres ; un foulard de soie aux couleurs vives, élégamment noué autour du cou ; elle esquisse quelques pas, seule, avant d'être rejointe par son cavalier, qui porte une tenue antinomique : jeans à trous, casquette en visière arrière, baskets négligées, chemisette à petits carreaux ; ils évoluent avec beaucoup d'harmonie et de grâce.

Arrive le deuxième couple : l'homme apparaît le premier en piste ; il est vêtu avec une élégance ostentatoire : costume en tissu précieux ajusté et nœud papillon ; chaussures vernies aux bouts arrondis ; la cavalière entre et lui tourne autour avant de lui tendre les bras pour la danse ; elle est vêtue d'un pantalon ample, très bariolé et porte des Havaianas fluo ; des lunettes solaires. Ce couple use à profusion du mouvement « renversé ».

Surgit le troisième couple : deux femmes ; l'une, très légère, porte un ensemble bustier-veste-pantalon en tissu-tailleur ; des mocassins aux pieds ; elle zigzague entre les deux autres couples avant de revenir vers les coulisses pour être rejointe par l'autre cavalière, plus en muscles, vêtue d'une robe ample, en tissu uni ; chaussures plates.

C'est maintenant au quatrième couple : la cavalière, grande, se poste devant le quatuor et virevolte au rythme d'un solo de bandonéon (ou, à défaut, d'un solo de flûte des mornes), en multipliant les croisements de jambes ; elle porte un ensemble transparent à rayures très coloré ; elle est rejointe par un cavalier, à peine de taille moyenne, portant un sweat et un bermuda. Ce couple s'adonne avec excès au mouvement « tombé ».

(Au bout de deux minutes avec les quatre couples en piste, le volume de la musique baisse, mais les couples continuent de danser durant les commentaires, au seul son du bandonéon ou de la flûte des mornes.)

(Quatre femmes, plutôt occupées, surviennent, et s'activent tout en discutant.)

Keshia

Ils volent tout ! Cette danse des marécages, des faubourgs et des bas-fonds, ils l'ont confisquée pour leurs salons huppés, leurs mondanités pimpantes, leurs divertissements aristos

Véra

Remarque, depuis quelques années, le tango reprend le chemin des rues et des places publiques

Keshia

Des rues et des places peut-être, mais dans les quartiers chics des grandes villes

Célia

C'est bien ça ! ça reprend le chemin des villes, mais pas celui des faubourgs

Keshia

Ni des bas-fonds

Célia

Ni des marécages

Keshia

Parlons pas des bidonvilles !

Célia

Encore moins des arrière-cours

Sayna

De toutes façons, ça ne serait pas possible, avec les talons aiguilles

Keshia

Sans compter les expositions de cuisses galbées

Véra

Et tout l'accoutrement : robes aériennes en tissus-voiles…

Célia

Smoking…

Véra

Tu en rajoutes, là ! Les hommes ne portent pas de smoking pour danser le tango

Keshia

Tu es là pour voir, dans leurs salons et leurs clubs *select* ?

Sayna

Ils piquent tout aux pauvres. Ils ont fait pareil avec les jeans usés et élimés. Après s'être bien moqués des jeans délabrés des miséreux et des pouilleux, ils ont pris leurs propres jeans clinquants, ont maltraité le tissu, disséminé des trous au niveau des genoux et des cuisses. Et les voilà chics comme des gueux

Keshia

Et ils les vendent hors de prix

Sayna

Après exhibition dans leurs défilés *fashion*

Keshia

C'est ça ! En bons faussaires, ils volent et ils maquillent. Ils ajoutent quelques fioritures merdiques

Sayna

Impunément !

Keshia
Mieux : on les encense, on les reçoit, on les décore

Sayna
Et ils ont une clientèle ! complice…

Keshia
Du hold-up !

Sayna
C'est comme cette mode de *poke bowl*. Ils ont volé la recette des pauvres pêcheurs hawaïens. Tranquilles ! Pas de brevet ni de royalties pour les pouilleux ! On leur pique tout : plantes, molécules, recettes, remèdes, tout. Quand c'est puissant, ça prend. Ça prédate !

Véra
Ils vont étudier les tisanes chez les vieilles guérisseuses, ils déposent les brevets industriels de leurs vols, mettent les molécules de plantes en pilules et juste après ils raillent la médecine soi-disant magico-religieuse des pauvres

Célia
C'est déprimant !

Véra
Si on se contente de constater

Célia
Qu'est-ce que tu peux faire d'autre ?!

Sayna
Lutter aux côtés des pauvres !

Véra
C'est très vague, ça !

Célia
En plus, ils sont dispersés, les pauvres !

Keshia
ON les a dispersés !

Célia
Pas tant que ça ! T'as des quartiers populaires là où il y avait des bidonvilles

Véra
Exact, on les a éloignés, c'est pas la même chose !

Keshia
Ça revient au même ! Là où ils sont garés… ils ont autre chose à faire que manifester pour un monde meilleur !

Sayna
Ça, c'est du mépris de classe. Qui plus est, ignorant de l'Histoire !

Célia
Et hop voilà ! L'Histoire qui revient à la rescousse…

Keshia
À juste titre, ma chère. T'as pas entendu parler de la manif des Algériens contre le couvre-feu réservé aux musulmans ? oui, oui, dans ce pays ! Et la police en a jeté des dizaines dans la Seine !

Célia

Sans forcément n'en appeler qu'aux drames, il y a aussi des beaux moments : quand les travailleurs algériens, massifs, majoritaires, occupaient les usines en 1936, pour les congés payés

Véra

Et quand ils défilaient au 14 Juillet !

Célia

Et quand ils manifestaient devant le Panthéon en solidarité avec Léon Blum, durement et salement attaqué par les antisémites !

Véra

Et qu'ils soutenaient les Républicains espagnols contre Franco !

Célia

Et les Éthiopiens contre l'invasion italienne !

Véra

Qu'ils adhéraient au parti communiste, occupaient les usines, participaient aux conquêtes sociales...

Sayna

Ça aussi, ça finit en drame : on dissout leur Étoile nord-africaine, l'année d'après !

Keshia

Quelle idée aussi, de s'appeler l'Étoile nord-africaine, acronyme : l'ENA ! 1936 ! Ils ne sont même pas citoyens, ce sont des indigènes et sujets et ils font des trucs comme ça, au grand jour !

Célia
C'est vrai, l'Algérie était une colonie !

Keshia
Et un réservoir de main-d'œuvre. On les fait venir pour leur force de travail, et eux, ils veulent montrer leur force spirituelle et militante ! Quel malentendu !

Sayna
Savaient pas qu'ils restaient des Algériens musulmans…

Célia
C'est comme les tirailleurs sénégalais

Véra
Les tirailleurs coloniaux ! Ils venaient de toute l'Afrique, y compris l'Afrique du Nord : les Turcos

Sayna
Et ils ne sont pas tous morts dans le massacre de Thiaroye !

Dihya
Qu'est-ce que vous êtes discutailleuses !

Sayna
Nous disions donc que c'est comme les tirailleurs, disons… africains : pouvaient mourir au combat contre les nazis, pouvaient même finir dans les camps, mais pouvaient pas défiler dans Paris martyrisé, Paris

outragé mais Paris libéré ! « Quelle faute de goût ! » a pensé le généralissime. Merci de Gaulle

Keshia

C'est souvent que les grands ont de lamentables petitesses

Sayna

Vous connaissez l'histoire que racontait madame Senghor, la deuxième épouse, la Normande, après un dîner présidé par de Gaulle ?

Véra

Sur les femmes blanches et leurs maris nègres ? Elle lui a servi une réplique, Colette !

Célia

Ho les filles, vous n'allez pas ouvrir une rubrique cancans !

Sayna

C'est pas des cancans, c'est des archives !

Célia

Des archives orales !

Sayna

Ah ben ma vieille, si tu négliges les archives orales, tu ne peux rien comprendre à l'histoire de l'empire !

Véra

D'autant que concernant l'empire, Foccart soi-même a raconté comment de Gaulle lui demandait de lui foutre la paix pendant deux mois avec « ses » nègres à l'Élysée, que ça faisait mauvais effet

Dihya
Oh les femmes savantes, on peut profiter un peu de la musique ?

(Durant une minute, la musique reprend le dessus, les quatre couples de tango reviennent vers le devant de la scène.)

Keshia
On n'peut pas dire que les mouvements du tango libèrent vraiment le corps, surtout le corps des femmes. Elles sont plutôt coincées dans des déhanchements et des souplesses !

Sayna
Déjà, cette obligation d'élégance, avec ces talons perchés et ces robes fendues, on doit reconnaître que c'est franc-jeu : ça ne fait pas semblant, ce sont les canons les plus classiques du charme féminin

Célia
Conservateurs, pas classiques !

Keshia
La différence ?!

Célia
C'est un modèle, une référence, un standard de pouvoir, pas une tradition

Keshia
Excusez du peu de subtilité, madame !

Célia

C'est d'abord comme ça qu'ils installent leur pouvoir : par des codes contraignants sur les corps. Ils les domestiquent avant de les posséder

Véra

Et encore, ça c'est presque une violence civilisée ! C'est le fameux biopouvoir de Foucault

Keshia

Ouais, c'est vrai, ça, c'est le régime : on y va mollo, insidieusement mais mollo

Célia

Là où il y a des contre-pouvoirs ou des grandes gueules, ça fait attention ; ailleurs, ça se lâche

Sayna

On peut en effet recenser ce qu'ils font aux corps ailleurs, et c'est terrible, du mépris à la torture. Ils volent les corps, les vendent, les violent, les mutilent, les enfument… Ils prélèvent même des organes chez des vivants !

Célia

Parfois en payant, parfois sans rien payer

Véra

Il semblerait qu'en Chine, ils fassent mieux encore : la famille doit payer la balle pour l'exécution de condamnés à mort, puis avec ou sans la complicité du pouvoir, des organes sont prélevés sur les exécutés, et vendus

Keshia
C'est vraiment effrayant, ce qu'ils sont capables de faire aux corps

Véra
Pourtant, il y a pire que la sujétion des corps. Il y a ce qu'ils empêchent ! Ils empêchent les PO-SSI-BI-LI-TÉS. Quand tu n'es pas libre, tu n'inventes plus, tu n'essaies plus, tu ne crées plus. Tu ne risques plus. Et c'est ce qui arrive dans les colonies. C'est quoi, une colonie ? Plus que la violence et la prédation, ce sont des gens entravés, en tant que communauté humaine. Après ça, quand la colonisation brutale n'est plus à la mode, ils viennent doctement t'expliquer que ton indépendance ne sera pas viable. Ils t'ont forcé à remplacer les cultures vivrières par des trucs à pesticides qui ne se mangent pas mais sont super rentables parce que ça s'arrache dans leurs bourses internationales, genre soja pour les cochons, après ils t'expliquent que tes masses de gens sous le seuil de pauvreté, ça rend ton indépendance pas viable !

Sayna
Et ça marche !

Véra
Ça marche tellement que toutes les anciennes colonies font des courbettes et se chargent elles-mêmes de réprimer leurs contestataires

Célia

Faut compter sur les esprits libres dans les pays dominateurs, comme au temps des colonies première version

Véra

Les esprits libres… ? Ouais !… ont l'air de faire la sieste

Sayna

Faut dire que… le temps des grandes consciences…

Keshia

Et des grands courages…

Véra

Et des grandes phrases…

Sayna

Et des grands risques…

Keshia

Et comme tu l'as dit : des grandes consciences !

Véra

Ah ! c'est que « Le chemin est désert qui conduit à l'homme. Le chemin est rude qui conduit à moi-même » pensait Fanon

(Des jeunes font irruption sur la scène : trois filles et un garçon ; ils entourent les danseurs de tango et se livrent à des acrobaties de hip-hop ; la musique reste proche de la musique du tango, afin de permettre à la fois leurs démonstrations, tandis que deux couples de tango continuent de danser,

et tandis que les deux autres se mettent à regarder les jeunes dans leurs exhibitions.)

(Sont arrivées entre-temps : Dihya et Inaya.)

Dihya
N'empêche, les filles, je trouve que vous bavardez…

Célia
Eh ben dis donc, c'est très aimable !

Keshia
C'est même violent, vu l'importance de ce qu'on se dit !

Inaya
Eh oh, ne gaspille pas les mots, s'il te plaît ! Par égard pour les gens qui encaissent chaque jour la violence sociale

Keshia
Tu n'arrives pas à défendre tes idées sans nous houspiller au passage !

Inaya
Navrée, mais franchement, vous cherchez

Véra
Manquait plus qu'ça !

Célia
Et on a cherché comment ce coup-ci ?

Inaya

Pardon si c'est brutal, mais vous arrivez à caqueter sur les maltraitances infligées aux corps des femmes

Véra

On ne peut plus parler ? Faut tout le temps partir en guerre ?

Inaya

Y a parler et parler

Véra

Ça veut dire ?

Inaya

Certains sujets ne peuvent pas être traités comme s'il n'y avait pas derrière des gens qui en bavent toute leur vie, leurs enfants après eux !

Sayna

Donc, on n'a pas le droit de s'exprimer ?!

Célia

Plus de place pour l'expression, tout pour l'action ?

Véra

Même au foot, on dit aux filles : « La tête, pas seulement les jambes ! Et ne faites pas comme les garçons, ne crachez pas par terre ! » Alors, nous, on peut bien utiliser nos têtes, non ?

Inaya

À bon escient !

Keshia
Eh ben, merci madame !

(Elles s'activent dans leurs tâches.)

(Les jeunes hip-hopeurs font une démonstration spectaculaire avant de glisser en coulisses.)

Scène VIII

Sequoyah
Puisque tu vas jusque là-bas
Tu vas les étudier ?
Mais, papy, on n'étudie pas ces gens-là !
Ah ! mais ils nous étudient !
Il faut rendre la politesse
Y a sûrement des tribus chez eux aussi !

Ainsi voulait mon grand-père
J'ai longuement réfléchi
Pensait-il aux Bretons
Aux Auvergnats
Aux Vendéens
Aux Alsaciens ?
Il doit bien y avoir
Des sortes d'Iroquois de là-bas
Insistait-il l'œil vague
J'ai encore réfléchi

Qui seraient-ils ?
Des Catalans
Des Basques
Des Occitans
Des Valdôtains
Des Arpitans
Des Wallons
Tout ça sonne tout drôle

Ah ! mais pourquoi n'étudie-t-on que nous ?
S'entête mon grand-père en kali'na
À gorge nouée
Le cœur buté
Comme il avait insisté l'an dernier
Ça fait cent ans
Cent ans pile
Bibi Kali'na n'est jamais revenue
Bibi les a crus
Les autres aussi
Ils ont pris ce bateau
Combien de jours et de nuits
Ont-ils passés dans ce
Jardin d'acclimatation
Qui sait
Ce qu'ils ont vu
Et entendu
Ceux qui sont revenus
N'étaient plus maîtres de leur langue
Et le corps de Bibi ?
Jamais revenu
Jamais rendu

Son esprit est chez les ancêtres
Ils sont venus la chercher
Le Piiyaï n'était pas là-bas
Mais il a fait son travail
L'esprit a traversé
Où est le corps de Bibi ?

La question de mon grand-père
A creusé ses racines
Pourquoi l'ethnologie nous serait-elle réservée ?
Et si l'exotisme était réversible ?
Si tout d'un coup il se lisait
Aussi bien
Du Sud au Nord
Que du Nord au sud
…
Oh mes aïeux
Imaginez le foin
Le monde sens dessus dessous
Des cohortes d'ethnographes
Déboulant dans les pays à tribus
Et croisant des escouades
D'explorateurs basanés
En route pour vérifier
Comment se comportent au Nord
Les théories
Anthropologiques des Shamanes
Du Sud
Qui dans chaque langue
Nomment leur communauté
« Nous, les Hommes »

Et appellent les autres
Toutes les autres
« Les Sauvages »
Ethnographes fébriles
Avançant en zigzag
Comme des colonnes de fourmis rouges
Chaque fourmi trimbalant
Un minuscule relief de feuille verte
Tandis qu'en sens inverse
D'autres colonnes
De fourmis délestées
Remontent alertes
Vers le lieu du pillage
En slalomant pour éviter
De se heurter

L'égalité commence-t-elle par la réciprocité ?

Ainsi rumine mon grand-père
Ses questions sans réponse

Questions
Sans rime ni raison
Questions qui rampent et campent
Teigneuses et affolantes
Quand soudain surgit
L'image
Désopilante
Effrayante
Du village cannibale
Hautefaye

Qu'ont-ils infligé
À ce jeune noble républicain ?
...
Ce malheur vrai
Eut lieu
Dans l'ethnie des Périgourdins

(Musique : Nèg Marron : Laro Camopi *; version de Michaelle Ngo Yam Gong.)*

...
...
Le temps est vraiment déchiqueté !

(Soupir bruyant.)

Par où prendre ce monde ?
...
Peut-on encore composer ?

Scène IX

Solavi

Les filles, je suis juste passée vous déposer ces provisions. Je ne vais pas rester aujourd'hui

Solomiya

Ho ho t'as vu ta tête ?

Solavi

Avec ce que je déguste, ma tête, c'est le cadet de mes soucis !

Solomiya

Aïe ! c'est ton endo ?

Solavi

Comme tu dis, mon endo…

Célia

À ce point ! Et à cette heure ! T'as été obligée de quitter le boulot alors ?

Solavi

Intenable. Heureusement, ma DRH est au courant. Ce n'est pas la première fois que je fais une crise à me rouler par terre. Littéralement ! Par chance, lorsque ça m'est arrivé la première fois, ma collègue de bureau, ma coloc de bureau je devrais dire vu qu'on partage un local au bout du couloir, une sorte de réduit avec fenêtre condamnée à peine plus large qu'un cagibi où ils ont mis une plante maigrichonne tu sais ces espèces de gros feuillages verts et bordeaux comme pour faire bureau paysager ce qui ne l'empêche pas de dépérir à petit feu malgré nos arrosages quotidiens, peut-être que nous aussi d'ailleurs dans ce réduit on dépérit sans se voir ni le voir, bref, heureusement ma collègue-coloc est super sympa, elle est très maternelle, elle est à trois ans de la retraite et a tendance à se prendre pour ma mère ou ma marraine, bref encore, elle est tellement bienveillante que non seulement elle m'a apporté un verre d'eau, je ne sais pas pourquoi quand les gens font un malaise on leur donne de l'eau, quand j'étais gamine c'était plutôt mets-lui une pincée de sel sur la langue, non, criait quelqu'un d'autre c'est du sucre qu'il faut lui donner, trouvez du sucre, en carreaux de préférence, avec une goutte d'iode dessus, relevez-lui la tête, mais non, au contraire il faut lui baisser la tête pour que le sang revienne au cerveau, mettez-la sur le dos, mais non, c'est sur le flanc, aujourd'hui on dirait PLS, PLS position latérale de sécurité, on est trop pressés maintenant pour dire les mots en entier, PLS PLS PLS avec des « reculez, reculez, reculez, faut la laisser respirer, laisser passer l'air », bref tout le monde était médecin ou pompier, n'empêche que ces urgentistes de l'inopiné ou secouristes de l'impromptu arrivaient bien souvent à sauver des vies ou limiter les dégâts, ça ne finissait pas toujours en AVC, arrêt cardiaque ou hémiplégie, c'était grâce à tous ces soigneurs-soignants sauf pour ceux qui croient que la providence, passant par là par hasard s'en est mêlée, enfin bref de bref, ici, quand tu tournes de l'œil c'est de l'eau qu'on apporte, et tu te dis quand ils auront bien abîmé la planète et que l'eau aura été tellement épuisée que lorsque tu feras un malaise, on te mettra plutôt sur le front une pièce en or, denrée devenue moins rare que l'eau douce, tu comprends qu'on est déjà bien dans la panade…

Célia
Donc, pour résumer ou pour conclure ?

Solavi
Donc, heureusement que la DRH avait assisté à un concert d'Imany. C'était un concert avec des tarifs super abordables vu qu'Imany faisait ça en soutien à la cause endométriose, en plus de l'Endorun, la course solidaire qu'elle a lancée et en plus elle est la marraine de la journée nationale de l'infertilité, et quand elle fait des concerts comme ça, elle donne la recette à la recherche, c'est génial hein ! Les concerts d'Imany, c'est toujours top, et en plus, le p'tit peu d'argent que tu paies pour ton gros plaisir, ça va t'aider pour que des bons cerveaux de chercheuses s'occupent de bien réfléchir et farfouiller pour

trouver comment te soulager ! Tu vois les miracles de la musique…

Célia

Donc ta collègue a prévenu ta DRH qui, elle, compréhensive et compatissante, t'a donné feu vert pour prendre le large ?

Solavi

Tu peux te moquer, mais oui c'est bien ça madame !

Célia

Je ne me moque pas, j'essaie juste qu'on finisse cette conversation avant la fin du monde

Solavi

N'empêche que, sérieusement, on n'a pas idée des dégâts que fait cette saloperie d'endométriose

Véra

Tu aurais pu lui trouver une injure au masculin : ce salaud d'endométriose, par exemple !

Célia

Sauf que « en-do-mé-tri-yose » est un mot féminin

Solavi

Et que cette saloperie, c'est bien dans le ventre des femmes qu'elle loge et fait ses ravages

Solomiya

Non seulement dans notre ventre, mais bien spécifiquement dans ce qu'on a de biologiquement féminin

Solavi

Ouais ! ça tripote dans nos ovaires, nos trompes, nos ovocytes et *tutti quanti*

Solomiya

Encore, quand les médecins arrivent au bon diagnostic !

Célia

Ça va mieux ! imagine comment nos mères et nos grand-mères ont dégusté ! Sacrément !

Solavi

Ça va mieux ! vite dit ! Ce n'est pas ce que pensent celles qui ont dû passer par l'hystérectomie ou subir une ménopause artificielle. Ça te fout un coup d'vieux !

Solomiya

Un coup d'vieille !

Véra

Tu te rends compte : ménopause alors que tu es encore trentenaire !

Solomiya

Ouais, ça casse l'idée que tu te fais de ta féminité. J'ai eu tellement peur que ça tombe sur ma fille Olivia ! C'est une vraie saloperie, ce truc !

Solavi

Franchement, tu jettes aux orties toutes tes grandes considérations féministes, et tu te dis : « Putain de bordel de merde, je ne pourrai pas faire d'enfants ! »

Au diable les grandes postures, genre *(voix grave de dérision)* la maternité est une servitude, l'instinct maternel est une assignation sociale, un conditionnement sociétal, une construction culturelle, un dressage moral, un artifice d'oppression, et deuxième sexe par-ci et simone-de-beauvoir par-là, et ma carrière d'abord *(reprise voix normale)*, etc., au diable ! T'as envie de descendre dans la rue avec une pancarte artisanale où t'as écrit : « Des marmots SI je veux ! »

Célia
Très progressiste, en effet !

Solavi
Tu peux rigoler !

Solomiya
Sans blague ! J'ai une amie, une femme très active, qui a toujours eu des responsabilités, des engagements, des idées, des projets, des curiosités, des doutes, des impatiences. Juste après ses études, elle a décidé de changer de métier tous les quatre ans ; elle s'est fabriqué une vie professionnelle très dynamique et bien variée ; au début de sa vie active, elle avait décidé d'avoir douze enfants, six filles et six garçons, avant de se raviser et de se dire que, finalement, elle n'en mettrait pas un seul dans un monde aussi mal foutu. Jusqu'à ce qu'elle tombe enceinte, qu'elle s'interroge et qu'elle cède devant l'enthousiasme de son compagnon. Ça a été un garçon, après elle a eu une fille, après un garçon, après une fille, tout en menant concomitamment sa vie professionnelle et ses

engagements syndicaux, associatifs, politiques, tout ça tambour battant, ici et là, traversant les fuseaux horaires à tour de bras, combinant boulot et culture, bosserie et divertissement. *(Puis, voix grave, en dérision ; prestation de washboard.)* Quand soudain son corps finit par lui dire : coucouououou ! Ses yeux, desséchés, ne produisaient plus de larmes et lui brûlaient les paupières toute la journée, son sommeil complètement perturbé, son horloge biologique *kaput*, jamais faim jamais soif, et et et… la révolte des ovaires ! Une mutinerie ! Une jacquerie abdominale ! Saignements persistants, tous les jours pendant deux mois une serviette entre les jambes, amaigrissement, carences en fer, l'en-fer !

Solavi
Pas super moderne, la serviette !!!! Une femme aussi active n'utilisait pas de tampon ?!

Célia
Et puis ?

Solavi
Déjà, elle a été patiente ! C'est long, deux mois ! Pourtant, du portrait que tu en dresses, elle a l'air d'avoir du caractère, ta copine…

Solomiya
Mon amie !

Solavi
Ton amie, donc. Un monument de patience !

Solomiya

Tout le contraire. Par contre, un monument déraisonnable, sûrement. Parce que pendant tout ce temps-là, elle continuait sa vie débridée

Célia

C'est que sa serviette entre les jambes la dérangeait moins que ce que tu nous en dis

Solomiya

C'est juste le syndrome de la femme active, qui croit toujours que tout va rentrer dans l'ordre demain. Elle a fini par consulter une gynécologue

Célia

Et... ?

Solomiya

Qui en était étonnée elle-même, et qui lui a prescrit des examens

Célia

Qui ont révélé...

Solomiya

Des polypes, plein de polypes dans l'utérus

Célia

Voilà du joli ! Et on fait quoi avec plein de polypes dans l'utérus qui s'écoulent sans se tarir pendant deux mois ?

Solomiya

Voilà la question ! La gynéco lui a prescrit un traitement, qui s'est révélé inopérant

Solavi

Alors ? Elle n'est pas restée comme ça à saigner jusqu'à la fin des temps ?!

Célia

À mon avis, elle serait morte, desséchée, avant la fin des temps !

Solavi

On peut supposer que la seule alternative qu'on lui ait offerte a pu être : opérer, évidemment ! Retirer les polypes un par un !

Solomiya

Eh ben non ! Tenez-vous bien : la gynéco lui propose de provoquer sa ménopause

Célia

Eh ben ! Ton histoire ressemble vraiment à de l'endométriose

Solavi

Tu en parles à ton aise !!!! Comme si tu paradais pour le bac !

Célia

Oh ne te vexe pas, l'endométriose, c'est pas ta propriété privée

Solomiya

Donc, ménopause avant l'heure, mais si je vous raconte ça, c'est justement pour faire le rapprochement avec l'endo

Célia
Sauf que, si on considère ce que tu as dit, à savoir qu'elle avait eu quatre enfants, et tu n'as rien signalé comme tracas à ce moment-là...

Solavi
Ouais, même si la médecin n'a peut-être pas cherché par là, vu que ça devait être encore la période des grandes errances diagnosticales et des grands errements thérapeutiques, de ce que tu dis, ce n'était pas de l'endométriose : quatre enfants sans cataclysme, de mémoire d'endo, ça n'existe pas, ça n'existe pas !

Solomiya
Bien vu ! Non, ce n'était pas de l'endométriose, mais ce qu'on pouvait supposer, vu sa vie : du surmenage, avec dérèglement hormonal. Un corps normal n'est pas fait pour subir ce qu'elle a infligé au sien

Célia
Donc donc...

Solomiya
Donc, quand la gynéco lui a proposé cette ménopause artificielle, elle a sauté au plafond ! comme si on lui proposait une ablation d'organe

Véra
C'est quand même une ablation, enlever des polypes

Célia
Oui, mais enfin, les polypes, t'en as pas besoin !

Solavi
C'est quand même ton corps qui les fabrique ! Donc ils sont à toi !

Solomiya
Et facteur aggravant, la gynéco lui a demandé de cesser de voyager pendant au moins quatre mois. Or, madame avait une mission dans la Pacifique ! Et bien raisonnable, elle y est allée ! Vingt-cinq heures de vol aller, idem retour !

Célia
Finalement, elle l'a bien cherchée, sa ménopause artificielle. Et elle a fini par s'y résoudre ?

Solomiya
Elle a beaucoup protesté. Et c'est ce qui me paraît le plus intéressant dans cette histoire, par rapport à ce que tu disais, Solavi, avec simone-de-beauvoir au diable. Son seul argument pour protester a été : « Et si je veux faire un autre enfant ? »

Véra
Ça, c'est pas mal !

Solomiya
Faut dire qu'elle n'était qu'en début de quarantaine !

Célia
Mais elle avait déjà quatre enfants !

Solavi

Ouais, mais je suis assez d'accord avec elle : elle voulait avoir le choix !

Célia

Elle ne peut pas avoir tous les choix : vivre comme elle veut et domestiquer son corps

Véra

Ah ben, nous y voilà ! Les mecs, ils ne vivent pas comme ils veulent, sans avoir à domestiquer leurs hormones ?

Célia

Ben, c'est la limite de nos revendications : ils n'ont pas d'ovaires qui les emmerdent !

Véra

Et revoilà le règne absolu de la nature ! J'avais cru comprendre que justement, le progrès et la culture consistaient d'abord à s'en affranchir…

Célia

Théoriquement, peut-être…

Véra

Non, pas théoriquement ! C'est justement ça, le progrès et la culture : rendre pratiques des droits et des libertés que la nature n'octroie pas spontanément, ou qu'elle attribue de façon aléatoire ou inégalitaire

Solavi

Bon, donc ton amie a été opérée ?

Solomiya

Non, c'était un traitement, pas une opération ; elle s'y est soumise parce qu'aucun autre choix ne lui a été proposé. Elle a quand même protesté jusqu'au bout. Et ce qui l'a agacée, puis amusée, c'est que sa gynéco ne manquait pas d'humour. Quand elle lui a dit : « Et si je veux un autre enfant ? », la gynéco lui a répliqué du tac au tac : « Eh bien, vous irez en Italie voir le docteur Antinori ! »

Célia

C'est qui çui-là ?

Solomiya

Vaut mieux en effet ne pas trop le connaître. *(Rire.)* En tout cas, à l'époque, il venait de faire accoucher une sexagénaire ! Et il semble bien qu'il ait recommencé…

Célia

Sympa !!!!

Véra

Pas d'âge pour les plaisirs !

Solavi

Assez d'accord !!!! On n'va pas laisser des cellules et des tissus régenter nos jouissances !

Solomiya

Il vient quand même un âge où il faut être raisonnable !

Solavi
Ah bon ?! Et au nom de quoi ?

Solomiya
Ben… des cellules justement !

Solavi
Ah ouais ?! Tu sais ce que je leur dis, aux cellules ?

Véra
Ha ha et moi je leur dis la même chose

Solomiya
C'est simplement un principe de réalité

Solavi
Auquel j'oppose le principe du désir, du bien-être, de la félicité, de l'hédonisme, ma chérie

Véra
Et moi, j'appuie. Tant qu'on peut, il faut. L'impossible arrive bien assez vite. Tu vois les vieilles dames qui viennent au ciné ? Sur leur visage et leur démarche, tu repères celles qui se contentent de tisanes et celles qui batifolent encore au lit

Solomiya
Celles-ci, les pauvres, elles doivent faire ce qu'elles peuvent !

Véra
C'est toujours ça de pris !

Solavi

Attends, Solo, un truc comme ça, merveille de la vie, tu le boudes ?

Solomiya

Je ne le boude pas, je parle d'être raisonnable

Solavi

Je vais te dire. La vie, elle nous demande une seule chose, de la vivre ! Comme on veut et comme on peut. Moi, je suis hétéro, j'aime les hommes, j'aime leurs voix, leurs corps, leurs mains, leur imagination. J'aime mater leurs fesses, surtout lorsqu'elles sont rebondies. Et l'amour, c'est l'amour. J'ai idée que ça marche comme ça dans tous les cas. Je me souviens d'une scène dans *Le Sari vert*, un roman d'Ananda Devi. Une jeune femme qui, pour faire enrager son salaud de grand-père, machiste, misogyne et intolérant, presque mourant et toujours aussi odieux, lui raconte comment elle fait l'amour avec sa compagne. Aux détails qu'elle lui donne pour le révulser, le vieux croulant réac qui ne juge rien plus dégoûtant que l'amour entre femmes, ces détails, érotiques, lascifs et inventifs, un brin salaces, qu'elle lui décrit généreusement, il comprend que ce ne peut être de la pure invention, c'est du plaisir recherché et partagé. À l'état pur. Donc, le genre ne change rien à l'affaire, hi hi hi. Et le vieux cochon, immobile sur son lit, dépendant et humilié, ça le fait bander. C'est trop bien fait pour lui avec ses glandes creuses !

Solomiya
Ouais Solavi, toi et la bienséance…

Véra
Hi hi, c'était le chapitre libidineux-luxurieux

(Elles sortent toutes quatre côté jardin, Solavi et Véra se tenant par l'épaule et fredonnant I Will Always Love You, *sans parvenir à monter aux cimes de Whitney Houston.)*

ACTE II

Scène première

(Tadéa est décontractée, tenue short seyant, chemisier en soie ; assise sur une balançoire.)

Tadéa

J'ai mis du temps à comprendre. Beaucoup de temps. D'abord ces mots interdits. Jamais une parole d'amour, quand bien même le regard s'exorbitait pour avouer une tendresse tourmentée. Tout était sans queue ni tête. Pas de câlin. Jamais. Jamais rien d'un corps à l'autre. Jamais. Une espèce de vigilance sans répit. Trépidante et anxieuse. Et des crises. Une éruption d'hystérie, lorsque son fils rentrait tard, presque minuit ou passé minuit. Une explosion délirante s'emparait de sa mère. J'occupais la chambre du fond, cet hébergement me coûtait la moitié de ma bourse. C'était un bon compromis. Je profitais d'une ambiance de vie de famille, j'étais tranquille sans être isolée, à trente minutes de la Fac. En semaine, je prenais mon unique repas de la journée au resto U le midi, mais le dimanche, c'était fête au village : un chocolat épais au réveil, d'étourdissantes odeurs d'épices, de condiments et d'aromates pour un festival olfactif dès six heures du matin, des plats en sauce de trente-six couleurs à table, et une sensation de péché presque lubrique lorsque le riz ou la semoule ou les légumes imbibés de coulis de tomates et cacahuètes descendaient mélodieusement dans mon œsophage enchanté. Le seul désagrément de cette cohabitation, c'étaient ces détonations de colère en pleine nuit. Elles avaient beau se répéter environ une fois par semaine, elles me surprenaient et m'arrachaient du lit d'un bond qui me propulsait hors de la chambre. Sa voix, d'abord. Stridente. Comme un train essoufflé. Puis, son corps, à peine épais, arrondi de-ci de-là de bourrelets indécis, entrait en transe. Son foulard de tête tenait dans une invraisemblable acrobatie, elle lançait ses pantoufles avec une rage telle que, malgré la matière, la mule molle arrivait à toute volée à la tête de son fils. Sans dégâts, évidemment. C'était cependant le signal, quelque chose de plus consistant allait suivre. Selon la pièce d'où s'était déclenchée la fureur, ce pouvait être un bibelot en verre ou en acier, ou un tube de dentifrice, accompagné d'un galimatias sur les flics soûls qui tirent à la tête de promeneurs solitaires et tardifs, les provocateurs qui cherchent à bouffer du nègre ou du rebeu, les rancuniers assoiffés de sang de la guerre d'Algérie qui ne font pas dans le détail, les chafouins qui veulent ramener ici, sur not' dos toutes les guerres d'ailleurs, et les gangsters qui traînent la nuit et règlent leurs comptes et se fichent bien de ceux qui croisent les balles perdues, et les pauvres mamans qui ne dorment pas parce qu'elles connaissent la vie scélérate et ses pièges, et les papas qui n'ont pas assez de force et de courage pour rester protéger leurs fils contre cette complocité générale de destruction des garçons et des hommes. Et encore, là, c'est moi qui traduis à peu près et mets un peu d'ordre dans son sermon saccadé. Lui, comme s'il s'y attendait, et il devait finalement s'y attendre, esquivait les bibelots et autres projectiles, il glissait vers elle, plié en quatre, l'enlaçait facilement dans ses grands bras de jobeur en maçonnerie, malgré son troisième cycle en management d'entreprise. Sa sœur, elles étaient quatre, toutes plus âgées que lui, l'aînée le raillait avec une pointe d'affection, sur ses études brillantes, lui demandant dans quel pays il avait vu des enfants de pauvres devenir managers d'entreprises, que c'était un job réservé aux enfants de chefs d'entreprises et que la méritocratie est une arnaque, statistiquement démontrée, qu'elle-même, lauréate de sa promotion à Sciences Po, elle est la seule à se contenter d'un job d'assistante dans une petite garderie de quartier, encore heureux, au moins a-t-elle un salaire, modeste mais régulier. Invariablement, la maman venait à la rescousse de son fils qu'elle voulait et s'obstinait à voir promis à un bel avenir, à défaut d'être promu ne serait-ce qu'à la hauteur de ses diplômes, et non proclamait-elle la méritocratie n'est pas une arnaque, n'écoute pas ta sœur mon fils, elle dit cela pour te chiffonner, elle sait bien que toutes ces années d'études et de révision et d'examens, tout ça, ça va payer un jour, il faut être patients, on n'est pas les seuls, y a qu'à voir les chiffres du chômage, et la sœur aînée de renchérir, justement le chiffre du chômage est plus élevé pour nous, et pour les garçons encore plus, et non ça n'ira pas mieux, les choses ne s'améliorent pas et regarde les logements et les quartiers, c'est à peine mieux qu'au temps du *Gone du Chaâba*, et… et la maman coupait net les élans de l'aînée en donnant une tape sur la poitrine à son bébé aux mains de maçon. J'ai mis du temps à comprendre que cette tape, c'était tout à la fois un baiser, une étreinte et une berceuse. Lui, la prenait dans ses bras, la soulevait de quelques centimètres, elle grognait-minaudait en se dégageant. Il revenait à la charge, l'attrapait et fourrait sa tête dans son cou, sous son foulard. Elle restait fâchée et tremblante. Il lui passait la main sur la joue, pour apaiser sa colère de nuit, il savait que c'était un vilain déguisement de sa terreur, et elle accueillait ses pales rugueuses d'apprenti-maçon comme le frôlement d'un carré de soie, ronchonnant encore, pour la forme, les yeux clos, des perles de sueur sur les tempes. Lui seul savait la calmer. Pour avoir compris, sans doute, d'où venait cette terreur qui la tenaillait la nuit, et pour avoir décidé, sachant cette terreur fondée, de ne pas renoncer à vivre. Elle n'avait qu'un regret, disait-elle, l'avoir prénommé Ahmed. Elle aurait dû ajouter un prénom chrétien. Il en riait et s'affublait alors de Ahmed-Henri, non Ahmed-Léon, ou Ahmed-Charles, ou mieux : Ahmed-Amédée, ça fait plusss vieille France, raillait-il dans un rire tonitruant et contagieux.

(Tadéa accélère son balancement.)

Lorsqu'on amena le cadavre d'Ahmed, son corps à elle lâcha. Hébétée. Affaissée. Elle ne contemplait plus que le vide. Son fils, son Ahmed, la prunelle de ses yeux, l'étoile qui guida les Rois mages, une oasis dans le désert, son Ahmed, sa fierté, son bébé... Le monde, désormais, un désert glaciaire. Ce sont ses filles qui la lavaient. Elle n'avalait que potage et purée, l'esprit retranché de l'autre côté de l'horizon. Elle souriait, l'air absent, aux seuls moments où elle recommençait à contempler les cadres de photos d'Ahmed, sa classe maternelle, son premier déguisement Halloween, une journée à Disneyland, une fête d'école et son déguisement d'Arlequin, et plus tard Ahmed ado, posant devant une moto, pouces relevés. Elle bichonnait les cadres. Les dévisageait. Les scrutait. Les lustrait. Les empilait.

(Tadéa arrête son balancement ; soupire ; puis le reprend.)

Je suis restée encore deux mois, regagnant ma chambre de plus en plus tard le soir, incapable de respirer l'air lourd et las de l'appartement. Je comprenais enfin. Partout, les parents sont inquiets et craintifs pour leurs filles, avant même l'adolescence. Cette mère, elle ressemblait aux autres mamans du quartier, totalement apaisée pour ses filles, malgré les difficultés et dangers, et elle était en panique permanente pour son fils. Toutes ces mamans sont des araignées manchotes, impuissantes à tisser une toile pour protéger leurs fils. Celle-ci asticotait le sien, le pressant comme si elle aurait voulu le cacher sous ses paupières. À raison.

(Tadéa ralentit son balancement.)

Cette angoisse permanente et cette prémonition ravageuse, cette tristesse sans fond, c'est une inégalité monstrueuse – et pernicieuse – entre les mamans, selon qu'elles sont noires ou blanches. Dans une indolence générale.

(Tadéa arrête de se balancer.)

J'ai erré quelques semaines en cette compagnie épuisée. Puis, je suis partie. Un peu engourdie, lestée d'un sentiment d'ingratitude, voire d'égoïsme. Je l'ai abandonnée à sa désolation sèche. Je ne parvenais plus à côtoyer son fantôme.

(Tadéa recommence à se balancer hardiment ; la Coryphée entre en fredonnant Light as a Feather, *de Chick Corea ; le chant s'élève, puis enfle, repris par les choristes :* There's a place so easy to be found / If you want I'll take you there right now / Come with me there's music all around / Can't you hear can't you see I am free.*)*

(Tadéa accélère encore un peu son balancement.)

J'avais besoin de ressentir mon âge. En attendant un nouveau coup de foudre, j'ai renoué avec mon ancien amoureux. J'avais envie de me laisser aller à des humeurs de cajolage. Je la jouais « c'est moi ta poupée, c'est moi ta *doll* » et même sous la lumière du jour, j'étais prête à me mélanger à mon gars, à lui servir des sornettes du genre « rien n'existe en dehors de toi, tu es le suc de la Terre, le sel de la mer, la douceur du vent déluré qui caresse l'aisselle des oiseaux ». Poésie indigente que je tentais sans y croire de relever en chantant *Don't explain, Just say you remain, You're my joy and my pain*, avec la voix de Nina Simone, quand même, plutôt que celle, déchirante, de Billie Holiday, signe que je n'étais pas complètement foutue. J'enchaînais avec *Fever* de Sarah Vaughan, *You give me fever Fever in the morning Fever all through the night I want to treat you right*. J'avais besoin que l'amour pète dans nos têtes et dans nos corps, dans nos gestes et nos voix, qu'il soit roi, qu'il soit loi et que je sois reine. Je me sentais revivre en déraillant comme Brel. Et j'embrassais mon amoureux à pleine bouche, lui mordillant les lèvres tout en hachant les mots, en suppliant : *a kiss to build a dream on…*

(Tadéa se balance vigoureusement, tandis que la Coryphée entre en chantant avec vigueur : Péyi an danjé de Kalawang ; elle est rapidement accompagnée par les choristes.)

Scène II

(Ambiance de récréation ; les cinq femmes s'activent, tout en devisant.)

Véra

Ça, c'est une matoiserie de mec sans cœur, sans conscience et sans reconnaissance

Solavi

Ouais ! qu'il ramasse ses ailes !

Véra

Ce gars, c'est un vaurien, un mauvais larron, un malotru, un misérable, un insignifiant, un rescapé du gibet !

Dihya

Comment tu protèges ce qui t'est cher ?

Véra

D'abord tu définis ce qui t'est cher

Solavi

T'es contre la peine de mort et tu vis dans un pays qui vend des armes

Dihya

Les femmes n'aiment pas les armes

Faiza

Foutaises ! demande à Thatcher ! La guerre des Malouines !

Véra

Ça c'est bien vrai ! et elle a gagné, la garce. Ce monde n'a aucun sens. Comment les îles Malouines peuvent-elles être anglaises, là où elles sont foutues ?!

Solavi

Je suis bien d'accord. Va enseigner la géographie aux enfants, après ça !

Véra

Ceci étant, elle a gagné contre un dictateur, ce crétin de Videla et sa junte militaire. Sa guerre va aider à les faire dégager

Inaya

Un, ça ne change pas que c'est une guerre coloniale. Y a pas d'autre nom pour des batailles de territoires loin de chez toi. La géographie, c'est pas une BD ! Tu n'déplaces pas des morceaux de pays comme tu veux. Comment les Anglais peuvent-ils être propriétaires d'îles dans l'Atlantique Sud ?

Faiza
On sait bien que l'Histoire transforme la géographie !

Inaya
C'est ça ! Et tant pis pour les gens qui vivent sur les territoires. Un coup de canon, et hop ! on change de nationalité ! Et encore ! quand ils n'en font pas des indigènes…

Véra
Je sens que tu as raison, en même temps, une attaque qui fait tomber une dictature…

Inaya
Un, ce n'était pas le but… Deux, ces gens-là se fréquentaient à l'ONU, dans les salles ou dans les couloirs. De toutes façons, si c'est la dictature que Thatcher voulait combattre, ce n'est pas ce qu'elle aurait fait, ce n'est pas son sujet privé. C'est quoi, cette foucade où tu te lèves un matin et tu dis que, toi tout seul, tu vas casser une dictature quelque part ?!

Faiza
Je suis bien d'accord ! Là, c'est vraiment une question de celui qu'a la plus grosse couille, chacun en profitant pour régler ses problèmes internes, chômage, grogne sociale et que sais-je encore !

Solavi
Et la Thatcher, c'est pas la salope qu'a laissé mourir toute une série de jeunes militants irlandais qui réclamaient un statut politique en prison ?

Véra

Exactement ma chère, c'est la même salope, la même garce, la même truie, la même…

Faiza

Eh ben dis donc, tu parles comme un homme, là ! Et pas de la meilleure espèce !

Véra

Tu m'excuseras, mais on se demande si c'est pas des femmes comme ça qui inspirent cette espèce d'hommes

Faiza

Et voilà ! c'est toujours la faute d'une femme ou des femmes ! Même Napoléon, c'est Joséphine qui l'a fait rétablir l'esclavage !

Véra

Dalila a bien trahi Samson…

Inaya

Oh purée, la route est longue !

Solavi

Et rocailleuse ha ha ha !

(Chanson rap de Casey : Ennemi de l'ordre.*)*

(Puis, Inaya fredonne : « Avec un ciel si bas / Qu'un canal s'est perdu / Avec un ciel si gris / Qu'il faut lui pardonner ».)

Dihya

Hier, en rentrant du ciné, il faisait encore clair et frais, j'ai parcouru la rue la plus insolite : sur à peine cent mètres, il y avait trois groupes différents qui distribuaient des tracts. Par politesse, j'ai tout glissé dans mon sac. En rentrant : surprise ! Les trois tracts annonçaient une espèce de fin du monde. L'un, c'était une sorte de lutte finale d'un monde dépassé qui promettait un *huge* renouvellement ; l'autre avait l'air civil et laïc mais annonçait un duel entre le diable et l'archange. De quoi te donner le bourdon !

Véra

Depuis le temps que ça nous prêche Armageddon, ça va se faire doubler par l'apocalypse climatique

Dihya

Le dernier, le seul que j'ai conservé, expliquait les luttes d'Extinction Rebellion. Et c'est même pas sûr que ce soit moins flippant

Solavi

Va savoir, c'est peut-être la même chose : des synonymes, eh eh !

Faiza

La guerre nucléaire va mettre tout ce monde d'accord

Inaya

Ça, c'est certain ! y compris les pensionnaires de bunkers

Véra

Tous les transhumanistes, les congelés, les surgelés, les augmentés…

Faiza

Tous moins poétiques et moins sympathiques que le savant téléporté à tête de mouche. Inventé depuis les années cinquante !

Véra

La version Cronenberg est très réussie. Trente ans plus tard. C'est aussi un transhumanisme plus lyrique

Dihya

Quand vous en aurez terminé avec vos divagations…

Véra

Nos partitions libres, tu veux dire ?

Dihya

Vos pédanteries, je dis

Faiza

Donc, quand nous en aurons fini… ?

Dihya

Je vous rappelle simplement que nous sommes censées régler le problème des bracelets de circulation, il faut préciser le nombre de couleurs et désigner la fonction des couleurs

Véra

En attendant, les histoires d'apocalypse sont quand même les plus mobilisatrices

Inaya

Toutes les générations ont aimé ce qui leur faisait le plus peur. Elles aiment ressentir leur impuissance

Faiza

Philosophie de bas étage, pardon ma chère. Aujourd'hui, la science a fait assez de progrès prouvés, pour qu'on sache qu'effectivement la planète est menacée

Véra

Et que nous ferions bien d'imiter la nature, en plus de la préserver

Solavi

La nature, la nature ! Les lois de la nature… tu rigoles ! tu n'as jamais vu une colonie de fourmis dévaster un avocatier ?!

Véra

Ben, faut bien qu'elles mangent, les fourmis !

Solavi

Y a que l'avocatier pour les nourrir ?!!!!!! Jusqu'au dernier bourgeon ! Nu ! Tout nu, elles le laissent !

Véra

Le goût du travail bien fait !

Solavi

Et le goût sadique de l'acharnement… parce que dès que l'arbre, obstiné à ne pas crever, se remet à porter de minuscules et tendres feuilles vert goyave, ces garces de fourmis reviennent !

Véra

Pourquoi, garces ? C'est peut-être surtout des mâles !

Solavi

Ce travail organisé et assidu ! ça m'étonnerait que ce soit des mecs !

Faiza

Bien vu ! Moi non plus, j'ai jamais vu une société où les hommes s'activent comme ça

Inaya

Sauf sur les chantiers d'immeubles où ils tombent comme des mouches des échafaudages et s'étalent désarticulés et sans vie dix mètres plus bas. Pas déclarés, pas recensés, pas statistifiés…

Solavi

Ça y est, toi, t'es déjà passée des mâles aux hommes !

Faiza

On n'sait pas qui imite qui, les mâles ou les hommes ou vice versa

Solavi

Ça se peut bien que ces fourmis, c'est que des filles à bosser comme des malades, regarde les ouvrières de ruches. Moi non plus, connais pas des sociétés où c'est les mecs qui s'activent comme ça ! t'en connais, toi ?

Inaya

Chez les tinamous, c'est le mâle qui couve les œufs et s'occupe des oisillons !

Solavi
On te parle de trucs de masse, tu viens là avec tes trucs poétiques, un mâle par-ci par-là qui fait plaisir à sa meuf

Inaya
C'est pas un par-ci par-là, c'est tous les tinamous mâles qui couvent tous les œufs pondus par toutes les femelles et qui nourrissent tous les oisillons dans tous les nids

Faiza
Bon, c'est un peu comme la veuve noire, ces araignées femelles qui mangent leurs mâles

Dihya
Et la mante religieuse, après l'orgasme !

Faiza
Eh eh, la saveur est dans l'adjectif. Toutes ces bêtes-là ne sont guère charitables. Question : ont-elles copié la brutalité des hommes, ou est-ce l'inverse ?

Solavi
Tout ça, ça ne fait quand même pas un effet de masse !

Faiza
Tu veux l'effet de masse ? T'as vu comment les colibris ont terrassé l'anaconda !

Solavi
Ah tiens ! je connaissais la fable du colibri qui prend sa précieuse goutte d'eau dans son bec pour

éteindre l'incendie de forêt… Je veux bien les allégories et les invraisemblances poétiques…

Faiza
Oui, j'admets, c'est un conte, un conte amérindien. Les oiseaux en avaient assez d'être tous tout noirs, alors que l'anaconda avait autant de couleurs sur son corps et à l'intérieur de son corps, tout ça à sa disposition, et il ne pensait même pas à parader !

Dihya
Tout le monde n'a pas le génie du paon

Inaya
Ou sa vanité

Solavi
Alors ? cet anaconda ?

Faiza
Alors les oiseaux lui ont piqué ses couleurs !

Solavi
Quel rapport avec les colibris ?

Jingle. Radio
Une dépêche d'anniversaire, sur le photojournaliste Kevin Carter qui avait immortalisé ce cliché d'une petite fille qui s'est avérée être un petit garçon, affaibli par la famine et guetté par un vautour, et qui s'était suicidé dans sa voiture. Son prix Pulitzer ne l'avait…

Dihya
Oh, éteins cette radio débile !

Suite Radio

… manifestement pas réconforté, peut-être même l'a-t-il…

(Véra baisse le volume.)

Faiza

Parce que ce sont deux colibris, aussi petits que des vrais colibris, qui ont terrassé l'anaconda pour lui piquer ses couleurs

Solavi

Ah ouais ! et comment ils s'y sont pris ?

Faiza

Ils ont dansé shihin shihin shihin, ils ont virevolté sous le nez de l'anaconda, ils se sont cogné la queue ouhm ouhm tok tok, ils ont twerké shrep shrep shrep et ce kouyon d'anaconda les regarde, fasciné, la gueule ouverte, et mes deux colibris fioup le piquent sur la langue

Solavi

Et alors ?

Faiza

Alors, ça le tue ! Il meurt net, en sifflant ssssssssssssssssss

Solavi

Et puis ?

Faiza

Et puis, tous les autres colibris, tous les autres oiseaux, tous tout noirs, se ramènent et, à force de becqueter, arrivent à dépecer et à ouvrir l'anaconda. Et là, ils lui piquent toutes ses couleurs

Solavi

Et ils font quoi avec ?

Faiza

Ils se parent ! Le kotinga s'est mis du bleu sur le corps et du rouge sur la gorge. Le flamant s'est mis du rose, l'ibis du rouge, le coq-de-roche de l'orange, le tangara du bleu sur le corps du rouge sur la queue, le kulik s'est fait des rayures sur le poitrail, l'aigrette s'est roulée dans une espèce de crème blanche qui sortait des viscères, l'agami s'est dessiné des reflets mordorés sur la gorge, bref, c'est grâce à deux colibris aussi petits que des colibris que vous pouvez admirer la nature chatoyante

Inaya

Autrement dit, comme pour Caïn, ça commence par un meurtre !

Jingle. Radio

Coup de filet spectaculaire ! Trafic de stupéfiants ? non ! trafic d'antiquités. Un réseau de trafiquants, composé de galeristes bien sous tous autres rapports…

(Grésillement.)

Véra

(La main sur le bouton du volume.)

T'as comme l'impression que ces infos-là, c'est fait exprès pour nous distraire

Suite Radio

« Encore un pillage du Sud par le Nord à un moment où quelques figurines sont parcimonieusement restituées à leurs sociétés d'origine à grand renfort d'annonces et de cérémonies », a commenté sur son blog Shitak, le leader de l'ONG « Cessez de nous piller », dans son style sans surprise. Une procédure lancée par…

Dihya

Je veux bien avaler ton histoire de colibris mais ça marche à la maternelle, ça, pas après ! Les enfants d'aujourd'hui sont trop délurés

Solavi

On aime les belles histoires à tout âge. Moi, elle me plaît

(Une femme avance un peu lourdement. Elle dépose un panier avec des légumes verts.)

Dihya

Oh merci, mille mercis Mamma Rosa ! Fallait pas ! Et tu as porté ce panier lourd sur tout ce chemin ! Merci, merci, je dis : fallait pas, mais on est bien contentes, c'est vraiment bienvenu, on va bien s'en servir pour nos recettes « bien vivre ». Tu vas voir ça mijoter dans nos fait-tout ! Merci encore Mamma Rosa. Tu as des nouvelles de ta fille ?

Mamma Rosa

Le ciel m'entende ! Dieu aussi, s'il écoute, je n'ai aucune nouvelle. Et je ne comprends pas, il n'y a jamais eu ni coran, ni bible, ni aucune sorte d'image sainte, ni verset ni voile à la maison. Je ne sais pas ce qui lui a pris la tête. Son bonhomme, sans doute. Elle ne me l'a jamais présenté. Et là, elle est loin, je n'ai pas de nouvelles, il paraît que j'ai un petit-fils. Il doit avoir deux ans, maintenant. Si leur Allah est vraiment grand, il me donnera la chance de le connaître. Enfin, ça ce sont mes soucis. S'il y a quelque chose que je peux faire pour vous aider, ça va m'occuper l'esprit…

(Mamma Rosa s'en va, lourdement. Silence.)

Inaya

Ses soucis, ses soucis, c'est pas que ses soucis. C'est aussi ceux de l'État. Et l'État pourrait s'en soucier un peu

Faiza

Oui. Un peu. Au lieu de faire l'autruche

Inaya

L'autruche et le matamore avec des coups de menton. Ça punit les enfants. On dirait du Trump contre les Mexicains et tous ces pays *shit holes*. Trouduc toi-même !

Faiza

Ouais, on en est là, du Trump pur jus !

Solavi

C'est quand même quelque chose. Ce pays s'est toujours pris pour un champion de démocratie et un parangon des droits de la personne, et il faut dire qu'à des périodes, il a fait des efforts pour mériter. Et voilà ce pays qui trie parmi les siens !!! C'est quoi, ça ? Une nation ce n'est pas un club *select* londonien ! On ne choisit pas quels citoyens on garde, lesquels on jette !

Inaya

Ouais ! Tant qu'à faire, avec cette conception de la nation, y a qu'à revenir au White's Club de ce crétin de Francesco Bianco

*(*Positive vibration, *reggae, version instrumentale ; un éclairage fait apparaître vers le milieu de la scène, jusque-là dans la pénombre, une jeune femme, assise devant un chevalet et portant un tablier très taché, qui est en train de peindre.)*

Dihya

(S'approche d'elle, observe durant quelques secondes.)

Et tu peins quoi, là ? On le regarde comment, ton tableau, de droite à gauche ou bien tête en bas ?

La jeune femme en train de peindre

Je peins l'âme du vent

Dihya

Ah ! excusez du peu !

La jeune femme en train de peindre

Maria Helena Vieira da Silva a bien peint l'issue lumineuse !

Dihya

Pardon, madame ! J'allais te demander un service, mais je conçois que ce serait déplacé ! Eh, Solavi, tu peux voir si le bon de livraison des tentes est bien conforme à la commande ?

Solavi

Je veux bien, mais ce n'est pas mon rayon, ces choses-là !

Scène III

Kayla, la Coryphée

Olivia a maigri. Ou minci. Solomiya croit qu'Olivia est amoureuse. Elle fait semblant de ne pas remarquer que ses jupes flottent à la taille. Elle aime cette silhouette affinée. Elle a décidé, sans rien en dire, de cuisiner diététique pour le repas du soir. Olivia déjeune à la cantine du collège. Solomiya avait repéré, à l'entrée de la ville, cette espèce de petite boutique, genre bric-à-brac, avec un coin réservé à des légumes et des fruits cultivés au naturel. « Sans engrais », indique à la craie en pleins et déliés une ardoise quadrillée ancien modèle. « Sans pesticides », ajoute au feutre noir un carton vert découpé dans une chemise. « Élevés en plein air », annonce une bande de papier blanc en forme de guirlande, accrochée à une cage où trois poules caquettent sans harmonie. Ni mélodie. Solomiya croit qu'Olivia veut maigrir. À quoi peut bien ressembler ce garçon qui lui tourne la tête au point de lui manger des kilos à vue d'œil ? Solomiya frétille chaque fois qu'elle y pense, et elle y pense deux cents fois par jour. Quelle chance ! Sa petite Olivia, si réservée, si repliée sur elle-même : amoureuse ! Enfin ! Solomiya n'y croyait pas. À dire vrai, elle n'y pensait pas. Mais seul l'amour peut ainsi vous bouffer des kilos, du muscle et du gras, en si peu de temps et sans autre signe d'alerte. Solomiya s'essaie à deviner les goûts d'Olivia. Comment est-il ? Beau ? grand ? timide ? effronté ? On dit que les contraires s'attirent. C'est, à coup sûr, une histoire qui vient de commencer. Olivia est encore plus repliée en elle-même. L'amour a ces effets contraires et piquants à ses débuts : il rend exubérant ou rêche et renfrogné. Ça ressemble bien à Olivia, d'être renfrognée quand le bonheur lui tombe dessus. Quand on n'a pas l'habitude, on se méfie, on ne veut pas y croire tout de suite. On a peur qu'il s'envole. Enfin ! Même l'adversité se lasse donc ! Solomiya philosophe. Depuis le temps que sa petite Olivia mérite le bonheur… après tant de déconvenues dans sa courte existence. Treize ans. C'est peu, c'est court ! Rien du tout à l'échelle d'une vraie vie. Mais c'est long déjà, quand s'en mêlent les secrets et leurs ombres. Et cette pauvre Olivia a connu des moments de mélancolie… non, de tristesse. Les enfants peuvent être cruels entre eux. Mais, bon… ce coup-ci, ça ressemble bien à une amourette. Une idylle. Comme dans ces romans que Solomiya n'a jamais ni revus ni relus, mais dont les extraits travaillés à l'école, souvenirs lointains et fumeux, laissaient deviner toutes les conclusions, tous les prolongements, qu'on voulait ou qu'on pouvait imaginer. Solomiya se raconte une histoire à tiroirs. Elle donne à sa chronique des ailes de papillon bleu indigo et des pattes jaune soufre.

Scène IV

Jingle. Radio

Le tueur en série de New York a été arrêté. En trois semaines, cet homme a tué à coups de feu et de couteaux deux sans-abri pendant leur sommeil sous leur tente, et en a blessé un autre…

Dihya

Si tu n'travailles pas sur toi-même, tu n'peux pas garder le moral, avec ce que les gens font aux gens !

Suite Radio

Le tueur, entièrement vêtu de noir, cagoulé et ganté ainsi que les deux victimes souffraient de troubles mentaux. L'une des victimes avait séjourné dans le même asile que le meurtrier. Ce dernier a été inculpé pour meurtre au premier degré…

Inaya

Des malades qui tuent des malades, tueur et victimes, tous fêlés, qui dorment et déambulent dans la rue, ça ne peut pas être la faute à personne !

Jingle. Radio

Nouveau vêlage à l'est de l'Antarctique. Selon les chercheurs, c'est une conséquence immédiate de la grande vague de chaleur...

Dihya

Des veaux et des vaches dans l'Antarctique ? Ils savent plus quoi inventer pour faire des nouvelles fraîches !

Suite Radio

La barrière de glace de Conger s'est désintégrée. Ce vêlage qui donnera des icebergs concerne un bloc de glace aussi large que la ville de Rome ou celle de Los Angeles...

Dihya

Ah bon ! Mais tout ça c'est loin, c'est pas comme ça qu'ils vont faire comprendre que la Terre est foutue, et nous avec...

Suite Radio

... Ce Conger, c'est douze fois la superficie de Paris...

Solavi

Wohhh la Terre foutue, la Terre foutue ! nous, oui ! Elle, pas sûr

Suite Radio

… Certains craignent une ruée sur les gisements d'hydrocarbures qui deviendraient accessibles. On a vu déjà ces dernières années des multinationales, pour certaines explicitement climato-sceptiques, qui ferraillaient pour obtenir des permis d'explorer…

Solavi

(S'adressant à Dihya.)

C'est bien une prof de ta fille qui est partie en mobilité dans une assos humanitaire ?

Suite Radio

… des associations militantes pour le climat…

Faiza

Paraît qu'ils n'ont pas encore guéri de leur manie de planter leurs drapeaux, comme au temps des colonies

Solavi

Ils l'ont fait sur la Lune aussi. C'est une manie… au vrai sens de maladie

Faiza

La dernière fois, ça n'est même pas vieux. C'était en 2007, je crois. Dans l'océan Arctique

Véra

On bavarde, on bavarde, tant qu'on n'aura pas débarrassé le monde de ces mâles dominants, ça va être les mêmes démonstrations de force, de génération en génération

Dihya

D'ailleurs, les p'tits garçons continuent à jouer à ça…

Inaya

Les p'tits garçons… nos p'tits garçons…

(Chant : Eva, *avec la voix tonique de Marijosé Alie.)*

Scène V

Jingle. Radio

Perturbation aux enchères. Un homme, sans qualités particulières, n'ayant décliné que sa nationalité française et son ascendance gabonaise, a tenté vainement de s'opposer à la vente aux enchères d'un masque…

Keshia

Entends ça ! Sans qualités particulières ! Il aurait dû dire s'il sait dresser les tigres ou nourrir les chimpanzés ?

Suite Radio

… Ce masque fang est attesté être un objet rituel qui servait lors des cérémonies de justice traditionnelle jusqu'au tout début du XX*e* *siècle…*

Véra

Ben quand même, si c'est attesté objet rituel, il a peut-être raison de râler, l'homme sans qualités !

Suite Radio

… mesurant cinquante-cinq centimètres de hauteur, ce masque a été sculpté dans du fromager, un arbre sacré, il a été patiné à l'argile de kaolin, et sa parure de fibres végétales est extraordinairement conservée…

Véra

Oh ! du kaolin. Tu sais que les Sénégalaises croquent ces p'tits cailloux ? surtout les femmes enceintes, paraît-il ; elles appellent ça « kew » en wolof. Ça vient du Mali. J'ai une copine qui se faisait des masques de beauté avec, mais sa mère disait qu'en macération ça donne du fer et du calcium, et que ça étouffe le stress avant les examens. Tu parles !

Suite Radio

… on ne connaîtrait, selon les anthropologues, qu'une dizaine d'exemplaires, chacun étant pièce unique, de ces masques blancs provenant de la société secrète du Ngil…

Suite Radio

… le perturbateur, qui réclamait la restitution du masque au Gabon, n'a pu empêcher la reprise des enchères ; le masque fut adjugé à 4,2 millions d'euros, soit 5,25 millions avec les frais, pour le collectionneur européen discret mais très connu des marchands parisiens, qui a acquis cette pièce rare…

Sayna

Faut quand même avoir du pognon !

Suite Radio

… manifestement mauvais perdant, le Franco-Gabonais n'a pu s'empêcher d'haranguer l'assistance peu coutumière de ce genre de perturbation, en lançant : « Nous allons porter plainte, c'est le gouverneur Fournier, un homme de pouvoir français, qui a ramené ce masque volé… » Il ne put finir sa phrase, ayant été furtivement quoique solidement sorti de la salle par l'équipe de sécurité…

Faiza

Avec le risque qu'ils se ressemblaient, vigiles et perturbateur. C'est perfide !

Jingle. Radio

Comme chaque lundi, notre rubrique « la filouterie patraque du "grand remplacement" et le monde tel qu'il va » : les autorités indonésiennes ont envoyé l'armée pour contenir la marche des Papous qui protestent encore pour leur territoire…

Faiza

Ce qui est pris est bien pris, c'est ça ?

Suite Radio

… les Papous dénoncent les violations des droits de l'homme. Ils se plaignent qu'en quelques années, la part de non-Papous dans la population soit passée de 2,5 % à 35 % et 60 % dans les villes…

Dihya

C'est sûr que… quand les chiffres parlent…

Suite Radio

… ces manifestations récurrentes servent aussi à protester contre le déplacement massif et forcé de soixante mille à cent mille personnes, selon les sources, entre 2018 et 2021…

Suite Radio

… En tête de manifestation, un portrait de Makilon Tabuni, un préadolescent de douze ans, suspecté d'avoir volé une arme, incarcéré et mort en détention…

Célia

C'est bizarre, ces sociétés où on maltraite les enfants…

Suite Radio

… Ces Papous sont indépendantistes. Ils reprochent au gouvernement de Joko Widodo d'utiliser la force contre leurs revendications politiques. Ils rappellent que jusqu'en 1969, ils étaient souverains…

Célia

Tu regardes bien, tu ne piges rien aux frontières, ni sur le papier ni sur les cartes. C'est quelque chose, ces pays qui veulent toujours manger d'autres pays ! Y en a sur tous les continents !

Suite Radio

… Les Papous savent qu'ils ont peu de chances d'être entendus et soutenus par la communauté internationale, vu que l'Indonésie non seulement dispose d'un siège non permanent au Conseil de sécurité de l'ONU, mais que le pays est membre du Comité de décolonisation…

Dihya

Ah, c'est sûr que le cancrelat qui traîne devant le poulailler n'a jamais le dernier mot. Shriiiip ! d'un seul coup de bec, la première poule qui passe n'en fait qu'une bouchée

Solavi

Tu vois, c'est dans les pays qui crient plus fort que les autres qu'ils maltraitent le plus les enfants. Regarde dans ces pays européens super civilisés toutes les histoires d'internats, de sévices, de campings, de pédophilie…

Célia

Pédocriminalité !

Solavi

Tu as raison ! pédocriminalité

Jingle. Radio

Une délégation de femmes inuites, toutes en tenue traditionnelle, est arrivée ce matin au Vatican. Elles ont traversé l'Atlantique pour entendre, ce qu'elles espèrent mais qui n'est pas confirmé : les excuses du pape pour les abus sexuels, la maltraitance et la mort de milliers d'enfants autochtones accueillis dans des pensionnats religieux…

Solavi

Tu vois ! la vérité ! on dirait que la radio nous a entendues

Célia

Ouais : « accueillis », ce n'est peut-être pas le bon mot !

Véra

Et je me demande pourquoi ce journaliste, qui aurait pu laisser le sujet à sa collègue, croit bon de préciser qu'elles sont TOUTES en tenue traditionnelle. Il pressent qu'il y a un symbole, mais il ne le perçoit pas ! il ne pige pas !

Célia

Sans compter le confort. Elles doivent y être plus à l'aise, autant physiquement que psychologiquement. Quand on est aussi loin de chez soi…

Suite Radio

Au Canada, c'est la consternation ! Un instrument technique de détection géologique est venu confirmer ce que l'on savait, supputait, refoulait : les sites d'anciens pensionnats pour enfants autochtones au Canada sont des cimetières clandestins…

Solavi

Supputait ! voilà, ça supputait ! on a des indices ou des doutes sur pareille ignominie, et on ne se presse pas pour savoir, quitte à espérer qu'on se trompe…

Suite Radio

Plus d'un millier de restes d'enfants ont été recensés. La communauté Tk'emlúps te Secwépemc, très mobilisée sur le pensionnat de Kamloops en Colombie-Britannique a relevé deux cent quinze restes d'enfants. Les petits Autochtones y étaient accueillis dès l'âge de trois ans pour certains…

Solavi

Tu sais que tu me gonfles, mec, avec ton « accueillis accueillis accueillis »…

Suite Radio

On dénombre sept cent cinquante et une sépultures anonymes à Marieval, cent quatre-vingt-deux à Cranbrook. On estime que les cent trente-neuf pensionnats auraient accueilli cent cinquante mille petits Autochtones, dont plus de quatre mille ne sont jamais revenus…

Solavi

Il faut dire les mots de la vérité : les enfants ont été arrachés à leurs familles, ils ont été séquestrés dans ces pensionnats, torturés, violés et assassinés. Point à la ligne. Bonjour monsieur Pape, on dit quoi, là ? Laissez venir à moi les petits enfants ?

Suite Radio

… *Une association a retrouvé trace d'un Français, Joannes Rivoire, dont on ne sait plus s'il était prêtre ou oblat, contre lequel des plaintes avaient été déposées au Canada dès les années soixante-dix. Cet homme a échappé aux poursuites en se réfugiant en France. Des survivants de pensionnat, soutenus par les communautés autochtones, des élus et des universitaires veulent qu'il réponde de ses crimes devant la Justice…*

Véra

C'est déjà ça, si on a retrouvé un coupable…

Célia

Un présumé coupable !

Solavi

C'est ça ! Des milliers de victimes, des os d'enfants sous terre mais c'est toujours présumé

Célia

Ce n'est pas la quantité qui compte, c'est le principe !

Solavi

C'est du joli, ça ! dans ce cas, vaut mieux abuser, violer, torturer et zigouiller à la chaîne, si c'est le même tarif ! On comprend mieux pourquoi il y en a autant !

Célia

Du calme ! c'est la Justice qui fait le tri !

Solavi

C'est bien le mot, ça ! le tri ! Entre les puissants et les misérables ?

Suite Radio

… Une actrice, très impliquée dans la lutte contre le silence de l'Église sur les crimes commis en son sein contre les enfants, a fait un parallèle entre le Canada et les États-Unis, évoquant le dernier roman-vérité de Colson Whitehead, Nickel Boys, *également basé sur la découverte d'un cimetière dans la cour du pensionnat qui accueillait des préadolescents africains-américains…*

Keshia

Ça s'appelle comment quand tu tues tes propres enfants !?

Suite Radio

… *L'interviewer a conduit l'actrice à préciser que ce parallèle est à manier avec précaution, l'internat de* Nickel *étant un établissement public. L'actrice a répliqué qu'il était censé être inspecté régulièrement et que la question était celle de la protection des enfants, et qu'elle restait la même en établissement confessionnel ou public…*

Solavi

Justement, ils ne considèrent pas ceux-là comme leurs propres enfants ! Autochtones, Noirs-Américains, ça n'compte pas pour de vrai. Ces gosses-là, ça n'doit même pas être dans les recensements. Alors tu parles, les disparitions… Tu n'disparais pas, si t'es jamais apparu…

Keshia

Sais pas si j'suis d'accord avec l'actrice, comme dit ce zozo pas foutu d'nous donner son nom. C'est quand même des millimètres plus grave si les tortionnaires sont en plus des gens qui, le dimanche, disent aux parents de ces gosses de manger le corps du Christ mort sur la Croix pour racheter nos péchés !

Solavi

À ce stade d'écœurement, sais pas si suis capable de faire une différence

Véra

Enfin, des vivants ça ne meurt pas comme ça ! Il y a bien des gens qui voient qu'ils ne sont plus là…

Solavi

Oui, sans doute hélas, des « gens » qui eux-mêmes ne comptent pas non plus ! Tu vois une maman autochtone quitter son Saskatchewan ou son Nunavut pour aller porter plainte à la police, la gendarmerie ou au tribunal ? Idem, tu vois une pauvre mamie, intelligente et sage mais illettrée, quitter son trou à rats à Harlem, ou pire, son taudis en Alabama pour aller demander des comptes à la police ségreg ?

Célia

Oh toi et ton sens de la mesure… c'est le passé, ça ! Infiniment regrettable, mais passé…

Keshia

Pas sûr que ce soit tout à fait passé. Et ces cimetières-là, on les découvre maintenant, sur des actions passées

Véra

Et demande à la NAACP et à Black Lives Matter s'ils sont dépaysés par de telles horreurs, si ce sont des choses passées ?

Dihya

Passées de quelques années, pas tant que ça !

Solavi

La preuve, c'est qu'il existe encore des coupables vivants !

Célia

Présumés coupables !!!

Solavi

Présumés ou confirmés, ils sont peinards !!!

Véra

Et ça croit en Dieu !

Dihya

Elles ont raison, ces femmes, d'avoir fait ce long voyage pour entendre les excuses du pape

Célia

Oh oh oh, ce n'était pas ce pape-là !

Solavi

Ah ouais ! Et tu sais, toi, quels papes c'était ? Au pluriel, s'il te plaît, parce que ça a duré plus d'un siècle

Suite Radio

... tous ces internats avaient une doctrine : arracher les enfants à leurs familles et leurs villages et « tuer l'Indien » qui sommeille dans ces enfants sauvages pour en faire de bons Canadiens et de bons catholiques...

Solavi

C'est toujours comme ça avec ce genre de gens supérieurs : ils commettent des crimes et ils font de la philosophie autour. Tu vois, c'est le joli ruban brillant autour du cadeau, mais tu n'sais pas si le cadeau c'est du chocolat ou du caca. Et ça a des chefs, peinards à Rome, qui règnent sur le monde

Véra

C'est gonflé de débarquer dans leur pays, ces Indiens y étaient quand même avant les colons européens, français ou anglais, et ça veut en faire de bons Canadiens. Quelle morgue, quand même !

Keshia

Sans mettre tous tous tous les papes dans le même camail !

Solavi

Peut-être, mais si ce n'était pas ce pape-là, c'était cette Église-là !

Sayna

Surtout, à mon avis, elles ne les ont pas encore entendues, ces excuses

Célia

Ne dis pas ça ! Regarde Jean-Paul II, il avait bien fait le voyage à Gorée et il avait prononcé des sortes d'excuses pour l'esclavage…

Sayna

Tu vois, toi-même tu dis que c'étaient des sortes d'excuses !

Solavi

Surtout, tous les coupables étaient morts depuis longtemps ! Là, les assassins sont encore vivants, c'est plus difficile de dire : « Oui, l'homme blanc civilisé fait des choses pareilles. »

Célia

Et voilà ! voilà la couleur qui s'en mêle !

Solavi
Désolée, mais c'est la réalité ! C'est des prêtres blancs qui abusent d'enfants autochtones ! C'est des soi-disant éducateurs, blancs aussi, qui tuent les enfants noirs sous les coups…

Dihya
C'est vrai qu'on dirait qu'il y a des sortes de corps qu'on brutalise, bastonne, esquinte plus facilement que d'autres

Solavi
Et plus impunément !

Célia
Impunément est un adverbe absolu. Pas besoin de plus ou de moins

Solavi
Sais pas si tes subtilités grammaticales font une différence pour les pauvres enfants

Célia
Ça fait une différence pour l'état du monde. La violence et l'impunité, hélas, ça court le monde

Sayna
C'est vrai et c'est dommage, mais c'est pas le sujet ! la pédophilie dans l'Église…

Célia
La pédocriminalité !

Sayna
OK OK et pardon ! la pédocriminalité donc, dans l'Église, les victimes sont de même couleur que

leurs tortureurs... Ceux qui les ont couverts aussi. Partout ! En France, Irlande, Australie, Allemagne, au Brésil, à New York, à Albany, l'évêque Howard Hubbard, tranquille, pendant vingt-cinq ans il savait, mais voulait pas de scandale, pas de tourmente. Tant pis pour les tourments des enfants. Et les viols, ce n'est pas un scandale !

Keshia

Ben ouais, ils ont continué leurs mauvaises habitudes, vu qu'ils ne payaient pas quand c'étaient des enfants métèques...

Solavi

Métèques !!!!??? mais enfin, ces enfants-là, c'est leur pays !!! Les Autochtones sont les premiers habitants du Canada, et les Noirs-Américains, leurs ancêtres sont arrivés captifs et pendant quatre siècles ils ont construit, gratuitement, comme esclaves, ce pays qui avait été volé aux Amérindiens. Si avec ça t'es encore métèque...

Sayna

On n'peut pas dire, avec toi dans une conversation, on passe plus de temps à discuter des mots qu'à parler du fond...

Solavi

Navrée, mais les mots, c'est le fond ! Quand tu choisis un mot, tu prends position !

Sayna

Ah ça, c'est la plus belle ! tu m'accuses ?!

Dihya

Cool, les filles ! On ne va pas faire comme les hâbleurs à rodomontades qui veulent toujours avoir le dernier mot dans les discussions…

Keshia

Ou comme des mégères, ha ha ha !

Célia

Pour les trucs désagréables, il y a toujours un féminin, c'est sûr !

Solavi

Ce n'est pas la peine de jouer la désinvolture, ces histoires-là donnent le bourdon. C'est partout, sur les enfants. Partout, ils volent comme ça les enfants des autres et ils en disposent

Véra

Solavi a raison ! Sous les dictatures chilienne et argentine, ils ont volé les enfants des militants de gauche qu'ils ont assassinés, souvent après les avoir torturés et violés, et largué leurs corps dans la mer ou le fleuve, depuis un hélicoptère. Ils volent les enfants ! les enfants de leurs soi-disant ennemis ! Ils les volent et les donnent aux mégères, justement, les femmes de militaires, ces générales et colonelles par alliance. Tu dirais qu'ils ont besoin du fruit de l'amour et de la chair des autres pour se consoler de leurs vies fausses et leurs utérus bréhaignes. Tu imagines ce que c'est pour ces enfants quand, un jour, ils apprennent la vérité !

Solavi

Argentine, Chili, Australie... Ils ont volé les enfants des Aborigènes. Pareil, ils les ont mis dans des orphelinats ou donnés à des familles qui s'ennuyaient

Célia

Y a pas de place pour de la tendresse ? Pour des familles qui, peut-être, voulaient aimer ?

Solavi

C'est ça ! Y a qu'eux qui aiment, qui savent aimer, qui aiment mieux que personne et surtout mieux que les parents des enfants

Véra

Et c'est toujours pareil, ça « sauve » les enfants de quoi ? De la sauvagerie de la culture de leurs parents. Voilà ! Tous les basanés sont inférieurs. Il faut des Blancs pour les conduire à la civilisation

Célia

Et il n'y a pas de place pour la bonne foi ?

Solavi

Ouais, lâche-nous Célia. Si t'es pas foutue de voir la méchanceté ou la morgue ou le racisme même lorsqu'ils ne se déguisent pas, laisse tomber. Vis dans ta bulle mais va te trouver une branche pour chanter comme un hoazin-sassa

Véra

C'est une pourriture, Célia, cette supériorité raciale. Il faut la nommer pour qu'on arrive ensemble, blancs et basanés, à nous en débarrasser

Scène VI

(Sequoyah est vêtue cette fois d'un jeans et d'un T-shirt ample ; elle porte des baskets pop ; ses cheveux, coiffés en chignon, sont encore retenus par le bandeau de perles.)

Sequoyah

Le temps s'est déchiqueté
Votre étonnement !
Vous m'attendiez
Affublée de longues tresses
Dans une jolie robe à franges
Mocassins aux pieds
Ah ! les mocassins !
L'un de nos cadeaux linguistiques
Eh oui ! vous nous avez longtemps
Imaginés
Nu-pieds
Mais non, les mocassins, ça vient de nous
De partout chez nous

Des Algonquins
Des Innus
Des Powhatan
Des Ojibwés
Des Narragansett
Je récite ces noms de tribus
Que d'autres nous ont donnés
En déformant nos noms
Avec ou sans malice
Sur la foi de leurs oreilles
Par indifférence ou mépris
Qui dit le nom ?
Qui dit le nom
Dit le destin
Comment grandit un peuple
Qui croit tellement en son génie
Qu'il en perd
Sa curiosité pour le monde
Notre chef s'appelait Wahunsonacok
Ils l'ont appelé
Powhatan
Du nom de sa communauté
Powhatan au lieu de Wahunsonacok
Paresse ?
Ou irrespect ?
Qui s'en offusque ?
Ici même
On vous présente Ndenze-Mounib
Les jours suivants
Il devient Mamadou
Ohanzee devient Mario

L'habitude
S'est incrustée
...
Je sais... pas vous ici
Du moins, pas tous

(Sequoyah esquisse une pirouette facétieuse.)

Quels qu'en soient les motifs
Il n'est bien
Ni de le faire
Ni de laisser faire
Dépouillés de nos noms
Que nous reste-t-il ?
Ça commence ainsi
Jeter nos noms
Nous encombrer d'autres noms
N'ayant ni racine ni sacré
Ça commence ainsi
Puis il devient plus facile
De « tuer l'Indien » chez l'enfant

Quand Louna
Alya, Naya, Sirine, Hafsa
Deviennent toutes Fatma
Que Sohan, Amir, Imrân, Soan, Lwennas
Deviennent tous Mohamed
Ça commence ainsi
D'abord ces noms communs
Communs et outrageants
Chinetoques et coolies

Niakoués et grains-de-riz
Bougnoules et bamboulas
Sauvages Peaux-Rouges
Tous Sioux confondus
Quand Chenoa devient Mary
Qu'Anaba, Donoma ou Wakanda
Ne sont plus que Pocahontas
Que Sakari s'appelle Betty
Que Gaagli se meut en Jacques
Et qu'il en meurt
Tandis que l'on nomme Yuma, Henry
Et qu'Ohanzee n'est plus que Paul
C'est tout
Paul !
Gommer le nom
Pour biffer la mémoire
Rayer le nom
Pour travestir l'Histoire
C'était avant
C'était après
Dans la cale puante
Des bateaux négriers
Nul n'a de nom
Ni pour la traversée
Ni au marché aux esclaves
Chacun n'est qu'un corps
Des muscles
Des dents
Pas de nom
Il faut attendre
La plantation

Le maître qui achète
Est le maître qui nomme
En se moquant
En rabaissant

Je parle à mon aise
De ce qu'ils nous ont fait
Du temps qu'ils nous regardaient
Comme insauvables sauvages
Brutes à exterminer
C'est que nos chefs de guerre
Se battaient avec la férocité de la survie
Vaincus
Furent-ils
Braves mais vaincus
Intrépides mais vaincus
Ingénieux mais vaincus
Téméraires mais vaincus
Héroïques mais vaincus
Vaincus
Vaincus et lucides
Leur droit vaincu par la force
La défaite ne voyage pas seule
Humiliation
Et désolation
Lui font compagnie

Baisser pavillon
Rabattre la hampe
Baisser lentement le bras
Puis la nuque ?

Plier genou ?
Puis, une marche après l'autre
Inexorablement
Descendre
La honte et la rage
Nouant le cœur
Et la parole

Survivre et transmettre
Survivre pour transmettre
S'éteindre ou ruser
Ruser ou s'éteindre
Telle est l'épreuve de la défaite
Vaincus
Quand on a tout perdu
Tout…
…
La terre-pays
Ses marques
Dans l'air et les branches
L'eau et la pierre
La terre
Qu'on ne peut plus pétrir
Ni encore parcourir
Ni seulement fleurir
Qu'on ne piétine plus
Son humus son argile
Que ne résonne plus
L'écho distrait
Des chants
Qu'on ne sait plus chanter

Des danses
Qu'on ne sait plus danser
La terre-sépulture
Où ne viennent plus les ramasseurs d'os
La terre sans suaire

La terre nourricière
Qu'on ne laisse plus se refaire
Qu'on n'a plus non plus
À même les pieds

La Terre-Gaia
Grande et ronde
Qui n'est plus bleue
Ni comme le ciel
Ni comme une orange
Quand plus rien ne semble
Ni à nous
Ni chez nous
Ni en nous
...

La fumée des fusils
Le tonnerre des canons
Les miasmes des corps
À demi brûlés
Ou laissés aux vautours
Tout s'est évaporé
Le papier humide des Traités
N'en finit pas de sécher
Et nous ?

Brutes presque exterminées
Que peuvent ceux qui s'obstinent
À survivre ?
S'ils ne savent plus évoquer les esprits
Que peuvent les dieux ?
Quand le ciel n'est plus peuplé
Que de dieux du désastre !
Pourtant nous avons laissé le ciel à Dieu
Leur Dieu, qu'importe son nom
Nous lui avons laissé le ciel
Et nous prenions soin
De la Terre et du vivant
Survivre et transmettre
Survivre pour transmettre
S'éteindre ou ruser
Ruser ou s'éteindre

À force de ruser
Nous avons
Doucement
Transformé
Nos danses en spectacles
Nos fêtes en kermesses
Nos tatouages en maquillages
Nos graffiti en gribouillis
Nos chants en complaintes
Nos rituels en folklores
Nos prières en simagrées
Nos boissons sacrées
En tchòlòlò pour java

Nous avions des excuses
Nous en avons encore
Dommage que les excuses
Ne tracent pas ligne de vie

Le temps s'est déchiqueté
Jusqu'où commande-t-il ?
Comment ?
Jusqu'à quand
Y serons-nous soumis ?

Chávez l'Indien métis
Qui dans ses veines
Charroie l'Amérique
Et l'Afrique
L'Asie des origines
Et l'Europe des conquêtes
Tous ces continents
Tous ces fleuves
Avec leur limon
Et leurs exubérances
Chávez a corrigé Greenwich
Pourquoi pas ?
Puisque Greenwich est un leurre
Un consensus
Une idée anglaise
Un arbitrage arbitraire
Pour unifier le temps du monde

Chávez fit un pas de côté
On peut bien déplacer

Un fuseau horaire
Ne bouge-t-on pas de la main les aiguilles d'horloge ?

Chávez avança le Venezuela
Sur le cadran du monde
Il prit la moitié d'une heure
Quoi s'écroula ?
Rien !

Puisque la vie n'est pas un marathon
Mais un consentement au monde
À l'idée d'un monde
Ne pourrait-on choisir son heure ?

Tout a commencé
Par le soleil au zénith
La lune en son plein
Puis une bougie
Un sablier
Des contes

L'Inde en fit autant
Pour se décoller du Pakistan
Les continents ne dérivent plus
Les frères ennemis se séparent
Par l'heure et le temps

Le Népal s'est distingué
Sans abus
Sans trop en faire

Un petit quart d'heure
De plus ou de moins
Je ne sais plus
C'est plus qu'une fantaisie
User d'un droit pour qu'il ne s'use

Et l'Europe impérieuse
Depuis qu'elle n'est plus impériale
Ou plus guère
Qu'elle n'est plus chez elle
En ces terres
D'où jaillit le pétrole
N'a-t-elle pas joué du fuseau horaire
Par souci d'économie
La moins lyrique des raisons
L'Iran en fit autant

La dissidence vénézuélienne
Et ses trente minutes d'avance
A plus de poésie et de panache

Ça n'empêche pas le temps
De se déchiqueter
Il s'étire à volonté
Se lacère
De nos désarrois
Lorsque ceux-ci s'emballent

(Sequoyah s'arrête, l'air pensif ; s'élève alors la voix de Casey : Ennemi de l'ordre.*)*

Nous aussi on les regarde
À leur insu
On les regarde et on les juge
Tant qu'ils l'ignorent
Étonnamment
Ça les sert ça leur profite
Dès qu'ils le savent
Étonnamment
Ça les dessert ça nous profite

Comment peut-on être persan ?

On dirait que le chant est mort

Scène VII

Dihya
Hé, Solavi, tu peux prévenir que je souhaite faire un rapide compte rendu de la réunion avec le maire et le préfet ?

Solavi
OK, Dihya. Dis-moi, ça s'est bien passé ?

Dihya
Irritant !

Solavi
Ah ben, voilà du neuf !

Dihya
Ces gens-là vivent dans les trous de la vie, tu vois. C'est comme s'ils ne lisaient que les marges et les interlignes des livres

Solavi

Au point de stimuler ton imagination ! C'est rigolo comme image

Dihya

Question imagination, ils ne sont pas en reste. Dans le bureau du préfet, en grand sur le mur, il y a la photo de sa chouette famille, du moins je suppose que s'il l'a mise là, c'est qu'il la trouve chouette. Je m'attendais plutôt à la photo du président

Solavi

Ma foi, pour lui donner le cœur à l'ouvrage, peut-être qu'il y gagne ?

Dihya

Sur la photo, y avait sa femme, ses fils, ses filles, son chien, sa plante, sa bouille, et un oiseau, aussi grand qu'un perroquet mais sans couleurs, tout marron, avec juste une tache rouge entourée de petits pâtés bruns sur le front, comme un misto, mais avec un regard d'oiseau muet

Solavi

Tu as eu le temps de voir tout ça ? Tu n'écoutais pas la discussion !

Dihya

Attends ! cette photo était vraiment incongrue, à cette place-là !

Solavi

C'est peut-être la marque d'un goût artistique… ou un sens aigu de l'humour ?

Dihya
Ouais, enfin… les règles, c'est toujours pour nous

Solavi
Autrement, pas d'inquiétude ? ou bien on se prépare à mener castagne ?

Dihya
Oui et non. Ils affirment que les tentes seront livrées trois jours avant. Pour nous, ça fera un peu juste, mais il paraît que c'est une fleur par rapport à leurs délais habituels

Solavi
Il faut toujours qu'ils s'arrangent pour nous faire croire qu'ils nous font une fleur, même lorsqu'ils nous dépouillent ! C'est un art !

Dihya
Une science !

Solavi
OK, je préviens les autres. J'ai croisé le maire hier soir, il m'a dit que son premier adjoint s'inquiète qu'on n'ait pas déposé un programme détaillé des activités

Dihya
L'a du flair, ce premier adjoint ! M'est avis qu'il n'a pas tort de s'inquiéter !

Scène VIII

Keshia

Vous vous souvenez de cette délégation d'Autochtones canadiens qui s'est rendue au Vatican en espérant des excuses du pape pour la maltraitance et les viols et la mort des enfants que les pensionnats catholiques volaient à leurs parents ?

Véra

Ah oui, cette histoire triste et révoltante…

Keshia

Eh ben le pape François, il a présenté ses excuses !

Solavi

C'est la moindre des choses ! Ça ne ressuscite pas les enfants !

Keshia
C'est quand même bien qu'il ait présenté des excuses

Sayna
Surtout que comme ce n'était pas de son temps, ses excuses, c'était au nom de l'Église. C'est un bon pape

Solavi
Et voilà, le tour est joué !

Solomiya
Toi, quand même, t'es vraiment sans miséricorde !

Solavi
Surtout envers ceux qui prêchent la miséricorde à foison, et sont impitoyables avec leurs prochains

Solomiya
Tu ne peux quand même pas les fourrer tous dans le même sac !

Solavi
Si ! et je les jette à la mer !

Célia
Moi aussi, je trouve que c'est bien, les excuses. Surtout que des tas de gens disaient que ce n'était pas gagné !

Solavi
C'est vrai. Et il leur a dit quoi ? Ce n'est pas moi qui l'ai fait mais pardonnez-moi, c'est ma très grande faute ?

Keshia

Il a fait un geste pas mal. Déjà il les a reçus bien comme il faut. Dans la plus belle salle du Vatican, une très grande pièce réservée aux évènements sacrés : la Sala Clementina

Dihya

Ça sonne réfectoire, ça !

Keshia

Il a dit qu'il éprouvait de la honte, de la douleur et du déshonneur, et qu'il demandait le pardon de Dieu

Solavi

C'est ça, c'est pas les enfants, c'est Dieu qui l'a pris dans l'baba… et dans la culotte !

Célia

Arrête de tout démolir !

Solavi

Pardon, mais on ne lave pas des horreurs pareilles en faisant commerce avec Dieu. Ces gens-là peuvent faire ce qu'ils veulent de leurs âmes, mais quand on a démoli des enfants, justement, ce n'est pas une histoire de péché, c'est un crime !

Célia

Oui, mais lui, le pape, sa partie, c'est le péché

Dihya

J'avoue que je partage la remarque et l'énervement de Solavi. Des milliers d'enfants, combien tu avais dit, quatre mille qui ne sont jamais revenus dans leurs familles, sans compter tous les démolis, devenus adultes et qui s'étourdissent dans les vapeurs de l'alcool, et lui môssieu le pape, il demande « le par-don-de-Dieu » !

Solavi

En fait, son problème, c'est de sauver son âme à lui

Solomiya

De toutes façons, les enfants étant des âmes innocentes, ils sont tous au Paradis ! Je dois dire que je ne sais pas pourquoi, mais cette affirmation marche drôlement. Elle doit avoir quelque chose de rassurant. La semaine dernière, ma fille Olivia a décrété qu'elle voulait suivre des cours de religion. Comme ça ! Pour voir et savoir, m'a-t-elle dit. Ça doit être consolateur

Keshia

Il a quand même présenté des excuses, le pape ! Il a dit : « Je me joins à mes frères du Canada pour présenter mes excuses »

Sayna

Ce pape-là, c'était pas un copain de la bande de la théologie de la libération ? Les monseigneurs Romero, Câmara, Boff, bof bof bof, etc. ? Ces gens-là au moins mettaient les mains dans le cambouis. Pour eux, la Terre c'était la Terre, pas le Paradis, et les paysans pauvres étaient bien pauvres et on ne les faisait pas avaler que la pauvreté était un châtiment pour des péchés improbables : c'était juste pas juste !

Dihya

C'est toujours la même question de la soi-disant séparation entre le spirituel et le temporel

Solavi

Les attouchements, les agressions, les viols, ce sont des délits et des crimes. Et ça ne se lave pas entre soutanes ! Tant qu'il ne livre pas à la justice le Rivoire et d'autres, y compris le Howard Hubbard, tout ce qu'il dit et fait, c'est de la comédie ! de la fu-mée !

Keshia

Dommage, moi, je l'aime bien, ce pape. Il dit aux gros d'arrêter de courir après l'argent et de cesser d'abîmer la planète et il ne méprise pas les homos. Ça fait beaucoup d'un coup pour les cathos-cathos…

Solavi

Et justement, puisqu'il se mêle de l'argent et de la planète, il peut bien se mêler de faire juger ses coupables

Célia

S'ils sont déjà coupables, plus la peine de les juger !

Solavi

C'est ça, amuse-toi avec des jeux de mots…

Célia

Ce n'sont pas des jeux de mots ! Je t'ai déjà dit que c'est le principe, et sans principe, la vie sociale n'est pas possible !

Solavi

Justement, la justice pourrait aussi se remuer, non ? Pour les Rivoire et compagnie… cesser d'être cool. Elle a plus d'énergie pour les voleurs d'oranges à l'étalage

Célia

Ar-rête avec tes histoires d'Épinal !

Sayna

C'est vrai, il faut admettre qu'il y a eu du progrès, on reconnaît maintenant le délit de nécessité !

Solavi

Ah ouais !!! Une fois sur mille ! Et seulement s'il y a dans le coin un gueulard ou un emmerdeur ou une chroniqueuse judiciaire à la Dominique Simonnot, pour faire du bruit. Sinon, t'as faim, tu voles un pain, c'est la tôle !

Célia

On retrouve bien là ton sens de la mesure !

Solavi

Je crains d'en avoir un peu plus que certains magistrats !

Keshia

Bon, revenons donc à notre pape excusant… Moi, je dis qu'on peut être exigeantes, d'où nous sommes, mais si les personnes concernées, les Premières Nations, Inuits et Métis comme elles s'appellent, estiment que ça leur va, on ne va quand même pas aussi leur enlever la souveraineté sur leurs souffrances

(Entrée de Faiza.)

Sayna

Surtout qu'c'est pas fini, j'ai lu que le pape a promis d'aller parler à tous en faisant le voyage au Canada, pas en hiver, a dit Sa sainte Sainteté ! On la comprend ! Moins quarante, c'est une température pour les ours !

Dihya

Les efforts de ce pape, ça fait d'abord du bien à l'Église…

Sayna

Il y a eu des papes pas mal. Je me souviens de Jean XXIII quand il est mort. « Je me souviens », c'est une façon de parler. Mais ma grand-mère m'a raconté tellement de fois ! Elle était à l'école élémentaire. L'ambiance de tristesse ! On aurait dit un bienfaiteur de l'humanité. Paraît que c'était un tolérant !

Célia

Je crois bien qu'il reconnaît la liberté de conscience. Ce qui, pour une telle institution, n'est pas rien !

Solavi

Des clopinettes ! Pour donner le change. Pour faire moderne

Sayna

J'ai appris, en lisant des choses par-ci par-là, souvent par hasard, que ce Jean XXIII a fait une espèce de chaudrée œcuménique en se réconciliant avec les dissidents de toutes sortes, protestants, schismes, hérésies, que sais-je. Et il s'est rapproché des autres religions monothéistes, musulmane et juive

Solomiya
Ça doit être ça qui plaît aux ados ! Sans compter la fête pour les communions et la confirmation. J'ai idée que c'est ce qui attire le plus Olivia

Célia
Il y a toujours eu des papes progressistes

Keshia
Ouais, le Jean-Paul II. Il paraît que dans sa jeunesse, il était poète. Et lui, il a su demander pardon pour les fautes de l'Église, depuis l'Inquisition jusqu'à la Deuxième Guerre mondiale et pour le silence de Pie X justement pendant que les nazis exterminaient les Juifs

Dihya
C'est bien joli ce que tu nous dis, mais je crois bien que ce même-là était contre l'avortement !

Keshia
Bon, peut-être, mais c'est normal, non ? C'est un club de célibataires !

Dihya
Raison de plus ! Ce n'est pas normal qu'il se mêle des affaires de femmes !

Sayna
Et tu crois qu'il ne savait pas que la pédophilie avait commencé depuis son temps !

Célia
Pédocriminalité !!!!!

Sayna
OK pédocriminalité. Imagine, s'il avait arrêté cette saloperie, combien d'enfants auraient été sauvés !

Faiza
Vous aimez les histoires de papes ! C'est de voir des hommes en robe qui vous fait cet effet ? Vous connaissez l'histoire de la papesse Jeanne ?

Keshia
Ah ouais, les femmes pouvaient être papes ? Oh oh cette religion devient intéressante !

Faiza
Calmos ! Ne te réjouis pas indûment. Au contraire, cette Jeanne leur a fait la nique...

Sayna
Ouais, ça commençait trop bien !

Keshia
Au contraire, ça peut être plus intéressant ! Les subversions sont plus prometteuses que les tolérances

Dihya
Bon, mesdames les philosophes là, ça vous embête de laisser Faiza nous raconter son histoire de papesse Jeanne ?

Sayna
Allez, miss, ne te fais pas prier. Alors, c'était quelle époque déjà ?

Faiza
Comme souvent pour les femmes, quand elles finissent par percer le mur du silence, ceux qui commencent à raconter conjuguent les verbes au conditionnel. Donc, c'est « une personnage légendaire », « elle aurait accédé à la fonction papale ». Leur seul point d'accord, c'est qu'elle a fraudé ! Là, instantanément, elle devient réelle !

Solavi
Eh ben, nous, on est bien contentes qu'elle ait fraudé, et on espère bien qu'elle est réelle !

Faiza
Le plus drôle, c'est ce qui l'a trahie : elle a accouché en public, en pleine procession de la Fête-Dieu

Sayna
Hi hi hi, au moins elle a autant le sens de l'humour que de l'opportunité !

Solomiya
Je comprends qu'on ne trouve pas cette histoire dans les manuels scolaires

Faiza
Ça ne passe pas à la télé non plus. Ils se méfient de ces trucs sur lesquels les historiens se disputent

Dihya

Bon, donc toi aussi tu nous racontes une histoire à dormir dehors !

Célia

La formule, c'est : dormir debout ! pas dehors !

Dihya

J'ai jamais su, et de toutes façons, ça revient au même !

Faiza

Mais je n'exagère pas ! C'est ça que racontent ceux qui racontent !

Célia

M'enfin ! un peu de vraisemblance ! Déjà une femme-pape… en plus une femme-pape qui baise !

Faiza

Et alors ! La papauté a longtemps été un lieu d'orgies ! Même à l'école, et même dans les écoles confessionnelles où ils essaient de dissimuler cette culture de la luxure, ça finit par transpirer !

Célia

Voilà une belle démonstration de ce qu'on peut appeler le sens de la mesure !

Faiza

Le sens du réel ! Tu observes la femme la plus soumise, la plus pauvre, la plus illettrée, si elle a décidé de faire confiance à la religion et aux pseudo-serviteurs de Dieu, il arrive toujours un moment où elle finit par te dire : tous les fils de Dieu sont faibles, Il est grand et Il nous met à l'épreuve, ça ne les empêche pas d'être Ses ministres et de nous transmettre Sa parole, *dominus vobiscum* bref toutes sortes de sornettes, à condition qu'elle puisse continuer à croire !

Dihya
C'est ça, faites ce que je dis, pas ce que je fais ! Le commandement suprême !

Célia
T'es pas obligée de tout jeter aux orties !

Sayna
Bon, on peut peut-être revenir à la Jeanne là, non ?

Dihya
Ouais, elle était vraiment enceinte ? Et on sait avec qui elle s'envoyait en l'air ? Je suppose qu'elle n'était pas officiellement mariée !

Faiza
L'affaire n'est pas très claire, puisque je vous dis qu'il y en a qui disent qu'elle n'a jamais existé

Solavi
En tout cas, si elle a existé, ils lui collent tous les vices !

Faiza
Sais pas si on peut dire ça, parce qu'à l'époque, ça copulait à tout va au Vatican

Keshia
Eh ben dis donc, ils savaient vivre !

Solomiya
Ça complique, en effet, d'en faire une référence dans les programmes scolaires

Faiza
Vous connaissez l'histoire des Borgia, quand même !

Sayna
Noooon ! raconte !

Keshia
Mais est-ce que c'était la même époque ?

Faiza
Jeanne, c'était vers le milieu du IXe siècle, et ça n'a pas duré longtemps : trois ans à tout casser !

Sayna
Autant de dégâts en trois ans ! chapeau !

Faiza
Y a eu plus court : Jean-Paul Ier, ça a duré trente-trois jours !

Keshia
Eh eh trente-trois jours ! Pas trente ni trente-quatre mais trente-trois jours, comme l'âge du Christ en années !

Sayna
C'est pas des bricoleurs !

Dihya
Des superstitieux !

Sayna
Et les Borgia ?

Faiza
Là, faudrait que je vérifie, mais je crois que leur dynastie a duré plus d'un siècle !

Keshia
Ah ! c'est sûr que ce n'est pas la même échelle

Dihya
Oh ! ça me revient, j'ai vu une pièce de théâtre. Avec Guillaume Gallienne dans le rôle de Lucrèce. Sublime !

Solavi
Les Borgia, c'est orgie, inceste, simonie, acédie !

Sayna
Oh là là c'est quoi tous ces mots savants ? À part inceste que, malheureusement, je connais…

Célia
Doucement, doucement ! Des historiens ont démontré que la plupart de ces méfaits sont des ragots. Et que pour une fois, Victor Hugo avec sa pièce de théâtre a relayé des cancans, et que grâce à lui, ces cancans ont eu la vie dure. Jusqu'à maintenant

Dihya
Eh eh Victor Hugo était plus fiable sur les misérables et Claude Gueux ! Mais ce qu'il écrivait était tellement beau, ou plutôt il écrivait tellement bien y

compris sur le malheur que j'aurais dévoré s'il avait écrit sur elle

Célia

La littérature comme mansuétude. Nous voilà bien avec la morale !

Dihya

Avec tout ce qu'on apprend sur le Vatican, passé et présent, j'ai idée que la morale de la Jeanne là devait être un chouya supérieure à celle des Borgia et à celle d'aujourd'hui. C'est plus franc

Faiza

La papesse Jeanne, c'est longtemps avant les Borgia ! Au moins quatre ou cinq siècles

Sayna

Donc tu n'es pas sûre que les orgies avaient déjà commencé dans la papauté ?

Dihya

Autrement dit, ça ne nous explique pas de qui elle était enceinte !

Solomiya

Décidément, les filles, je ne sais pas comment vous auriez tenu devant un inspecteur d'académie !

Keshia

Et qu'est devenu son fils ?

Faiza

Paraît qu'il était mort-né !

Solavi
Tu parles ! ils ont dû le zigouiller ! En ce temps-là, ils ne rigolaient pas avec les histoires de succession !

Dihya
Pas en ces temps-là seulement ! T'as qu'à lire Agatha Christie !

Solavi
Moi, je te parle de choses de la vraie vie !

Dihya
Ah bon ! Depuis quand les romans policiers ce n'est pas la vraie vie ?

Sayna
Ma foi ! même la science-fiction, parfois c'est la vraie vie

Faiza
Cette Jeanne, ce n'était pas une nulle ! Elle a fait des études et elle a voyagé, l'Allemagne, l'Angleterre, la Grèce, avant d'échouer à Rome. Les frontières d'époque, ce n'était pas comme aujourd'hui, mais il ne faut pas me demander de détails, je n'sais pas tout !

Keshia
Quand même !

Faiza
Moi qui vous raconte tout ça, je ne sais pas si c'est vraiment vrai. Il existe des tas d'écrits contradictoires. Ceux qui multiplient les détails pour prouver

que c'est vrai, et les autres qui font pareil pour montrer que ce n'était pas possible, vu comment fonctionnait l'Église !

Sayna

Ah, ça me dit, ça ! J'ai vu un film, avec Liv Ullmann. J'aime tellement cette actrice !

Keshia

À notre époque hyper moderne hyper connectée hyper renseignée, on n'arrive pas à savoir la vérité ?! Incroyable !

Célia

Hyper complotante aussi

Faiza

Pour rester dans le domaine des faits, quand tu as des archives contradictoires, c'est un brin compliqué !

Célia

Malgré nos super historiennes ?!

Sayna

Après le film avec Ullmann, j'étais tombée sur un livre de Donna Cross. Tout ça avait l'air authentique, pourtant ! Je me souviens avoir avalé ce livre d'une traite ! C'était passionnant ! Pour moi, cette Jeanne, c'est une féministe en action. Elle arrive longtemps après Hypatie, mais sa vie est vraiment bravache !

Faiza
Bonne remarque ! Ce livre raconte comment depuis cette mésaventure, les prélats exercent un contrôle sur les parties génitales des futurs papes, à travers une chaise percée, qui existe toujours. Donna Cross (faut l'faire, aussi bien son nom que son prénom) dit que le contrôleur proclame « *Mas nobis nominus est* », pour dire que « notre nominé est un homme »

Sayna
Mais même sur ça, il y a débat, d'après mon souvenir du livre ?

Faiza
En effet, il y a une autre version où le contrôleur qui tâte les parties du pape (ça c'est leur vocabulaire hypocrite, nous, appelons franchement les choses par leur nom), donc le contrôleur tâte ses couilles à travers la chaise percée et déclare : « *Duos habet et bene pendentes* » qui veut dire : « il en a deux et bien pendantes ». Ça me paraît plus net !

Dihya
Et plus sûr !

Keshia
Comme tu dis ça, je me souviens avoir lu, il y a longtemps, un livre de Renée Dunan !

Dihya
Ça commence à faire des références sérieuses, pour un soi-disant mythe

Sayna
Sans compter les chansons populaires !

Solavi
Et on ne fait pas autant d'histoires sur l'existence vraie ou fausse du roi Arthur !

Faiza
Des fois, il vaut mieux ne pas avoir existé. Quand tu connais la cruauté de l'époque. Paraît que la foule qui assistait à la procession où elle a accouché l'a mise en pièces

Dihya
Tu parles d'époque, disons alors que l'époque fut longue ! Jeanne d'Arc et son bûcher, c'est cinq cents ans plus tard

Solavi
Pour les femmes, sais pas s'il y a une époque de début et une époque de fin

Faiza
On peut ajouter les papes qui ont publié des bulles pour autoriser l'esclavage, comme ce Nicolas V et sa bulle Romanus Pontifex, qui autorise le roi du Portugal à piller l'Afrique et à faire commerce d'hommes, de femmes, d'enfants

Keshia
C'étaient les mœurs !

Faiza

Et le traité de Tordesillas du pape Alexandre VI qui partage l'Amérique du Sud, terres et indigènes, entre l'Espagne et le Portugal !

Keshia

On a du mal à imaginer aujourd'hui comment des choses pareilles ont pu se faire…

Faiza

Ou les cinq ans de bavardage de la controverse de Valladolid pour savoir si les Amérindiens avaient une âme

Dihya

Ça leur allait bien, aux conquistadors, massacreurs et pilleurs, forniqueurs et trafiquants, violeurs et esclavagistes, de se poser ces questions !

Solavi

L'Église qui se mêle de conquêtes et de territoires, c'est vieux ! et banal ! Elle était en effet en plein dans les expéditions coloniales, elle bénissait, maudissait, excommuniait, s'enrichissait… À côté de ça, copuler pour ses prêtres et cardinaux, c'était un moindre mal ! Surtout si c'était entre eux, adultes consentants. Je préfère ça à la pédophilie !

Célia

Pédocriminalité !

Dihya

On aurait presque préféré qu'ils s'en tiennent à ça : amasser des trésors pour leurs reines, leurs rois et pour eux-mêmes !

Faiza

Ouais ! Les Amérindiens n'auraient pas été décimés et l'Afrique aurait continué son développement

Célia

Tu ne vas pas faire endosser à l'Église les crimes des rois

Faiza

L'ennui c'est qu'elle a non seulement participé aux crimes, mais elle les a bénis. Elle avait de l'autorité ! Tous les rois lui obéissaient ou sollicitaient ses arbitrages dans leurs conflits de royaumes

Sayna

Il faut cependant préciser qu'à l'époque, c'était la guerre partout ! même entre eux. Regarde l'histoire de Roland de Roncevaux, et puis des traîtres par-ci des traîtres par-là…

Dihya

En ces temps-là, ça ne comprenait que les bruits d'épées, de lances et d'armures. Prenons les croisades. Ils s'entre-tuaient sans pitié !

Keshia

Ah non, les croisades ce n'était pas entre eux, c'était contre les Arabes !

Célia
Les Sarrasins !

Véra
Au secours ! qu'est-ce que l'Histoire prend dans la gueule avec vous ! C'est bien la peine que les historiens s'évertuent à authentifier les faits, à préciser les dates, les lieux, vous, vous arrivez, vous ramassez tout ça et vous en faites une bouillie pour agoutis ! sauve qui peut !

Keshia
Elles écrivent des romans pour France Loisirs !

Sayna
Tu as tort de traiter France Loisirs de haut ! Leurs publications sont sérieuses et grâce à eux, des tas de gens lisent des tas de choses

Véra
Et pour les croisades, tu devrais lire Amin Maalouf : *Les Croisades vues par les Arabes.* Il explique ces guerres interminables, d'un autre point de vue. Alors, tu vois, l'Histoire, ce qu'elle…

Dihya
Et si pour nous réconcilier, quelqu'un nous déclamait un poème d'un poète arabe ? Un quatrain d'Omar Khayyam, par exemple

Véra
Au secours !!!!! Voilà que pointe la guerre entre la Perse et le Maghreb. Seigneur, Seigneur, Allah, Yaveh, préservez-nous de toutes calamités et de toute

malédiction, épargnez-nous les sept plaies d'Égypte ! Omar Khayyam est persan. Immense poète persan ! figure persane ! sagesse persane ! subversion persane… Oh là là qu'est-ce que tu nous fais là à étaler ta science bancale ! Et nous exposer à la Troisième Guerre mondiale !

Dihya

All right ! On va prendre un vrai poète arabe : Antara ! Qui plus est, appartenait aux couches sociales méprisées : « Ma tribu me reproche d'être noir », ce qui ne l'empêchait pas de les narguer : « Mais au milieu des combats, je suis plus éclatant que l'aurore… »

Keshia

Et Atatürk, il n'a pas écrit des poèmes ? On dirait bien qu'en ce temps-là, les hommes d'armes étaient des hommes de lettres…

Dihya

Ou vice versa

Véra

Oh my God ! voilà que l'Empire ottoman fait son entrée ! T'aleur ça va être Soliman le Magnifique puis la prise de Constantinople. Avec un détour par les almées et les eunuques. Ils faisaient comment avec vous, vos profs d'histoire ?

Keshia

Ha ha ha ils faisaient comme ils pouvaient ! Bonnet d'âne, dernier rang réservé aux cancres, copier cent fois une formule débile… « Je ne confonds pas la Mésopotamie et l'Australie », « Gilgamesh n'était pas le fils d'une vache sacrée de l'Inde », « Babylone n'est pas un commissariat à ciel ouvert », « Une croisade n'est pas une croisière organisée par le pape », eh eh c'était une époque ! L'ignorance des cancres a son charme ! Elle peut être lyrique

Dihya
C'est sûr qu'avec cet abruti sans charme ni fraîcheur de meusyeu gougueul, on sait tout d'un clic

Célia
Et on oublie aussi sec

Solavi
Les religieux, partout, à toute époque, ce sont des effrayants. Quand ils s'approchent du pouvoir, c'est sauve qui peut ! quel que soit le nom de leur dieu. Tu vois bien, les religieux musulmans, les religieux juifs, les orthodoxes, les chrétiens… leurs prochains, ils connaissent pas ! Tes prières sont différentes ? zou ! tu n'as pas droit de cité ! Allez ouste au Paradis !

Faiza
Ou en enfer !

Sayna
L'enfer sur Terre

Dihya
Suis d'accord. La religion, c'est vraiment trop d'émotions et trop de passion

Keshia
Et trop de persécutions !

Sayna
Et trop d'exactions !

Faiza
Même dans leurs guerres internes. Regarde ce qu'ils ont fait à Spinoza ! Et à Thomas Müntzer !

Sayna
Et Hypatie, d'ailleurs !

Solavi
L'autre truc commun, c'est leur rapport à leur quéquette ! Tous ils baisent, et tous en cachette !

Dihya
Ah non, les pasteurs se marient et font des familles nombreuses

Sayna
La preuve au moins qu'ils baisent beaucoup, hi hi hi ça coïte ça coïte ! j'aime cette conversation !

Solavi
Ça n'suffit pas à les équilibrer. T'as qu'à lire Baldwin : *Go Tell It on the Mountain.* Tu frémis

Sayna
Et le père de Marvin Gaye ! Il a tué son fils, un tel talent ! Tout ça parce que, paraît-il, son fils avait découvert qu'il était homo

Célia

Mais non ! Il vivait avec la mère de Marvin. Ils étaient mariés et il était très pieux

Solavi

C'est les pires ! Le gars est refoulé, il vit dans le péché, il culpabilise, un jour il pète les plombs, il prend un pistolet et tue son fils. Rien à foutre des fans !

Sayna

Les uns comme les autres, ils ne connaissent que péchés et commandements, obligations et devoirs, interdits et remords. Le reste, tout le reste, c'est pour le Paradis, plus tard, après les calendes grecques

Solavi

Yes I ! c'est soumission, abêtissement, sacrifices et promesses de béatitude

Dihya

Oh ! ce sont les intermédiaires qui enseignent ça !

Sayna

Ça revient au même, tant qu'ils sont médiateurs officiels, agréés par la croyance des croyants

Jingle. Radio

... pour l'analyse des images du télescope spatial Hubble...

Solavi

Tiens, ça fait un moment qu'on n'avait pas entendu çui-là ouvrir sa gueule !

Keshia

Forcément ! je l'avais éteint. Je trouvais indécent qu'il l'ouvre pendant notre conversation

Célia

C'est vrai que pour la déconnade, vous n'avez pas besoin de renfort !

Suite Radio

... la qualité de résolution des images constitue un progrès tel que...

Solavi

Ah bon ! je croyais qu'il n'y en avait plus que pour James Webb. Y en a qui ont des fidélités !

(La radio joue Viktor Lazlo : An sèl soléy *; la voix très sensuelle de l'artiste emplit la scène.)*

Inaya

C'est bien joli de musarder dans toutes sortes de considérations, ça ne répare pas les enfants

Célia

Ah, t'es là, toi ?!

Inaya

Depuis un moment ! Simplement, je bayais aux corneilles. La vie n'est pas qu'agitation !

Solavi

Surtout, là où on maltraite comme ça les enfants, on n'peut pas dire qu'on est civilisé ! ce n'sont pas des choses que tu vas voir en Afrique

Célia

Ah non, pitié, ne nous fais pas ton numéro sur l'Afrique pure et saine… Y a pas un seul continent qui soit vierge et pur, hélas !

Faiza

Et pourquoi la virginité serait une pureté ? Assurément, les mots ne sont pas inoffensifs !

Solavi

Enfin, quand même ! tu n'entends pas de pareils scandales en Afrique !

Keshia

Ah ouais ?! et les superstitions sur les enfants albinos ? et les enfants soi-disant sorciers ?

Solavi

C'est vrai et c'est tout à fait condamnable, mais ce n'est pas un truc de masse !

Célia

D'abord tu ne connais pas le pourcentage d'enfants albinos !

Solavi

Je suis d'accord, ce n'est pas acceptable pour un seul d'entre eux, et parmi eux, facile de deviner que ça doit être encore plus raide pour les filles. Mais faut admettre que ça ne fait pas des gros contingents…

Keshia

Sauf si tu additionnes avec les soi-disant enfants sorciers…

Sayna

Et que tu ajoutes les enfants obligés d'aller mendier de porte en porte pour gagner leur pitance quotidienne, sous prétexte d'initiation religieuse ou culturelle

Solavi

Ça se voit et ça se fait de moins en moins, heureusement. Y a quand même l'UNICEF, sais pas si elle-même s'en mêle, mais y a aussi plein d'ONG qui d'ailleurs, souvent, ont leur siège au Nord, ne voient pas les enfants maltraités chez eux, mais sont très vigilantes pour dénoncer pêle-mêle les réseaux et les coutumes

Célia

Ah ouais ! Et les enfants soldats, qu'on drogue et qu'on viole, ce sont des colonies de vacances ? du scoutisme ? des coutumes ?

Solavi

Mais ça, c'est nouveau ! Ce sont les guerres de maintenant, ce n'est pas une espèce de tradition, en temps normal, sans guerre, dans des pensionnats officiels, des gens qui ont le pouvoir et qui donnent des leçons à tout le monde, et qui punissent sévèrement le moindre écart et qui sont la bonne société… c'est pas pareil…

Célia

Pour les enfants, malheureusement, ça doit bien être pareil !

Solomiya

C'est vrai que l'idée même de souffrance d'enfant est insoutenable et inadmissible

Sayna

Ça fait quand même une différence ! Les enfants soldats, tout le monde voit tout de suite et tout le monde est d'accord que c'est épouvantable et révoltant…

Faiza

Là où j'approuve, c'est que les mauvaises habitudes, souvent ils les prennent d'abord sur les enfants des communautés qu'ils ont eux-mêmes exclus, dépouillés, humiliés, et ça vaut aussi pour les enfants pauvres qui leur ressemblent

Célia

Le seul postulat, c'est que concernant les enfants, il ne peut y avoir de « mais ». Tu m'entends manmzèl Solavi ? On ne peut pas faire des variations sur l'indignation

Dihya

C'est bientôt fini, votre tour du monde de l'horreur et de la déprime ? Reste plus qu'à ajouter les pauvres enfants difformes – et des adultes aussi – exhibés dans les cirques !

Faiza

Le problème, ce n'est pas de raconter ! Le problème, c'est tous ces abus. Connus. Officiels la plupart du temps. Et impunis !!! Regarde l'histoire des enfants réunionnais trimbalés dans la Creuse. Tu prends une carte, tu regardes les distances, ça chavire ton cœur. Tu regardes des vieilles photos, tu vois les parents, les rigoles que le travail a tracées sur leur visage, tu peux lire l'étonnement... Et ce sont leurs yeux qui disent l'amour, l'espoir, le doute. T'es toute concassée à lorgner ça. Après, tu regardes ces adultes partis enfants qui reviennent à la Réunion comme en pèlerinage, ils sont parfois aussi vieux que leurs parents l'étaient sur les photos...

Dihya
Tu mélanges un peu, non ?

Faiza
Je mélange les tragédies ?! Ces rapts d'enfants, oui des rapts ! C'est comme ça que ça s'appelle quand on extorque le consentement de parents illettrés. Et c'est un premier ministre qu'a fait ça, pas un corsaire ni un pirate ni un passeur

Dihya
Célia te dirait que tu perds encore le sens de la mesure

Faiza
Célia aurait bien tort ! Quand les hommes au pouvoir dupent délibérément des parents illettrés pour leur voler leurs enfants...

Célia
Merci de parler pour moi !

Dihya
Ils croyaient agir pour leur bien !

Faiza
Tu as remarqué que les seuls ignorants de leur propre bonheur, ceux pour qui on prend des décisions sans leurs avis, ce sont les pauvres, les illettrés, les basanés, les…

Dihya
Tu nous fusilles l'humeur avec ta revue des fléaux

Faiza
Et bien sûr, si j'évoque les milliers, peut-être millions de gamines excisées, l'une de vous va dire…

Keshia
Absolument évidemment, on va dire !

Célia
Les Mayas sacrifiaient les enfants

Véra
Agamemnon aussi !

Scène IX

(Gwendolyne arrive sur scène, le nez plongé dans un grand journal un peu débraillé, avec des feuilles mal agencées.)

Gwendolyne

Il faut un culot de frelon ! Je ne suis pas sûre que ça puisse se lire à voix haute… à claire voix… Non, mais lisez-moi ça ?! Ça réclame de la terre. Des terres. Ça ne veut pas seulement une identité fantasque. Ça veut la terre. Des terres. Métis, disent-ils. Sans majuscule d'ailleurs. Un par un, une par une. Tant pis pour l'Histoire vraie. Et ses échos. Et ce que leurs lubies réveillent et secouent.

Personne n'est dupe. Pourtant, ça marche encore. Un vieux Kanak tout grisonnant, sec et noueux, avait pris un air pénétré et goguenard, pour le dire à un ministre français : « Jomo Kenyatta avait raison, ici c'est comme au Kenya, vos ancêtres sont arrivés avec la Bible. Nous avions la terre. Maintenant, vous avez les terres. Nous avons adopté la Bible. Et nous devons faire un aveu : elle console peu, la Bible. Nous avons mis du temps à comprendre. Ou plutôt, nous avons vite compris, mais mis du temps à l'admettre. Après, nous sommes devenus, avec d'autres, les "membres palpitants de la patrie". Selon VOS dires. C'était nous, les colonies, la grandeur de la France. Bon, de l'empire. » Etc., etc. En marchant vite, tu te dis : c'est un sage, le chef kanak qui pérore. Sage ? Un petit peu naïf aussi, non ? Simone Weil a déniché un journal qui désignait ainsi les coloniaux qu'on appelait à sauver l'empire : les "membres palpitants de la patrie". Excusez du peu ! Tout le monde s'en fout de Simone Weil. Une femme philosophe, pfuitt ! Tout le monde s'en fout. Même l'école. Surtout l'école. L'autre Simone Veil non plus ne trouvait pas anodins tous ces salamalecs. Elle a fait transférer à Paris des prisonniers algériens. Quand on sait le régime de torture, de gégène, de viols et d'exécutions à la guillotine dans la cour de la prison de Serkadji, l'ancienne Barberousse… Tout le monde sait, aujourd'hui. Pas mal savaient, à l'époque. Mais aujourd'hui, tout le monde sait. Et tout le monde s'en fout. Tout le monde s'en fout aussi de Louise Michel. Une femme révolutionnaire, pfuitt ! Tout le monde s'en fout. De Louise Michel et de son drapeau noir. S'en foutait. On commence à parler un peu d'elle. Faut toujours un anniversaire pour réveiller le souvenir de ces choses et ces gens. Avant, quand ils n'avaient pas encore assassiné Machoro ni attaqué la grotte d'Ouvéa, qui avait parlé des Kanaks avec respect ? Louise Michel !

Je sais, je vous l'ai presque déjà dit, je radote. J'étais tombée sur son livre à la bibliothèque municipale. Bon, c'est vrai, je divague. C'est toujours pareil, un mot appelle un autre, une idée entraîne une autre et on se retrouve dans la lune. Donc pour revenir à nos moutons comme le Petit Prince, c'est quand même quelque chose, ces « métis » qui viennent s'agripper sur les luttes des Premières Nations. Je ne dis pas qu'individuellement on ne les a pas maltraités, eux ou un arrière-grand-parent…

Non, mais franchement, lisez-moi ça !

(Gwendolyne lit, en soupirant, un extrait de l'article.)

« Une communauté de Métis des Prairies est reconnue au Canada, au même titre que les Premières Nations et les Inuits. »

Ça, déjà, c'est ma-ousss ! Ces Métis, reconnus avec majuscule. Au moins, eux ne revendiquent pas un lien à travers un imaginaire du sang, un imaginaire qui serait bien fictif et bricolé. Ils se réclament de traditions et de liens linguistiques et culturels entre eux. C'est déjà ma-ouss que le gouvernement les reconnaisse comme communauté… quand on connaît l'histoire de ce pays. Mais voilà que… mais oui, des métis avec minuscule, l'un plus l'autre plus l'autre plus l'autre s'inventent des ancêtres autochtones, c'est bien ça, oui, des Blancs autochtones au Canada ! Tu penses à ce roman de, comment elle s'appelle encore ? Anne Hébert. *Les Fous de Bassan.* Quand elle raconte comment ces gens-là se ressemblent et restent entre eux, ces royalistes qui n'aiment pas les couleurs, ni les oiseaux roux ni les poissons bleus ni les algues pourpres. On a beau être universaliste et égalitariste, genre l'Histoire ne doit pas être un fardeau et patati et patata, non, mais écoutez le journal :

« De l'Ontario au Nouveau-Brunswick, trois cent mille franco-descendants se sont définis comme Autochtones. »

Tu lis ça, tu dis : bon, on n'a rien contre les gens individuellement. Ma foi, si quelqu'un veut se définir de façon un peu fantaisiste, tu te dis : l'Histoire n'est pas une science exacte, et ces histoires d'identité, on peut décider d'en faire ce qu'on veut, surtout si on pense : moi, personnellement, je choisis d'échapper à vos définitions, désormais, je vais m'affilier à tel groupe. C'est fantaisiste mais sympathique. Tu n'as pas fini ton raisonnement bancal d'ethnologie à la petite semaine, en continuant ta lecture, voilà que tu te ramasses une douche froide ! Suite de l'article :

« Le problème, c'est quand ces personnes se rassemblent en groupes organisés pour revendiquer des droits au détriment même des peuples autochtones déjà présents sur le territoire. »

Là, tu dis : hoooyoyoyoy ! c'est carnavaaal !

(Gwendolyne reprend le journal et fait mine de loucher avant de poursuivre sa lecture.)

« Le phénomène est en croissance depuis l'arrêt Powley de 2003. La définition de l'identité autochtone par la Cour suprême a permis à des populations blanches de revendiquer des droits autochtones. Le nombre de ces individus portant de telles revendications a quadruplé entre 2003 et 2016. »

Tu flippes, tu vois. Y a des endroits où des trucs pareils ont déclenché des guerres. Tu penses à tous ces gens qui se battent pour des vrais droits et des vraies libertés. Tu te dis : prudence ! prudence ! vigilance ! Trop de dégâts dans le monde quand on définit les gens à la couleur de peau. Prudence ! prudence ! Tu as beau faire à torsionner des faux raisonnements humanistes, la douche reste glacée : ça revendique des terres ! Pfouououou ! Encore cette histoire de Bible et de terres. Le cercle est vicieux. C'est bien le moment ! Quand les Premières Nations, les vraies, obtiennent enfin un peu de reconnaissance et un peu de droits. Quand on commence à reconnaître les sévices sur les enfants. Quand le Vatican amorce des gestes et des *mea culpa*. C'est une manie, ces calendriers décalés. C'était pareil le 8 mai 1945. On fête la victoire contre les nazis. Et on pleure le massacre de Sétif. Ils foutent quoi, les tirailleurs et les spahis, le même jour ? Ils se sont bien battus pour la patrie, ils ont vu tomber des ressemblants, des semblables, des prochains, sujets et indigènes comme eux, mais la mère-patrie était en danger, ils n'ont pas fait de manière, chacun y allait pour donner de sa personne… de vrai ! pas semblant ! Ils font quoi, ce 8 mai 1945 ? Ils rient et ils pleurent ? Ils chantent des lamentos ? Ils fêtent et grincent dans un même élan ? Quinze mille morts à Sétif. Forcément, chaque ancien soldat a perdu un parent proche ou lointain, un allié, un ami, un voisin, un collègue, un camarade, un confident, une connaissance, un ex quelque chose…

Du passé, du passé ? vite dit ! C'est toujours du passé pour ceux qui réclament. Mais pour ceux qui en profitent, tranquillou, la vie continue. Regarde cette Caldoche qui est devenue officielle et qui persifle que ses grands-parents n'ont rien fait à personne et elle non plus n'a rien fait à personne et donc elle a le droit de jouir de tous ces privilèges, terres, maisons, salaires, préséances, droits, libertés, abus, que sais-je, et c'est pas son problème à qui on a d'abord volé ces terres, et est-ce sa faute si les Autochtones ci-devant Kanaks n'y ont pas droit, elle ne va pas trimbaler les exactions de la colonisation comme un fardeau originel, ce sont les puissants qui méritent le monde, ce ne sont ni les faibles ni les peureux qui naviguent et domestiquent les territoires lointains et les peuples inachevés. Depuis le temps qu'on sait tout ça ! La vie va, la vie vient. Chacun chante son refrain. La philosophe a essayé de leur parler en prévenant que la « guerre européenne pourrait servir de signal à la grande revanche des peuples coloniaux pour punir notre insouciance, notre indifférence et notre cruauté ». Mais tout le monde s'en fout de Simone Weil.

Bon, je crois qu'il n'y a que faire l'amour qui puisse me consoler de tout ça. Je vais aller réveiller mon homme.

(Musique : Pull up *de Mayra Andrade.)*

Scène X

Sayna

Tu as entendu le clip de campagne de Poutou ?

Véra

Ouais ! j'ai trop flippé ! le jingle, déjà ! le gars, il est cash ! « La police tue » ! Et la musique qui accompagne… du rock ?!

Keshia

C'est vrai, c'est rough !

Sayna

D'un côté, des fois c'est la seule façon d'empêcher un problème grave de se faire la belle !

Véra

Les problèmes graves ne se font jamais la belle. Ce sont des gens bien intentionnés et bien organisés qui arrivent à les faire disparaître

Faiza

Pas sûr qu'ils y arrivent. Par contre, pour te culpabiliser, te marginaliser et foutre la trouille aux autres, ça, ils savent faire

Véra

Avec le coup de main de l'autocensure, de la lâcheté, de l'indifférence et de la censure

Faiza

Parfois les quatre chez la même personne, dans la même émission, la même tribune signée par les mêmes censeurs ou pontifieurs

Véra

C'est vrai, ça marche souvent ensemble

Sayna

Le problème c'est quand les gens, par lâcheté, laissent couler

Véra

Les gens, les gens... quand ce sont les gens ordinaires, on peut comprendre. Tant que ça ne les touche pas personnellement...

Keshia

Ils ont assez de pépins comme ça, ils choisissent la tranquillité

Faiza

Sauf que ces choses-là, ça ne reste pas tranquille longtemps. C'est typiquement le genre de mauvaises habitudes qui s'installent. Et tu t'en fous tant que ça arrive aux autres. Sauf que t'as pas la garantie que ça ne va pas arriver aux gens qui te ressemblent, ou aux gens que tu connais, ou surtout aux gens que t'aimes

Véra

Jusqu'au jour où, sans sommation, ça tombe sur Cédric Chouviat !

Faiza

C'est comme les répressions de manif. Y a pas eu grand monde pour dire, tant que ça tabassait dans les banlieues. Maintenant ça tabasse sur les Champs-Zèl ! Ils rossent les vieilles dames blanches

Sayna

Sauf que Chouviat, il est aussi dans la marge : il était musulman

Faiza

Peut-être. Mais y en a chez qui ça ne se voit pas tout de suite ! Ça en dit long que des gens comme lui, avec prénom et nom ordinaires, en plus d'une tête qui ne dit pas tout tout de suite, tombent aussi dans le puits infernal de la violence policière

Véra

Ouais, finalement ça arrive aux mêmes, même quand les apparences les distinguent

Sayna

Tu viens de dire qu'ils rossent les vieilles dames blanches sur les Champs-Zèl !... Donc, ce n'est pas qu'une histoire d'apparences !

Véra
Ils les rossent, ils ne se mettent quand même pas à trois sur les jambes, le bassin et le torse

Faiza
Y a pas de place !

Sayna
C'est-à-dire ?

Faiza
Elles ont des corps moins spacieux, ces vieilles dames blanches

Véra
C'est ennuyeux !

Keshia
Vous avez fini de déconner ?

Faiza
C'est nous qu'on déconne ! c'est pas les policiers assis et debout sur les jambes, le bassin et le torse ?

Véra
C'est quand même troublant que presque toutes les victimes soient basanées

Faiza
Plus troublant encore quand elles ne sont pas manifestement basanées, et que, quand même, elles entrent dans l'une des catégories

Keshia
Arrêtez de débloquer ! Y a eu Rémi Fraisse, hélas !

Faiza

Hélas, en effet, mais ce ne sont absolument pas les mêmes circonstances

Keshia

Ça fait quand même un mort. Et un jeune

Sayna

C'est pas un jeu, en effet !

Keshia

Et pour sa maman, c'est un cœur déchiré pareil. Le cœur n'a pas de couleur

Faiza

Je suis d'accord. S'il y a deux choses qui n'ont rien à voir avec la couleur de la peau, c'est bien le sang et les larmes

Keshia

La mentalité non plus n'a pas à voir avec la couleur de la peau

Faiza

Je parle de choses qui se voient

Keshia

Ça reste, à l'état brut : un jeune tué !

Véra

Pour ses idées !

Faiza

C'est pas tellement une histoire d'idées, c'est une histoire de situations. Ceux qui tirent, ils sont de service. Pense pas qu'ils se posent plus de questions que ça, on leur a donné une nomenclature, c'est comme un quiz : qu'est-ce qu'il fout çui-là, debout là, l'air soi-disant ailleurs ? il fait des courses pour sa mère, il guette pour un dealer, il refile du shit, et pas plus à foutre de qui traîne dans les manifs, si celui-là veut boucler son mois, sauver toute la planète ou seulement les abeilles… Ils ont quitté chez eux après avoir endossé leur uniforme, ils ont fait un bisou à leur chérie ou à leur mère, ils vont au boulot, c'est tout ! Et de toutes façons, le syndicat et le ministre leur donneront raison

Véra

Je ne sais pas si j'ai loupé un épisode, mais j'ai l'impression que cette histoire de tuer dans la rue ou en manif, c'est un truc de mecs ? C'est que des hommes qui tirent… non ?

Keshia

Moi, j'ai déjà vu des images où des femmes, debout, jambes écartées, tiennent un pistolet des deux mains et mettent un gars en joue, c'était un contrôle de police et devinez ! le gars visé était… noir

Véra

C'est de leur faute, aussi ! Depuis le temps que ça arrive, ils n'ont qu'à arrêter de circuler ! ils voient bien : qu'ils aient de vieilles caisses ou un char, tacot ou gamos, on ne voit que la couleur de leur peau

Faiza

C'est western dans la ville

Sayna
Comme dirait Dihya, c'est le problème avec vous : la discutaillerie, ça ne finit jamais

Keshia
Et tout ça, c'est parti sur Poutou !

Sayna
Parce qu'il dit : « La police tue »

Keshia
Et c'est vrai ou c'est pas vrai ?

Faiza
C'est le problème, c'est à la fois vrai et pas vrai

Sayna
Et voilà la haute philosophie impénétrable et nébuleuse qui s'en mêle !

Faiza
Je ne déconne pas, je parle sérieusement : c'est vrai parce que c'est sous couvert de leur appartenance à la police que ces fonctionnaires-là tuent des citoyens, et même dans le langage courant, tu dis j'ai appelé la police, et c'est la police qui vient

Keshia
Et donc, c'est la police qui tue ?

Faiza
Dans un sens, oui. Parce que c'est la police qui vient, c'est la police qu'est armée, c'est la police qui tire. Personne ne râle quand tu dis : « La police est venue et elle a fait arrêter le tapage nocturne, illico »

Véra

Ha ha idem, quand tu dis : « La police m'a verbalisée ! »

Faiza

Ben non, justement, en général, on ne parle pas comme ça ! On dit : « Un policier ou deux policiers m'ont verbalisée »

Keshia

Alors que j'avais ma ceinture attachée et que mon dépassement de vitesse devait être à peine de deux ou trois kilomètres-heure. Ha ha vu côté conducteur, c'est toujours abusif. Comme les lycéens qui ont loupé le bac d'un quart de point de moyenne

Faiza

Pour rester sérieuses, c'est justement ça, la différence : dans ce cas, tu dis un ou deux policiers. Et c'est en ce sens que : « La police tue » n'est pas vrai

Sayna

Tu vas arrêter de chercher des poux dans la tête d'un chauve

Keshia

Ou de lui couper les cheveux en quatre, ha ha ha !

Véra

Et admettre que : « La police tue », ce n'est pas vrai ; ça ne peut pas être en même temps vrai et pas vrai ; ce sont donc des policiers qui tuent !

Faiza

Pas aussi simple, ma chérie. La police tue, parce que, justement, c'est bien la police qui a le DROIT de tuer. Et c'est bien elle qui est équipée pour ça ! Écoute maître Henri Leclerc, il est limpide !

Sayna

Oh, les filles, on était sur Chouviat, là !

Véra

Ouais, c'est vrai, on était sur les basanés et sur ceux qui ne leur ressemblent pas mais tombent quand même dans le filet !

Faiza

C'est pas que la couleur, c'est aussi la position sociale. Tu prends un jeune, plus ou moins hâlé-cuivré-tanné, disons, il peut être brun pâle ou foncé, peu importe, tu peux aussi lui donner toutes les teintes de noir du *Labyrinthe des passions* d'Andrianomearisoa, onyx, ébène, obsidienne, le jeune homme est adossé à un mur comme pour l'empêcher de tomber, une jambe repliée au genou pour bien caler l'assise du mur debout, il a l'air d'attendre, qui quoi ? Godot ? les Tartares ? les Barbares ? les Syrtes ? Un boulot ? À tous les coups, on l'embarque manu militari ; et s'il revient vivant, c'est qu'il a une grand-mère qui connaît des prières à signes cabalistiques. Et puis, t'as un autre plus basané que Chouviat, franchement noir (et beau) comme le *Balthazar* de Dürer, noir bleu et de toutes façons plus boucané que notre teneur-de-mur, aussi croyant ou mécréant que lui, sauf que lui circule en BMW avec chauffeur... eh ben, si jamais on l'arrête sur la voie publique, çui-là, ça va être main au képi et vérification civilisée. Et ce ne sera pas en hommage à l'éclat bleuté de sa peau

Véra

Et peut-être pas de vérification du tout ! Le touriste a droit à des égards. Ça fait tourner l'économie. La bonne économie, l'économie Frankenstein : on ne sait pas qui l'a créée, elle fait ses affaires comme elle veut, elle n'a pas de chef. Tant pis pour ceux qui tirent le diable par la queue, malgré leurs efforts, tous ces malchanceux de la faute-à-personne, obligés de gagner leur vie avec les *bullshit jobs*

Sayna

Dis pas ça, ou dis-le vite, regarde ce qu'ils ont fait à Tiémoué Bakayoko, footballeur international, habituellement, on les vénère plus qu'on ne les bouscule

Keshia

C'est à Milan !

Faiza

Et alors, ça change quoi ? C'est tout partout les mêmes méthodes

Keshia

C'est moche, quand même, de rester honnête malgré l'accumulation de galères, de continuer à ramer pour élever tes enfants sans honte, pour finir sur la chaussée sous une clé de flics !

Sayna

Eh ben dis donc, où nous mène Poutou avec son clip !

Faiza

Ouep ! C'est dans ce monde qu'on vit !

(Faiza traverse la scène en exécutant une chorégraphie inspirée d'une pièce de Trisha Brown, en silence, sans musique ; la numéro 2 se joint à elle, tandis que les trois autres s'éclipsent.)

Scène XI

Tadéa

Ce sont les filles. Après. Avant aussi. Parfois la compagne, l'épouse, l'amie. Plus souvent la sœur. L'aînée ou la cadette. Les mamans sont trop accablées. Le rire de leurs garçons cogne trop fort encore sous leurs tempes. Je n'ai pas de frère, ça ne change rien. Ça n'empêche pas de se faire du souci. Des nœuds dans la tête. J'ai vu pointer un lichen sur le dos de ma main droite. Une bille, claire. Qui s'est étalée. Puis des lignes. Des boucles. Un quadrillage.

(Tadéa montre le dos de sa main où apparaît, comme dessinée, une toile d'araignée.)

Une ligne ou une tache s'ajoute chaque fois que la sirène de police et celle du SAMU se répondent. C'est pas que j'aie peur pour mon frère, je n'en ai pas. C'est de savoir que le frère d'une fille peut tomber aujourd'hui ou demain. Va tomber. Un dimanche. N'importe quand. En plein soleil. Jour de marché ou férié. Sous la lune aussi. Pour n'importe quoi. Pour rien. Un coup d'accélérateur en pleine panique. Un soi-disant regard féroce. Un rire trop gras. Une capuche. Une silhouette de trois quarts. Une visière trop large. Une lenteur à se mettre à genoux. À genoux ! Je ne connais pas encore la fille. Sa sœur. Ou sa compagne. Mais je vais la connaître. Par la télé. Sa tignasse va manger la moitié de l'écran. Ou son voile la moitié de son visage. Sa peau, mate, va briller de larmes refoulées. Ses mots vont cheniller sous sa langue ou bien ils vont cascader entre ses dents. Dans tous les cas, on va se demander comment s'appelle ce pays d'intarissable tristesse où cette fille a posé sa soucoupe. Son frère s'appelait Lamine Dieng. Ils l'ont embarqué dans un fourgon. Placage ventral. Ils ont rendu un cadavre à sa mère. C'est comme ça, avec ces gars qui ont la tête pour ça et pas leurs papiers sur eux. Ils savent depuis tout petits, sans que personne leur ait appris. Zyed et Bouna n'avaient pas leurs papiers sur eux. C'est tout. Ils avaient joué au foot tout l'après-midi. Qu'est-ce que tu fous avec des papiers au foot ? Ils ont sauté dans le transfo. Zyed avait dix-sept ans, Bouna quinze ans. La sœur de Bouna serre fort la main de la maman de Zyed. Zohra, la maman de Wissam El-Yamni, ne détriste pas. Awa tremble quand elle essaie de faire resurgir le son des pas de son frère Babacar Gueye. Elles ont quelque chose. Elles ne se ressemblent pas. Ni de tête, ni de voix, ni de regard. Leurs mots non plus ne sont pas les mêmes. Sauf deux. Non, trois. Vérité, justice et paix. Elles les emmaillent dans n'importe quel ordre. À un moment ou à un autre, l'un de ces mots vient, tout seul ou accompagné des autres. Au milieu du vertige. Comment ça peut mourir si facilement, un homme ? Tu attrapes le tournis et la nausée. Vérité. Justice. Paix. Elles les écrivent en gras sur des T-shirts. Elles les portent au dos. Comme pour laisser un sillage, lorsqu'elles ont passé leur chemin. C'est écrit devant aussi. Ça danse, ça s'étale, ça se creuse, ça chaloupe sur leur poitrine. Ces mots ont l'air de bien coller avec le vertige. Ça fait des points fixes. Trois points fixes. Pour Mohamed Gabsi. Rien à voir avec le Magnifique. Jessica tient tendrement la main de son fils au visage doré quand elle parle d'Amadou Koumé. Ils sont tous plus ou moins basanés, de noir Congo à beige Tunis, tous tout à fait banlieusards. C'est que des gens de périphéries. C'est mesuré par les chiffres. C'est écrit dans leurs noms. Ce n'est pas d'aujourd'hui. Ça n'a pas l'air de servir à quoi que ce soit de connaître les abus flagrants. Ça n'a rien empêché, après, de connaître la lâcheté et la férocité des policiers voltigeurs qui ont supplicié Malik Oussekine, dans un escalier, un soir, rue Monsieur-le-Prince, sans autre raison que son faciès. Malik revenait d'un concert de Nina Simone. Deux mondes s'affrontent dans cet escalier. On connaît les noms des deux policiers. Condamnés à des miettes d'années avec sursis. Comme si les magistrats, chargés de juger leurs crimes, épuisés de lutter contre la tentation d'un acquittement au vu et au su de tous, avaient fini par céder à une vapeur de conscience et un infime souvenir du Droit. Après ça, comme avant ça, des policiers ont tué, dans la rue, dans des commissariats, dans les paniers à salade, dans les bars et les cages d'escalier, dans les jardins et sur les ponts. Dans les appartements aussi. Oui, c'est arrivé. Parfois, juste un gars qui crie et gesticule comme un marathonien. C'est bien ça, il arrive qu'ils tirent aussi sur les épileptiques.

(Musique : Baka (« Pygmées ») : Ima Gati *;* Garifuna Nuguya.*)*

Avant, la peine de mort, c'était pour des crimes graves. Très graves. Très très graves. Répugnants. Il y avait un procès. Les gens se déchaînaient. Il en reste des images en noir et blanc ou colorisées. Et des images en couleurs. Les pour s'habillaient sur leur trente et un et venaient en groupe s'égosiller aux grilles des palais de justice. Leurs visages grimaçaient. Les contre prononçaient des phrases interminables, avec des airs évaporés et dévorants. On ne comprenait pas tout. La justice tranchait. La loi commandait. On pouvait demander la grâce au président de la République. Comme au roi, avant, ou à l'empereur, plus avant encore. Ou l'empereur d'après. Si la grâce était refusée, le bourreau exécutait. C'était une mauvaise loi. Hugo l'a expliqué. Camus l'a expliqué. Avant eux, Olympe de Gouges et Condorcet. Après eux, Badinter. Enfin, cette fois c'est la bonne. La preuve que c'était une mauvaise loi.

Mais c'est la loi qui commandait. Dans mes années collège, le surveillant général aimait dire : « *Dura lex sed lex.* » C'était mauvais signe, ça annonçait une colle ou une corvée. C'est la loi qui commandait. On n'était pas d'accord, mais on comprenait qu'il fallait une règle. Maintenant, c'est le syndicat de police qui commande. Le plus enragé. Le policier qui tire et qui tue a toujours raison. Pas de procès. Et si procès, pas de sanction. C'est de toutes façons la peine de mort. Le policier a déjà tiré et le jeune homme est déjà mort. Pour de bon. C'est ça la peine de mort, c'est toujours pour de bon. Même s'il n'y a pas de crime, même si le jeune homme, il avait juste une démarche dansante ou une capuche rabattue ou des lunettes de Shaft. Ou simplement l'air dans les vapes. Ou qu'il guettait une réponse à ses deux cents demandes d'emploi et qu'en attendant, il amassait de la tune pour lancer dans deux ans sa collection de baskets. Babacar Gueye ? Ou qu'il se prenait pour Denzel Washington dans *American Gangster*. Ou que, pris d'épilepsie, il gigotait comme un joggeur. Ou celui-là assis à l'arrière d'une voiture parce qu'il n'avait pas attaché sa ceinture de sécurité. Quand on croise la police, on peut mourir pour ça. Refus d'obtempérer. Légitime défense. Ils ont toujours une légitime défense. Contre des gens sans arme. Contre des gens qui fuient ! Légitime défense. Défense contre quoi ? contre leur propre peur ? Ou leurs mauvais sentiments ? Quand tu vois ce qu'ils se dépêchent de sortir sur les victimes. Normal, ce sont eux qui ont les fichiers. Dans le monde, il y a les dictatures et les pays à fichiers. Ils trouvent toujours quelque chose dans un fichier. Alors, ils t'expliquent, que ce jeune-là, il y a trois ans, on l'a surpris et on l'a emmené au poste, il marchait avec une bande, et on connaît les phénomènes de bandes ; ou bien il roulait sans assurance ; ou bien encore, il avait un demi-gramme de cannabis dans sa poche ; ou bien encore… bref… tu te rends compte qu'ils justifient leur défiance a priori et te démontrent qu'ils avaient raison d'être défiants a priori, la preuve par le casier ou la main courante ou le fichier, et tu comprends que pour eux, ben oui, ce garçon-là était un mauvais garçon ou sur la pente d'être un mauvais garçon ou destiné tôt ou tard à devenir un mauvais garçon… bref… donc c'est bien ça, ils te disent qu'ils ont sévi contre quelqu'un qui n'était pas si net, d'un civisme douteux ou d'une probité variable, bref… tout d'un coup, ce n'est plus seulement un mort, c'est une vraie personne, qui a fait de vraies choses, répréhensibles, bien sûr. Et toi, tu réalises brusquement que c'est bien ça : c'est bien la peine de mort !!!! Ils t'expliquent que cette personne était en faute. Dans un passé récent ou lointain, mais elle était en faute. La tuer, c'est donc sévir ! Non, non, ne me dites pas que c'est un raccourci. Ou si c'en est un, ce sont eux avec leurs mises en cause fumeuses qui le tracent. Refus d'obtempérer !!! Et Mehdi Farghdani, trois policiers assis et debout sur ses jambes, son bassin et son torse. Pour le coup, lui, il a obtempéré ! Pas le choix. Obtempéré et *dead*. Dans le pays le plus discutailleur au monde, on t'explique qu'on ne discute pas ! Un refus d'obtempérer, c'est un refus d'obtempérer, et la police tire. Point. Barre. Pour le placage ventral, ils disent que c'est dans la formation. On demande : le gourdin dans l'anus de Théo jusqu'à ses intestins, c'est la formation aussi ? Et Adama qui suffoque, souffle, étouffe… D'où peuvent leur venir de telles idées ?…

(Tadéa fait quelques pas en haussant ostensiblement les épaules ; en fond sonore, la voix soprano de Christiane Eda-Pierre sur Erzsebet *de Charles Chaynes.)*

Il y a de tout, parmi ces jeunes hommes exécutés. De tout ! même des bons samaritains, comme Abdelwahab Benyahia, tout dévoué aux ados en colère, et qui, ce soir-là, longeait cet immeuble à Pantin, croisa ce policier soûl, armé et en goguette. Fini pour Abdelwahab. Va plus nulle part aider personne. Il a croisé ce policier soûl, et il va sous terre. Le même soir que Malik. Pas besoin d'aller manifester contre un couvre-feu discriminatoire et raciste. C'est couvre-feu tout le temps, pour les mêmes. La guerre d'Algérie n'est pas finie. Pas soldée. Pas besoin de Code pénal. Les faciès suffisent. Les députés peuvent partir en vacances. J'ai entendu certains dire que c'est lâche, on peut le répéter : ça ne se passe jamais à mains nues. Ni pour Shaoyao Liu ni pour Steve Maïa Caniço ni pour Mohamed Boukrourou, tiens, ça fait beaucoup de Mohamed, ni pour Olivier Gomes ni pour Zineb Redouane ni pour Claude Jean-Pierre, qu'est-ce qu'il fait là, çui-là, avec ce nom et ce prénom... Ah ben non, hélas, il a bien le faciès qu'il faut : guadeloupéen, teint entre noir Congo et beige Tunis, contrôle routier en Guadeloupe par des gendarmes couleur gendarme. Mort, malgré nom et prénom chrétiens ! c'est vraiment le faciès qui compte ! C'est effrayant ! Jean-Paul Benjamin... prénom et nom chrétiens... zélé, deux prénoms pour nom, comme le guadeloupéen, comme pour passer inaperçu, pas attirer l'attention, vivre sa vie droite, croire que le bon, le bien, le juste, ça existe et que ça fait une différence. Mon œil ! C'est encore compter sans le faciès. Noir Congo ou beige Tunis. Une tête qui donne des envies de faire OK Corral. En ville. Armes inégales. Et malgré les apparences et les fréquences, faut pas croire que les filles sont à l'abri. Demandez à Ramatoulaye. Bousculée, brutalisée, jetée au sol, insultée. Devant son petit frère de sept ans. Pour qu'il apprenne bien comment ça marche. Classé sans suite. Déboutée, Ramatoulaye, malgré son ITT et malgré la vidéo. Basanés ? C'est OK Corral. Sans compter les mutilés, trop contents de n'être pas cadavérés. Y a plus ni prénom ni nom ni histoire ni rire ni famille ni voix ni rime ni raison. Juste un faciès. Ça vient de profond, sous des plumes qu'on a du mal à imaginer. De grands et beaux esprits. *Antigone la noiraude*, chez Anouilh et, dans la même pièce, tous ceux-là qui *vont comme des nègres*. On dirait que le mot les fascine. De belles bouches pulpeuses, fardées, chics, friquées, le prononcent avec volupté. Guerlain *pour une fois s'est mis à travailler comme un nègre*. La justice a condamné

Guerlain et elle a eu raison, mais lui aussi avait raison. *Bordeaux, Liverpool, New York, San Francisco, pas un bout de ce monde qui ne porte mon empreinte digitale et mon calcanéum sur le dos des gratte-ciel et ma crasse dans le scintillement des gemmes !* Césaire nargue tout le monde. Qui a jamais travaillé comme un nègre ? Les preuves et les traces sont là : *qui ? tu demandes qui a construit toutes ces gares et tout le reste ? mais enfin, QUI a construit les choses ici ?* C'est la claque de Colson Whitehead sur l'Underground Railroad. C'est ainsi partout. Qui construit, bâtit, maçonne, forge, façonne, échafaude, charpente, enduit et peint ? C'est l'histoire du monde depuis plusieurs siècles.

(Deux jeunes filles font irruption sur la scène, sans voir Tadéa, qui glisse dans la pénombre, tout en restant sur scène.)

Première jeune fille

Sérieux ?! Moi, non, je ne reconnais à personne le droit de me pourrir la vie. Même pas à ma mère ! elle m'a donné la vie, et c'est tout. Le reste, je me suis démerdée ! démerdée pour respirer sans que personne m'ait appris à le faire, démerdée pour marcher, démerdée pour survivre quand j'ai été larguée dans des endroits où je ne connaissais personne, ça a commencé à la crèche. Alors, depuis le temps que je marche dans le monde en me démerdant seule, personne ne va m'emmerder !

Deuxième jeune fille

Ça ressemble aux *Chants de Maldoror* !

Première jeune fille
Sais pas de quoi tu parles, mais je me tiens bien debout derrière ce que j'ai dit. J'admets que comme tous les bébés, j'ai défoncé la chatte de ma mère, mais c'est tout le mal que je lui ai fait, et bien involontairement ! Mes enfants me feront pareil, c'est le cycle de la revanche

Deuxième jeune fille
Là, ça ressemble à du Gardin

Première jeune fille
Quand t'auras fini ton recensement, tu vas me répondre sur ces conneries

Deuxième jeune fille
Moi, je continue à bien aimer cette prof. C'est vrai que j'ai plus aimé d'autres cours, mais là, c'est quoi ta colère, c'est pas d'sa faute, c'est le programme…

Première jeune fille
Avec tout c'qu'y a au programme, tu crois que c'est obligatoire, *Les Précieuses ridicules* ? Alors qu'on commence tout juste à se débattre avec des tracas de règles et d'acné, c'est normal qu'on nous serve ça ?! Et puis *Les Femmes savantes*, après *L'École des femmes*. Non mais, avec des trucs pareils, ils veulent not' peau !

Deuxième jeune fille
Arrête d'exagérer, la prof, elle reste sympa, et elle aime bien la classe

Première jeune fille
Elle nous aime bien, tu crois ! en nous faisant étudier des saloperies pareilles ! Avec ce Molière, hors

mariage, pas de salut pour les filles ! La prof est obligée de nous gaver avec ça ?

Deuxième jeune fille
Elle dit elle-même qu'il faut prendre de la hauteur !

Première jeune fille
De la hauteur ! de la hauteur ! Je vais la choper où, cette hauteur ? Dans *L'École des femmes* ? L'é-co-leu, hein ! « Votre sexe n'est là que pour la dépendance. » C'est violent quand même ! Tu veux me dire que c'est des choses à dire à des préados ? Même pas à dire, parce que dans ce cas-là, tu ripostes. Mais non, des choses écrites ! écrites, ma cocotte, écrites ! Et qui ont traversé les siècles ! Tu peux toujours faire le derviche tourneur à chercher la hauteur ! *Fuck* Molière ! Qu'il aille se faire foutre, là-même, dans sa tombe !

Deuxième jeune fille
Enfin, on n'est quand même pas des ados éberluées et démunies ! On peut faire le tri, non ?

Première jeune fille
T'as le temps pour faire le tri, toi ? Moi, déjà je dois me démerder avec mon *crush*, tu crois que c'est ça qui va m'aider, ça va sûrement me donner le moral, avec cet empoté déjà tout balourd

Deuxième jeune fille
C'est quand même pas ça qui va t'empêcher de trier dans l'ivraie ?!

Première jeune fille

J'aime pas cette idée de choses qui vont de soi. C'est toujours pour nous les filles, que les choses vont de soi ! Pour moi, c'est bon, la coupe est pleine, je ne pardonne à personne, je ne crois pas à la bonne foi, je...

(Les deux jeunes filles ont atteint l'entrée des coulisses ; le reste de la conversation se perd dans les coulisses ; Tadéa reprend autorité sur la scène ; elle réapparaît seule sur celle-ci, en pleine lumière, et poursuit comme si elle ne s'était pas interrompue.)

J'ai un oncle... j'avais : il n'est plus. Mais je fais confiance à mes souvenirs. Il était inspecteur de police. Un gars droit. Raide dans sa fierté. Et tellement serviable. Il riait d'un rire sans bruit. Commandant de police. Je triture les images de mes souvenirs pour voir s'il peut entrer dans un habit de brutalité. Ça ne marche pas. J'ai un frère. Lui aussi, commandant de police. Il était. Pas mort, lui. À la retraite. Pas besoin de mémoire, mes yeux suffisent. Je regarde. Comme pour mon oncle, je n'arrive pas à l'imaginer... frappant... ajustant... tirant... ou même paniquant... Rien à faire, ça ne cadre pas. Déformation professionnelle, il a voulu insuffler dans le football des règles de rigueur et un climat de bienveillance. Quelqu'un lui a rappelé qu'il n'était plus dans la police et que ça ne marchait pas comme ça ici. Bon... Et ma cousine. Quand elle marche, tu as l'impression qu'elle parade dans son uniforme. Son gars aussi porte l'uniforme. On les invite dans nos fêtes de déconnade. Ils y sont bienvenus. Et bien à l'aise. Je m'efforce, je m'efforce, je me force, rien à faire, je n'arrive pas à les visualiser dans ces rôles de *bad cop*. Idem pour ces trois jeunes policiers tout fringants. Pas frimeurs, fringants. Touchants. Ils sont presque policiers, pas encore vraiment. Ils préparent un concours, je n'sais pas pour quels grades mais j'ai compris que c'est pour entrer pour de vrai dans la police. Pour l'instant, ils sont dans la brigade vélo. Je me pince. Sympas et consciencieux comme ils sont, se peut-il que, parmi eux, certains virent *bad cop* à la gâchette relâchée ? C'est raide à croire !

(Pensive.) Ils ont un joli nom, pourtant : gardiens de la paix.

Alors, on dit quoi, aux policiers qui font bien leur boulot ? Ils sont, tout le monde le sait, beaucoup beaucoup beaucoup plus nombreux ! Parmi eux, des qui ont rêvé, depuis le collège, de passer les concours pour entrer dans la police. Des qui ont vu dans leur quartier, un plus âgé qui a revêtu l'uniforme et qui s'est distingué et qui est passé à la télé le jour où il a été décoré pour sa bravoure. Des qui ont intégré la police justement parce qu'ils savent qu'il faut de l'ordre et la paix pour la tranquillité et la sécurité des gens qui ont déjà la vie travailleuse bien dure et bien ingrate. Des qui aiment les jolis mots et les grandes rhétoriques sur la sûreté et la démocratie et la république et les hommes qui naissent libres et égaux en droits et la force publique instituée pour l'avantage de tous et non pour l'utilité particulière de ceux auxquels elle est confiée et ceci et cela et y en a toujours pour prendre au sérieux les mots exquis élégants sonores et grandiloquents, délicats et fermes, attachants, inscrits dans le livre sacré de la République : la Constitution. Et ceux-là sont nombreux nombreux nombreux. Plus nombreux que les milliers du groupe Facebook qui se défoulent comme des enculés de ta race, pour parler comme eux. On leur dit quoi, à tous ceux-là ? Qu'ils sont dans le même sac ? Ça donne quoi, pour eux, pour nous tous, ça donne quoi des gens, des hommes, des jeunes, qu'un uniforme absout d'avoir tiré et tué ? ça fait quel effet, d'avoir ce droit : tirer et tuer ? ça fait quoi comme vie de famille, ça donne quoi, dans le voisinage de tous les jours, tous ces policiers et gendarmes qui ont tué ? Ils ont croisé, comme tout le monde, ces petits garçons aussi turbulents que les autres à la sortie d'école, aussi criards, aussi débraillés. Ils les ont vus, adolescents maladroits se dandinant comme s'ils avaient la grâce d'Alvin Ailey, la tchatche de Malcolm X, l'humour de Sankara, le brio de Waly Dia, la prescience de Tupac Shakur, la dégaine de Jamel Debbouze, la foulée de Usain Bolt. Ils les ont entendus rire en crécelle et se mesurer des épaules. Ils ont vu les timides raser les murs et les fanfarons rouler des fesses. Ils ont vu leurs visages devenir boutonneux, puis leurs premiers poils au-dessus de la lèvre ourlée luire de soins capillaires.

Finalement, peut-être non. Ils ne les ont pas vus grandir. Ni traverser les mêmes jardins que leurs enfants. Ni fréquenter les mêmes écoles, les mêmes quartiers, les mêmes terrains de foot. Ils ne se savent pas du même pays.

(Quelques notes de La Marseillaise, *puis Ustad Mahwash :* Écoute le ney.*)*

On se demande. Les jours ordinaires ou les jours de fête familiale, ils disent quoi à leur maman, les habillés de bleu, ces policiers, ces gendarmes bien gentils à la maison ? ils disent quoi à leurs propres enfants ? J'ai tué quelqu'un qui n'a pas obtempéré. Et avec tout le pataquès qui a suivi, j'ai découvert que, lui aussi, avait une maman. Avait des enfants… La plupart de ces policiers sont innocentés. Sont-ils innocents ? Sont-ils indemnes ? Et ces magistrats-là, ils racontent quoi ? Qu'ils connaissent les policiers, travaillent avec eux tous les jours, et comment ça va se passer contre la délinquance et le banditisme si, sur le refus d'obtempérer, ils considèrent les faits, les témoins, les expertises et les contre-expertises et qu'ils se mettent à rendre la justice normalement ? C'est qui les voisins de tous ces gens ? Ça pense quoi, leurs voisins ? Et les amis de leurs voisins ? Et les voisins de leurs amis ?

Ça ne serait pas vous, les voisins ?

(Rideau.)

(Voix off de Tadéa, après le tomber de rideau.)

Les pires sont ceux-là qui donnent les ordres sans s'exposer aux risques. Vous devriez vous méfier. Ils se rapprochent. De vous. De vos enfants. Des pauvres. Des râleurs…

L'habitude !

Scène XII

(Sequoyah est vêtue cette fois d'une jolie robe chic où son ventre gentiment rond apparaît très gracieux ; elle est chaussée d'élégants escarpins ; ses cheveux sont libres ; elle porte encore son bandeau de perles.)

Sequoyah

(Caressant son ventre.)

La grossesse rend sentimentale
C'est une fille
J'aimerais tellement me disputer avec son père
Pour son prénom
Je veux l'appeler Natalka
J'hésite encore
J'aime beaucoup Césaria
J'imagine que son père préférerait Maya
Ou Salya
Ce serait si bon si doux
De me montrer intransigeante
Non, non pas Maya

C'est trop convenu
Et trop chargé d'Histoire
Ni Salya
Aux sons trop languissants

Je ferais durer la dispute
Je plaiderais
De mauvaise foi
Je me moquerais
Sans conviction
Comme une filoute
Une sacripante
Une forbane
Disons-le une canaille
Pour de vrai

Pour de bon
J'ai peur du poids historique de Maya
J'ai hésité moi aussi
Sur Salya
Un temps, j'ai voulu l'appeler
Malaïka
Pour la grâce de Makeba
Quelle plus grande puissance
Que celle de faire monter
Et jaillir de sa gorge
Un chant
Sans époque
Ni frontière
Sans feu sans lieu
Malaïkaaaa

Il paraît que les bébés bougent
Vers le cœur
Quand leurs parents se disputent
Sur leur prénom
Ma Natalka bouge
À grands coups de pied
Et coups de coude
Elle n'attend pas nos disputes
Son père a pris la poudre d'escampette
Paniqué
Pas fini ses études
Ses parents pas commodes
Et lui, pas sevré
Malgré ses airs matamores

Pas grave...
J'ai aimé notre temps ensemble
Je vais rentrer au pays
Moi aussi mes études pas finies
Je vais rentrer
Pas faraude non plus
Mes parents seront déçus
Sans plus
Vu qu'un enfant
C'est toujours une bénédiction
Wan bléchi
C'est ainsi
Depuis la nuit des temps
C'est aussi
Depuis la nuit des temps
Que dans les jeux à deux

On rit à deux
On trinque seule
Je ne ferai pas semblant
D'être malheureuse
Je suis belle et futée
J'aurai mille et cent vies

Le temps peut bien se déchiqueter !

Scène XIII

Véra

J'ai une copine qui me demande de signer une pétition pour que les Iraniennes puissent assister aux matches de foot dans leur pays. Ça vous dit de signer avec moi ?

Inaya

C'est pas vrai ?! vous n'avez rien de plus sérieux à faire ?! Malgré toutes les causes, orphelines ou non, qui traînent ici et ailleurs ?!

Sayna

Et pourquoi cette cause ne serait pas honorable ?

Inaya

Enfin ! sérieusement ! y a des enfants qui crèvent, des poètes qu'on décapite, des femmes qu'on lapide, et toi, Véra, tu arrives, la bouche en cœur, tu veux que les femmes aillent voir suer des hommes qui courent après un ballon

Véra

C'est exactement ça ! Tu parles comme les ayatollahs ! ces femmes veulent aller voir suer des hommes ! oh les vicieuses !

Inaya

Le raccourci est facile ! me comparer aux ayatollahs !

Véra

Hélas, c'est leur argument : « Il faut les protéger de l'atmosphère masculine et de la vue d'hommes à moitié dévêtus » !

Sayna

Moi, je n'en ai rien à faire ni du foot ni des hommes suants, mais y en a marre de ces hommes au pouvoir qui décident ce que les femmes ont le droit de voir, de faire, de ressentir. Je signe ta pétition, Véra !

Solavi

Moi aussi, je la signe. C'est vrai, plein le derrière de ces mecs refoulés, frustrés, obsédés, mal baisant et mal baisés, qui ont volé le pouvoir et qui ont un seul sujet : le cœur et le cul des femmes, et qui croient tout régler en les obligeant à cacher leur visage !

Keshia

Tu en rajoutes peut-être un peu mais peu importe, moi aussi, je signe

Dihya

Pardon mesdames, je comprends bien votre fureur, mais le monde est un chouya plus compliqué ! L'Arabie saoudite a exécuté quatre-vingt-une personnes hier. Personne ne sait pourquoi. Soi-disant tous terroristes. Le terrorisme sert à toutes les sauces. Tu finis par oublier que c'est une monstruosité absolue qui massacre des innocents. Tout ça parce que des mecs en robe ont décidé

Sayna

Attends, pardon, mais leur robe n'a rien à y voir !

Dihya

Suis pas sûre. Y a quand même un problème avec ces mecs qui portent des robes et emmerdent tant qu'ils peuvent les femmes de leurs pays en leur interdisant tout ce qui leur vient à l'esprit. Entre autres, de porter le pantalon, au propre et au figuré

Solavi

Attends, ne nous fais pas le coup de l'obsession vestimentaire. Laisse ça justement pour les malades du foulard. Eux aussi, c'est après les femmes qu'ils en ont. Les hommes qui se baladent dans les rues en djellaba et en soutane, ça ne les empêche pas de dormir… Certaines barbes les dérangent et pas d'autres. Moi, je suis pour qu'on foute la paix à tout le monde, les Touaregs savent pourquoi ils se mettent de grands turbans en plein désert, les femmes choisissent comment elles s'habillent. Y a qu'à s'assurer qu'elles ne dépendent pas de leurs maris. C'est ça le boulot du pouvoir !

Keshia

Bon, si on arrêtait de tout mélanger ? Les gens ont le droit de s'habiller différemment, selon les cultures, et même les civilisations, non ?

Sayna

Culture, c'est vite dit. Religions, oui ! Moi, je préfère les modes variantes aux uniformes. Tu vois, les modes « pattes d'éph », la sape…

Keshia

Eh eh eh les pattes d'éph… tu as déjà vu les photos de Malik Sidibé ? Ces élégants étaient sacrément délirants !

Sayna

Vous savez ce que « sape » veut dire, voulait dire avant de devenir un verbe, « saper », et un nom commun ? Société des ambianceurs et des personnes élégantes ! Faut quand même un art de vivre pour inventer des choses pareilles. La joie, quoi ! Ils nous emmerdent les mecs à Paradis, à vierges, à prières, à tocsin, à cloches, à glas, à sabbat, à hadith et cantiques. N'ont qu'à faire leurs trucs tout seuls, si ça les emmerde de vivre sur Terre. OK, les sapeurs sont ridicules avec leurs chaussures pointues et leurs couleurs criardes, mais ils ne font de tort qu'à eux-mêmes ! Et dans la bonne humeur

Faiza

Avant eux, y a eu les zazous ! z'étaient pas piqués des vers non plus, ceux-là, garçons et filles

Sayna

C'est bien vrai ! je crois qu'ils copiaient les tenues hallucinantes de Cab Calloway ?

Faiza

Et ça jazzait !

Dihya

OK, mais enfin, la vie n'est pas une rigolade sans fin

Véra

Les zazous emmerdaient les collabos ! c'est toujours ça !

Keshia

Pas vrai ?! wouahhh !

Véra

Ouais, je crois bien que les carpettes pro-allemandes sous l'Occupation, les collabos, ces crapules, ont attrapé ceux qu'ils pouvaient parmi les zazous et les ont fourrés au Service du travail obligatoire

Sayna

T'as raison ! Je me souviens avoir lu que des zazous ont défilé en juin 1942 avec une étoile jaune sur leurs vêtements extravagants, par solidarité, alors qu'ils n'étaient pas juifs

Dihya

Pardon, je reviens en arrière, mais les almées, ce n'étaient pas des danseuses ou des courtisanes, c'étaient des femmes instruites et de talentueuses musiciennes, elles régnaient sur les instruments et les chants !

Faiza
Ah ma chère, tu sais bien que l'orientalisme a tout transformé ! Tout est devenu exotique et sensuel

Keshia
C'est aussi de là que vient la sornette des quarante vierges au Paradis ?

Sayna
Déjà, faut avoir un grain, pour vouloir non seulement des vierges, inexpérimentées, je ne parle pas pour me vanter, mais quand tu sais pas, tu sais pas… pas encore ! Et quarante vierges ! Purée ! ils sont vraiment tordus !

Keshia
Faut admettre, là, y a un problème de QI

Faiza
Je n'dirais pas ça comme ça ! c'est vrai qu'il y a un sujet mental chez des gens qui s'attachent une ceinture d'explosifs à la taille, pour quarante ou zéro vierges, ou même pour toute raison fumeuse ou pour zéro raison, tuer des gens que tu ne connais pas et qui ne t'ont rien fait… Même chez les intelligents parmi eux, y a un problème. Mais le vrai vrai problème, ce sont les monstres-marionnettistes qui les endoctrinent

Keshia

Ils ne sont pas obligés d'obéir ! c'est quoi le libre-arbitre ?

Faiza

C'est un truc magique mais qui n'opère pas avec l'endoctrinement ! Il y a toujours une dose de flippage dans ces histoires. Même chez les révolutionnaires laïcs, athées ou païens

Keshia

Au moins les révolutionnaires voulaient un paradis sur Terre, même si on ne voit pas comment ça marche avec tuer et mourir

Faiza

Et puis il y a une autre catégorie qui tue sans mourir. Le terrorisme de l'extrême droite, en Europe ou en Amérique du Nord, et même en Amérique du Sud, c'est aussi meurtrier, sauf qu'eux, ils tuent, brouillent les pistes et regardent. En Australie aussi. Ça venge soi-disant les croisades du lointain passé, en Europe ! Alors que leurs ancêtres ont décimé les Aborigènes y a moins longtemps !

Véra

Et si on revenait à ma pétition ? Quelqu'une d'autre veut la signer ?

Faiza

Moi, j'ai quand même un peu de mal avec le sujet de ta pétition !

Véra

Et c'est quoi ton malaise ?

Faiza

Je suis assez d'accord pour dire qu'il y a des sujets plus graves. Et je ne parle pas seulement de trucs hyper déprimants comme les exécutions, en Arabie saoudite, en Chine, et même aux États-Unis, en Iran aussi, d'ailleurs. Ces mêmes ayatollahs viennent de condamner à mort deux femmes militantes et lesbiennes. Et chez eux toujours, la police des mœurs… vous entendez ça : police des mœurs ! Oui, ça existe au vingt-et-u-niyème siècle !

Dihya

Je ne suis pas sûre que tu aides à y voir clair, en faisant la revue du catalogue des horreurs de ces mecs en robe à la verge souveraine. Pitié, ne fais pas un crochet par l'Afghanistan

Faiza

Ce que je veux dire c'est qu'il y a d'autres causes urgentes comme les expulsions d'enfants scolarisés. Il y a ces immigrants qui meurent dans la Méditerranée ou dans la Manche. Il y a ces étudiants qui crèvent la dalle et font la queue comme au temps du rationnement…

Sayna

T'as connu le rationnement, toi ? Fraîche comme tu es ! T'es la version féminine du *Portrait de Dorian Gray* ?

Véra

M'enfin ! signer une pétition n'a jamais empêché de se consacrer à d'autres causes !

Faiza

C'est vrai. Mais c'est vraiment la signature-bonne conscience. S'il suffit de signer et de passer à autre chose ! Tu sais qu'il y a des spécialistes, des récidivistes de pétitionnite !

Véra

On peut arrêter les diversions ?

Dihya

Allez, redis-nous de quoi il s'agit

Véra

C'est une pétition pour soutenir les Iraniennes qui réclament le droit d'assister à des matches de football masculin dans leur pays. Je précise masculin parce que c'est pas demain la veille que le football féminin sera autorisé

Faiza

Je crois même que c'est pire. Il y a un football féminin, mais genre dirigé par un Politburo

Véra

S'il te plaît, Faiza, arrête tes digressions

Keshia

Je reconnais que, dit comme ça, ça paraît un peu futile. Avoue ! même si je maintiens ma signature

Véra

Moi, quand les femmes se battent, où que ce soit, je leur fais confiance. Si elles estiment que c'est là qu'il faut donner l'assaut, je considère que ce que je peux faire, c'est donner un coup de main

Dihya

Je comprends le principe, mais quand même ! Y a pas des trucs à réclamer sur l'école, l'université, la culture, sais pas, moi ! Il paraît qu'elles n'ont pas le droit de chanter sur scène. C'est fou, ça !

Véra

Y a sûrement des tas de forteresses à faire tomber, mais pour aujourd'hui, ce qu'on a, c'est sur le foot

Inaya

Et le foot des mecs, des gaillards tout en muscles, des bougres, des mâles luisant de sueur, des zèbres en mouvement, quoi

Solavi

Je partage assez l'idée de prendre ce qu'on a. Quand les Saoudiennes se battaient pour le droit de conduire une voiture, on aurait pu dire que c'est pas révolutionnaire, c'est imiter les hommes, c'est s'aliéner au cliché de la puissance et de la virilité, que ça va augmenter l'émission de carbone, etc. Il n'empêche que c'est cette porte de liberté qu'elles étaient en mesure de forcer, c'est ça qu'elles ont forcé. Y avait parmi elles des femmes ingénieures, docteures, universitaires, des cerveaux, quoi…

Véra

Bon, on leur fait confiance ou pas, pour choisir leurs combats ? Et nous, on les soutient, non ?

Keshia

Il faut dire qu'elles ont déjà payé cher !

Inaya

Pour assister à un match ? Tu dis quoi de celles qui sont tuées par un mari ou un frère, celles qui sont emprisonnées pour des futilités, celles qui sont lapidées, les victimes de soi-disant crimes d'honneur ?

Keshia

On n'est peut-être pas obligées de peindre le monde en noir et blanc ?

Sayna

Surtout que chez nous aussi, les maris tuent. On a beaucoup discuté sur Diego-Suarez, avant de réaliser que…

Inaya

Oh oh, on peut garder l'échelle, non ? Ce qu'on appelle le sens de la mesure…

Célia

Tiens, c'est nouveau, ça !

Solavi

Pour les femmes victimes de féminicides, sais pas si ça fait une différence…

Véra
Pour leurs enfants non plus, sans doute. Mais pour l'efficacité des luttes, peut-être ?

Sayna
Donc, on fait quoi ? On va chercher de plus belles causes pour les Iraniennes, ou tout près de nous, ou on signe la pétition pour que les femmes aillent saliver sur les mecs en sueur ? J'ai rien contre. J'ai même l'entrejambe qui frémit à cette idée

Véra
Ça t'embête si on discute sérieusement ?

Sayna
Mais, ma chérie, je suis sérieuse, notamment sur mon entrejambe. J'aime la vie, moi ! Et j'aime les belles causes aussi. Celle-ci me plaît assez

Keshia
Bon, on est d'accord ? On signe et ça n'empêche pas de s'engager ailleurs ?

Sayna
Peut-être que ça va ensemble ? ou ça se complète, au moins ?

Véra
Moi, je ne voudrais pas que vous preniez cette cause avec légèreté. Comme je l'ai dit, elles ont payé cher. De la vie !

Faiza
N'exagère quand même pas !

Véra

Je n'exagère pas ! Sahar Khodayari s'est immolée par le feu devant le tribunal de Téhéran le 2 septembre 2019 !

Keshia

Pour avoir le droit d'aller au match ????!!!!

Véra

Parce qu'elle était allée à un match !

Keshia

Attends, attends ! Elle s'est immolée devant le tribunal au stade ?

Jingle. Radio

… le président brésilien, Jair Bolsonaro, coutumier de propos sexistes, racistes et homophobes, fascistes, ajoutent ceux qui font l'analyse politique de ses déclarations, a rendu un hommage tapageur au colonel Carlos Alberto Brilhante Ustra, redoutable tortionnaire sous la dictature qui a duré de 1964 à 1985. Ce colonel est connu pour avoir, en particulier, torturé Dilma Rousseff, récente présidente du Brésil, lorsqu'elle était étudiante et militante…

Keshia

Ferme ta gueule, toi ! Bolso, Bolso, ce qu'on en a à faire ! Qu'il s'occupe de ses dysfonctions érectiles, il est tout content de s'en vanter

Solavi

Qu'il dégage surtout ! ça fera du bien à plein de monde, sans compter l'Amazonie

Keshia
Et les Amérindiens !

Solavi
Ils font partie du « plein de monde », ma chérie

(Keshia éteint ostensiblement le poste de radio.)

Sayna
C'est quoi cette histoire de Khodayari immolée ?

Véra
C'est une jeune Iranienne de vingt-neuf ans. Elle a voulu assister à un match, déguisée en garçon. Les crétins qui font la sécurité à l'entrée l'ont repérée. Ils l'ont arrêtée. Elle a été emprisonnée trois jours. Quelques mois plus tard, à l'occasion de son procès, on lui a dit qu'elle risquait entre six mois et deux ans de prison. Elle a préféré s'immoler devant le tribunal. Je ne vois pas qui peut, désormais, s'autoriser à dire que sa revendication était une cause mineure. Ou dérisoire

Keshia
D'accord ! Respect !

Véra
D'autres femmes avaient essayé avant elle. Une Shakiba s'y était risquée en 2016, également déguisée en garçon. Elle avait réussi à entrer et à assister au match. À la barbe des cons de la sécurité !

Solavi

C'est un monde, quand même ! Ces filles valent un million de fois plus que les sacs à sperme qui dirigent ce pays. Un pays avec un tel bagage culturel et patrimonial ?! C'est une malédiction !

Célia

Et voilà encore que le vocabulaire te trahit !

Solavi

C'est bien le moment de faire des finasseries sémantiques !

Faiza

Bon, bon, on laisse tomber toutes les considérations sur les influences religieuses, y compris vestimentaires, et on fait quoi ?

Dihya

En passant, comme ça, vous savez qu'il y a de grandes marques de mode qui renouvellent le design de leurs collections de foulards ?

Keshia

Les carrés Hermès ?

Dihya

Les foulards de tête ! Les foulards religieux ou coutumiers, personne dans ces disputes à la con ne sait pour de bon d'où ça vient, de la religion ou de la tradition. L'une et l'autre d'ailleurs sont bricolées par des hommes

Solavi
Leurs fixations sur les cheveux des femmes ! *(Soupir d'exaspération.)* Quand ce n'est pas le foulard ou la mantille, c'est la tonte punitive

Faiza
Le seul retour de bâton qu'on connaisse, c'est Dalila coupant les sept tresses de Samson. Évidemment, étant femme, elle le fait sournoisement

Dihya
C'est vrai, religion ou tradition, on ne sait pas exactement où est écrit ce délire de dissimuler les cheveux des femmes. On dirait un dérèglement dément

Véra
À ma connaissance, ce n'est dans aucune Constitution, même pas celle des mollahs !

Solavi
Croyance ou coutume, au chapitre des femmes, c'est partout le même obscurantisme

Inaya
Pour les religions monothéistes, c'est vrai. Déjà, elles ont toutes un seul chef, c'est un dieu et un mâle. Et puis, y a qu'à voir comment ils s'accrochent – et s'accordent – pour empêcher les femmes de devenir évêques, imames ou rabbines

Faiza
Et ils ne se mêlent pas que de leurs troupes… ou troupeaux. En plus de la bible, du talmud et du coran,

ils veulent régner sur le Code civil, et dire qui peut se marier avec qui

Solavi

En tout cas, pour le marché de la mode, apparemment, le foulard ça veut dire quelque chose ! Et surtout, ça peut rapporter gros !

Faiza

Ouais ! Et on n'va sûrement pas entendre tous les grands pourfendeurs du foulard appeler au boycott de ces marques de luxe, suppôts de Satan. Non ! Pragmatisme ! Ces marques sont nos ambassadrices du bon goût

Sayna

N'empêche que quand des mecs prennent le pouvoir pour eux seuls, et qu'en plus ils se réclament d'un dieu intolérant, on le voit : c'est bonjour les dégâts !

Dihya

Je comprends et j'approuve que, quelle que soit la revendication, quand les femmes qui en font les frais ont le courage de revendiquer, on se tienne à leurs côtés. Suis OK pour signer moi aussi

Faiza

Puisque c'est le quart d'heure militant, j'attire votre attention sur…

Keshia

Aïe, je rallume la radio parce qu'ils doivent donner les…

Jingle. Radio

Rebondissement inattendu, nouvelles archives dans l'affaire, largement oubliée, du suicide collectif des fidèles de la secte Heaven's Gate, dont on se souvient qu'ils étaient tous chaussés de baskets de la marque Nike et avaient tous, adultes et enfants, un billet de cinq dollars dans la poche, ce qui a fait dire à de mauvais esprits que l'accès au Paradis était à peine plus onéreux que le denier du culte pour un seul dimanche…

Véra

La folie est vraiment de ce monde !

Suite Radio

Cette affaire, qui avait défrayé la chronique dans les années quatre-vingt-dix… (grésillement) *elle avait été comparée, comme une minuscule réplique, sans panache, du suicide collectif des fidèles de la secte de Jim Jones au Guyana, le Temple du Peuple. Là où Heaven's Gate n'avait persuadé du voyage vers le Paradis que quelques dizaines de fidèles, le fameux révérend Jim Jones avait entraîné neuf cent neuf fidèles, dont trois cent quatre enfants, dans les années soixante-dix…*

Keshia

Évidemment, ça sera la dernière info, un résidu de dépêche…

Célia

C'est terrible, mais mon esprit se cabre, mon cerveau fait grève ! Je n'arrive pas à comprendre comment ces gens-là ne s'arrêtent pas, pile au moment où un enfant va perdre la vie. Comment ils font ? ils ont étranglé une artère dans leur âme !

Solavi

C'est toi qui entretiens un bobard un peu religieux, un peu philosophique sur la morale ou bien ou bien un peu darwinien sur l'instinct de conservation. D'ailleurs, tu parles d'âme, pas de cerveau. Ce n'est pas leur âme qui est souillée, c'est leur cerveau qui est détraqué

Célia

Écoute, dispense-moi de tes grandes théories fumeuses, ou tu vas me faire pisser d'en rire. Je parle d'un pilier de civilisation : les enfants sont à la fois notre réplique et notre prolongement, notre continuation. En les protégeant, on se préserve. Après, on peut toujours habiller ça avec de la morale, de la générosité, de la responsabilité, tout ce qu'on veut...

Suite Radio

La secte de Jim Jones n'avait rien laissé, rien de vivant à part un perroquet perché qui regardait, intrigué, cette marée de cadavres ; les chiens avaient été empoisonnés avec les seringues qui ont servi à injecter le poison, du cyanure, dans le corps des enfants, dont des bébés avec le consentement des parents, ainsi que les adultes qui n'avaient pas eu le courage de se suicider tout seuls...

Faiza

C'est un carnage ! Ils étaient venus des États-Unis pour s'étourdir dans la forêt du Guyana. Ils étaient pétés avant, à mon avis. Sinon, si tu prends le temps d'aller jusque-là, au moins tu profites de la nature ! Sans compter que c'est un pays où il n'y a pas d'hiver !

Dihya

Je me souviens avoir vu des photos de ce truc. Les images étaient terribles, tous ces corps étalés. Le gourou torse nu avec son gros ventre. Et puis les cercueils pour le rapatriement des corps, y en avait à ne plus pouvoir les compter. T'aurais dit la fin d'une guerre…

Suite Radio

… Le gourou, James Jones, et son épouse, Marceline, avaient adopté sept enfants, des petits Coréens, une Amérindienne, un Africain-Américain, et ils les avaient appelés la « rainbow family » *!*

Sayna

Arc-en-ciel ! Comme Joséphine Baker. Heureusement que celle-ci n'a pas trucidé ses douze enfants adoptés ! Aller chercher les enfants des autres pour leur faire un destin pareil !!!

Faiza

Ça m'évoque l'excellent roman de Maryse Condé, *La Colonie du Nouveau Monde*, qui se déroule également en Amérique du Sud, partiellement au Venezuela. C'est un roman sur ces emprises, ces individus qui commencent par se raconter des histoires à eux-mêmes, avant d'en persuader des gens en mal-être qui, finalement, ne demandent qu'à y croire. C'est subtil, c'est profond, et la langue de Maryse dans ce roman est somptueuse !

Véra

Ça nous ramène à la folie des hommes qui veulent empêcher les femmes d'entrer dans les stades

Faiza

Ça nous y ramène par un grand détour ! On ne peut pas dire que tu aies le sens de l'à-propos !

Véra

Je fais comme je peux, vous êtes tellement indisciplinées et ingérables

Sayna

Parce que tu voudrais nous gérer !

Solavi

C'est une lubie d'hommes, ça !

Célia

Tu veux que je te dise : c'est une aliénation, de tout ramener comme ça aux hommes ! Tu n'arrives pas à t'en défaire comme référence. Ce n'est pas une marque de liberté !

Dihya

Ah c'est pas simple de se débarrasser d'un conditionnement vieux comme Adam et Ève

Faiza

Les Amazones sont passées entre-temps, non ? Artémise aussi. Et Nzinga !

Keshia

Tout ça est très bien, mais finalement, on a combien de signatures pour cette pétition, je veux dire, les nôtres, et puis combien il y en avait avant, et combien vous en espérez pour convaincre les mecs à robes et à turbans d'arrêter leurs conneries ?

Faiza

On pourrait aussi ajouter : « Libérez Nasrin Sotoudeh ! Libérez Narges Mohammadi ! Libérez Fariba Adelkhah ! »

(Un court silence. Puis trois portables signalent en même temps l'arrivée de messages. Faiza, Sayna et Solavi se regardent.)

Sayna

Eh, les filles, on parle d'Iran, et devinez ce que je reçois à l'instant !

Solavi

Si c'est sur l'Iran, c'est sûrement le même message que le mien

Faiza

Ouais ! moi aussi ! Encore cette police des mœurs. Des mœurs !!! Elle vient de brutaliser, frapper, tabasser dans un commissariat, et tuer une gamine de vingt-deux ans, Mahsa Amini, pour un délire de foulard mal mis ! Ce n'est pas RIEN ! Tout ça parce que cette Mahsa, kurde qui plus est, était belle à inspirer les grands poètes et damner tous les prophètes ! Ces mecs sont esclaves de leurs testicules !

Keshia

Y a des moments où ce monde est é-rein-tant !

Scène XIV

Faiza

Ouais, les filles, je vous avais dit que j'allais contacter l'APAJH pour leur proposer un partenariat, et leur réserver un stand si ça les intéressait. Le contact s'est super bien passé, et comme juste après, elles se rendaient à un spectacle, elles m'ont proposé de venir. Le spectacle était du feu de Dieu. Des jeunes ayant des handicaps qui dansaient, dansaient, avec une joie… étourdie ! C'était contagieux ! C'est fou comme la joie pure peut être communicative

Inaya

Pourquoi tu dis « pure » ? Parce qu'ils sont handicapés, tu crois qu'il faut les idéaliser ? C'est pas plus glorieux que de les mépriser !

Célia

Et voilà le retour de la mesure…

Dihya
De la démesure…

Inaya
Pas du tout ! et je le dis vraiment sans ironie : ce que demandent ces personnes, c'est d'être acceptées telles qu'elles sont. Et je suis d'accord. Il n'y a pas lieu de leur demander d'être parfaites, exceptionnelles, admirables, et que sais-je d'extraordinaire. Elles disent simplement…

Faiza
Et toi, tu dis, à mauvais escient, que je les idéalise, et donc que je les méprise, excusez du raccourci ! Simplement parce que je parle d'une joie pure, qui aurait pu être celle de n'importe qui, même de la personne la plus impure qui soit, à supposer que cet adjectif ait un sens, c'est la joie qui était pure et merde de vos chicaneries à chaque soupir

Célia
Tu as raison, tout ça c'est de l'écume, de la mousse, de la vapeur, de la fumée, de…

Dihya
Et donc le sujet sérieux, c'est ?

Faiza
Le sujet sérieux, c'est justement ce que j'allais raconter avant la fâcheuse et fâchante interruption de madame

Dihya
Donc ?

Faiza

Donc, le plus intéressant, c'est une discussion qui a suivi, sur la sexualité des personnes handicapées

Inaya

Ah voilà la séquence voyeurisme !

Dihya

Tu es vraiment infernale !

Inaya

Non ! je sais simplement ce que ces personnes-là subissent

Dihya

Ça n'autorise pas tous les préjugés

Inaya

Mais peut-être toutes les prudences ?

Faiza

Une prudence mal venue, vu que ce sont des associations de personnes handicapées elles-mêmes qui ont organisé l'évènement

Inaya

(S'esclaffant.)

Alors, accouche !

Faiza

Provoc de bas étage !

Célia

Finalement donc, c'était quoi le sujet ?

Solomiya

Ce ne sont pas les sujets qui manquent, sur le handicap. À commencer par l'école, le collège et le lycée, et comment c'est galère pour leur permettre de suivre les cours comme les autres, avec tous les escaliers qu'il y a partout. Sans compter le manque de formation des enseignants…

Célia

C'est sûr qu'on ne se casse pas trop à leur faire une vie normale. Heureusement qu'eux-mêmes font pas mal de choses pour leur compte. Alors Faiza, c'était quoi le sujet d'hier ?

Faiza

Ils interrogeaient la sexualité et les difficultés ne serait-ce qu'à évoquer le sujet

Célia

Déjà que c'est pas facile chez les normaux…

Dihya

Imaginez chez les anormaux…

Célia

Tu nous fais ton numéro à la Timsit ?

Inaya

L'audace ne remplace pas le talent

Dihya

Et ça conclut comment ?

Faiza

Avant de conclure, j'aimerais bien continuer

Dihya

Alors, continue ! Tu les connais, plus tu vas mordre plus elles vont jouer avec l'hameçon

Célia

C'est pourtant un sujet intéressant…

Dihya

Justement ! donc…

Faiza

Ce qui m'a plu c'est que le sujet était lourd mais le ton du débat était léger

Célia

Je connais deux personnes handicapées, elles ont un sacré sens de l'autodérision ! Elles rient d'elles-mêmes avec une férocité à se rouler par terre… sauf que quelque chose te retient, tu sens que tu ne peux pas rire aussi franchement, c'est étrange comme situation, tu les regardes mourir de rire, tu crèves d'envie d'en faire autant, et quelque chose te souffle qu'il serait indécent de te laisser aller

Faiza

C'était un peu ça l'ambiance hier dans la salle, en tout cas pour les valides. Les sourds, les malentendants, les malvoyants, les aveugles et tous les impioks s'amusaient bruyamment, avec de grands mouvements, voletant comme des bataillons de colibris roux

Dihya

Et toi, t'étais bien guindée dans ton rôle de valide respectueuse et compatissante, ha ha ha !

Faiza

C'est presque ça. Sauf que comme personne n'a rien à faire de ta gêne, ils ne la remarquent même pas, ils sont tout dans leur discussion et leur plaisir, tu finis par te détendre

Célia

Et tu récoltes quoi ?

Faiza

Sais pas s'ils sont tous pareils, mais quand ils parlent de leurs histoires d'amour, c'est comme n'importe quel couple qui a l'impudeur de venir raconter ses histoires, ça commence par la magie de la rencontre, puis c'est la découverte des défauts, les tics...

Dihya

C'est peut-être pas mal que ce soit aussi banal que les histoires normales

Célia

Mmouais...

Faiza

Ouais, c'est ça, ça faisait vraiment histoires ordinaires. Y avait un couple homosexuel, un normal/un handicapé. Sauf qu'on apprend ça au moment de leur rupture

Célia

Aïe, ça doit être raide à vivre, les ruptures !

Dihya

Pas plus que chez les normaux

Inaya

Arrête avec ton baratin de normaux ! S'il y a des gens tordus, c'est bien parmi les normaux

Faiza

Je ne te crois pas plus fine que moi avec tes maximes à la Rochefoucauld. Y en a parmi eux qui sont tellement normaux qu'ils sont insupportables. Pas plus tard que la semaine dernière, je suis tombée sur un bien gros et bien désagréable. Tu devines le gros consommateur de boissons gazeuses et de séries télé

Inaya

Et te voilà d'une seule lancée à la fois handiphobe et grossophobe !

Faiza

Juste anti-égoïste, d'où que vienne l'égoïsme. Le mépris serait de tout leur passer

Célia

Et qu'est-ce qu'il t'a fait, ce pauvre gros handicapé pour te pousser jusqu'à sabrer un grand principe philo-carito-social ?

Faiza

Attends ! La p'tite salle de ciné était pleine, presque à ras bord. Le gars est affalé sur le premier fauteuil d'une pauvre petite rangée de trois sièges, dont deux libres. Je lui demande poliment si je peux le déranger pour passer, le mec me répond tranquillement qu'il reste une place au premier rang !

Célia
Ha ha ha ! et il en restait une vraiment ?

Faiza
Oui, mais enfin le premier rang ! Dans une toute petite salle, ça veut dire que tu te casses le cou pendant toute la séance et que tu as le nez sur l'écran, tu te le prends dans la gueule !

Célia
Alors, tu as fait quoi ? Tu es allée au premier rang ?

Faiza
Je ne te cache que j'ai eu envie de le bousculer pour passer, j'ai réalisé qu'il aurait mon cul juste à hauteur de sa gueule, et je me suis dit : « Si les pets se commandaient, je lui en lâcherais bien un sous le nez, en me dandinant… » mais ouais, je suis allée au premier rang

Célia
N'empêche que les chagrins d'amour, c'est rude, pour n'importe qui. Est-ce une bonne idée d'infliger ça à des personnes handicapées ?

Inaya
« En situation de handicap » !

Dihya
Ne nous gonfle pas, on parle comme on veut, moi j'ai pas besoin de périphrase pour respecter quelqu'un. Un handicapé, c'est un handicapé, woy ! Pour le nombre de handicaps qu'on a, nous, on va faire quoi ? Ah, mon fils est en situation de handicap par sa mauvaise moyenne en mathématiques ? J'ai

fini par trouver un boulot mais je suis en situation de handicap parce que j'habite à la campagne et que je n'ai pas de voiture. Franchement !

Célia
Vu comme ça…

Faiza
N'empêche que c'est un sujet, la sexualité de ces personnes

Inaya
N'importe quoi. En quoi ça te regarde ? Les personnes handicapées ne sont pas des sous-personnes. Qu'on les laisse vivre leurs histoires d'amour, et tant pis si elles goûtent aux chagrins. Pourquoi n'y auraient-elles pas droit ? C'est la condition humaine !

Dihya
Pour le coup, c'est vrai. La sexualité de personne d'ailleurs ne doit être un sujet. Sauf pour la personne elle-même. Faut foutre la paix aux gens avec leur corps. Normaux ou anormaux

Inaya
Y a pas de normaux. Des valides… à la rigueur

(Dihya et Faiza se trémoussent sur la chanson d'Anne Sylvestre : Les gens qui doutent *; elles reprennent à tue-tête la strophe : « Ceux qui sans oriflamme » et « Qu'on leur dise que l'âme ».)*

Scène XV

Jingle. Radio

La candidate d'extrême droite a eu des frayeurs. Elle croyait accomplir un exploit en débarquant à la Guadeloupe, alors que, pendant tout le règne de son père, ce dernier n'avait jamais pu se rendre dans ces deux territoires français de la Caraïbe. Il était arrivé jusque sur la piste de l'aéroport Aimé-Césaire en Martinique, mais avait refusé de débarquer, « par panique » a-t-on dit à l'époque, après que plus de trois mille Martiniquais, hommes et femmes, aient envahi le tarmac...

Solavi

Vive la Martinique ! vive Aimé Césaire ! vive Pierre Aliker ! vive Paulette Nardal ! vive Suzanne Roussi ! vive Monchoachi !

Faiza

La Guadeloupe, c'est bien la terre de Sonny Rupaire, ce poète qui ne voulait pas être un héros et qui, pourtant, en était un ?

Suite Radio

... et alors que la candidate, déjà équipée du micro-cravate, s'apprêtait à entrer dans le studio de télévision, des hommes, une dizaine, selon certaines sources, une vingtaine selon d'autres, ont fait irruption. Contrairement aux premières déclarations de l'équipe de campagne de la candidate, il n'y eut ni bousculade ni menaces. Tout au plus l'intimidation d'une présence masculine sûre d'elle et de son bon droit...

Faiza

Voilà ! Ça panique pour un rien alors que ça menace les gens toute la journée, ça dit qui est français qui ne l'est pas, ça crache sur les gens et sur l'histoire de leurs parents sans se demander quel effet ça fait...

Suite Radio

... l'incident n'a duré que quelques minutes, le temps pour les intrus de traiter la candidate de « raciste » et de « xénophobe »...

Solavi

Et c'est la vérité. Malgré ses chichis de concierge de chats qui ne trompent personne... sauf ceux que ça arrange

Suite Radio

… le dernier épisode de dramatisation est venu de la réaction du président de la République qui a crié au scandale, donnant en passant une leçon de bienséance : « Je combats les idées de cette candidate, mais avec respect », a-t-il asséné chez nos confrères de…

Dihya

Respect ? Respect ?!

Faiza

Voilà du nouveau ! Du respect pour la nauséabonderie !

Sayna

Ho Miss Dico là-bas, tu ne dis rien ? Tu n'en as qu'après moi avec la pédophilie ?

Célia

Suis pas Miss Dico. Suis pas sûre, d'ailleurs, que pédocriminalité soit dans le dictionnaire. Simplement, je suis pour le mot juste

Sayna

Et « nauséabonderie », ça te va, même si ce n'est pas non plus dans le dictionnaire ?

Célia

Pour ce dont vous parlez, ça me paraît bien convenir

Solavi

C'est vrai, quoi ! je partage ton écœurement Dihya. Voilà que le seigneur des darloz s'indigne. Manquait que lui, monsieur le pré-si-dent ! Respect ? Et les gens qui en prennent plein la figure, qui servent loyalement ce pays, leur pays, et qui sont traités en permanence comme des suspects à cause de leur tête, leur nom, leur adresse, leur prénom... Respect pas pour eux ! Ah ça, non, il n'en a pas de ce modèle-là dans sa gibecière à respect !

Sayna
Alors que la plupart de ceux-là se contenteraient qu'on arrête d'entraver leur citoyenneté

Faiza
Il suffit que l'autre blondasse là joue à minauder, à faire semblant d'expulser ceux qui disent tout haut les horreurs qu'elle pense tout bas

Solavi
Vieille rombière ! même pas pathétique

Faiza
Pour vous dire, je préfère de loin sonner du respect pour des gens comme Luc Reinette !

Solavi
Et pour les jeunes Martiniquaises qui ont brillamment expliqué pourquoi elles déboulonnaient Schœlcher chez elles

Faiza
Mais non, au lieu de ça, on a un président qui n'a rien à dire sur la vie chère outre-mer, ni sur le chômage plus haut qu'ailleurs ni sur les primes discriminatoires ni sur le Bumidom larvé ni sur les

répressions féroces de manifs, mais là il y a urgence, monsieur le pré-si-dent, toutes affaires cessantes, prend la parole pour soutenir, non, pire, exiger du respect pour cette pimbêche !

Solavi
Une vamp sur le retour

Faiza
Espèce de pécore ménopausée !

Solavi
Capistonne attardée

Faiza
Maréchale de quincaillerie

Keshia
Eh ben, les filles, ça y va ! vous ne vous défoulez pas autant sur un homme

Sayna
C'est pas parce qu'elle est une fille qu'on doit tout lui passer

Faiza
Et d'ailleurs, regarde bien, y a quèk chose de masculin dans ses épaules

Dihya
Allez, assez, n'en rajoutez pas

Faiza
C'est pas parce qu'elle est une femme qu'on va lui passer ses horreurs

Solavi
Manquerait plus qu'ça !

Faiza
D'accord, pleinement d'accord. Le féminisme s'arrête sur le palier du racisme

Solavi
Voilà ! c'est comme un moteur. Tu donnes le clap, le féminisme, ça tourne, ça tire, ça pousse, ça culbute. Et hop, voilà le racisme, la xénophobie et *tutti quanti*, ton moteur : fini, il tousse, il crachote, il cale net !

Faiza
On n'est pas des coucous. On bourdonne pas, on réfléchit !

Solavi
En plus, ça pratique tous les vices des hommes. On n'va pas être plus complaisantes que la complaisance !

Keshia
Et c'est quoi les vices des hommes ?

Solavi
Elle est cheffe d'un parti qu'a les mêmes histoires de comptes de campagne, les mêmes salades d'argent public que les partis patronnés par des hommes, elle a la même fascination pour les autocrates, la même attirance vulgaire pour les montreurs de muscles ou les attrapeurs de femmes « *grab them by the pussy* », crachait l'autre débile à moumoute moutarde…

Faiza
Ça piétine la démocratie : ça n'en respecte pas les règles !

Solavi
Rien à foutre de la République, ça exclut les autres sous toutes sortes de prétexte. Mais pour elle, ça passe, elle n'a pas la couleur de la suspicion anti-républicaine, tu vois !

Faiza
En plus, c'est soi-disant cheffe de parti, alors que ça n'est pas foutue de dire deux phrases sans lire un papier, que sans doute son équipe d'hommes justement lui a écrit. Mais ça se croit quand même capable…

Solavi
Et capable de quoi ? Pas seulement de choisir les bonnes croquettes pour chats… Capable de diriger la France !!!

Faiza
Pas diriger ! PRÉ-SI-DER !!!

Keshia
C'est vrai… Présider ! Pauvre France !

Solavi
Ça n'respecte pas la loi, ça te soûle avec les immigrés et les étrangers au point d'en voir partout, même dans son bol de café

Faiza

Bien joué, sans les pays d'basanés, elle boit pas d'café, la dame

Solavi

Ça faraudait moins sur la couleur des tirailleurs au Chemin des Dames et aux Dardanelles

Faiza

Et dans la colonne Leclerc !

Solavi

À Monte Cassino !

Faiza

Là, rien ne choquait ces « délicats » d'aujourd'hui ni leurs pairs et pères ! Les tirailleurs, les Turcos, ils les acceptaient avec leurs pantalons bouffants, leurs chéchias, leur moustache, leur barbe, c'était « venez comme vous êtes », l'essentiel étant qu'ils gagnent la bataille du Belvédère et de Monna Casale

Solavi

Et ils étaient les bienvenus au débarquement de Provence !

Faiza

En Normandie aussi ! Sauf que ceux-là venaient de Chicago ou du Kentucky

Dihya

Qu'importe ?! On s'en fout de leurs non-éloges et de leur ingratitude. Nos braves-là, le poète les a chantés, « vous incarniez l'espoir de vos visages sombres »

Keshia

C'est assez troublant, cette obsession sur l'apparence des gens

Faiza

Tu te rends compte qu'il y avait Fanon parmi ceux qui ont traversé l'océan pour voler au secours de la patrie de la liberté ! Et Monnerville, commandant Saint-Just dans les maquis d'Auvergne !

Sayna

Loyaux et fidèles, comme avant eux le Chevalier de Saint-George face à Dumouriez

Solavi

Et attends ! Il y avait aussi Damas ! Tête de mule qui enjoignait aux Sénégalais de commencer par envahir le Sénégal, sans pourtant mégoter son propre engagement dans la Résistance

Faiza

Et combien d'autres dissidents de Guadeloupe, justement, Paul Valentino, ou de Martinique, de Guyane… de la Réunion… les frères Vergès !

Solavi

Et à qui l'autre là veut donner du respect ? Pas seulement donner lui-même, d'ailleurs, non, il veut que nous autres on respecte cette espèce de pie-grièche avec son sourire en plâtre

Faiza

Eh eh heureusement, pour la dignité, il reste encore en Guadeloupe les Reinette, les Thésauros, les Leborgne, les Makouke… Eh eh eh vive la contestation !

Solavi

Au moins, ce coup-ci elle a eu chaud, ysss saint-botte ! Savoir ça fait autant de bien que le souffle d'un alizé frais en plein mois d'octobre

Acte III

Scène première

Dihya

C'est comme cet archevêque Salvatore Cordileone qui menace Nancy Pelosi de l'excommunier ! Il veut la priver de communion, de l'hostie, du corps du Christ, parce qu'elle défend le droit des femmes à disposer de leur corps

Véra

Avec ce nom qui sonne mafieux : Cordileone… Tu te demandes si c'est un seigneur de Chicago, de Calabre ou de Sicile ?

Célia

New York !

Solavi

Non, Washington !

Célia

New York, *Le Parrain* !

Solavi
Washington, Nancy Pelosi

Véra
Quand même ces hommes, ils osent tout ! Le mec est archevêque, il est censé avoir passé sa vie dans l'abstinence, mais il s'estime compétent sur le droit à l'avortement

Dihya
Pas seulement compétent ! il s'accorde l'autorité de dire si Pelosi mérite ou non le corps du Christ

Inaya
Tant pis pour ces croyants qui reconnaissent une autorité entre leur dieu et eux

Dihya
Les religions sont organisées. Ce sont elles qui disent qui est l'autorité entre Dieu et ses ouailles

Véra
Tu n'es pas obligée d'avaler tous les bobards

Dihya
Assurément ! ma foi !

Inaya
Déjà, pour commencer, si au lieu de considérer que ta croyance, c'est ton affaire perso, tu vas te mettre sous la coupe d'un chef…

Véra

Un chef qui lui-même n'a que faire de la chefferie séculière. Parce que, quand même, l'archevêque Corleone…

Dihya

Cordileone, t'as fait exprès !

Véra

J'ai fait exprès en effet, donc je ne comprends pas pourquoi tu m'interromps, et donc je disais que monsieur l'archevêque se comporte comme les caïds, les chefs de clan, les gourous. Il admet ou il démet. Tout ça pour le royaume de Dieu. C'est soit de la folie pure, soit un roman de Cortázar

Dihya

Tu dis ça, mais s'il fait publiquement ce numéro de préfet-gouverneur, chef intolérant et menaçant, c'est pour faire peur à plein de fervents. Et ça marche. T'a des gens qui prennent l'excommunication comme une promesse d'enfer !

Véra

Ils n'ont pas lu Sartre : l'enfer c'est les autres ! Pas besoin d'attendre la mort

Solavi

L'énigme pour moi, tu sais c'est quoi ? Les scandales peuvent se multiplier, les victimes peuvent être des centaines de milliers à dénoncer des agressions sexuelles et des viols par des prêtres de tous les échelons, tous les grades, toutes les confréries, même des bonnes sœurs trouvent la force de raconter ce qu'elles ont subi, les orphelines finissent par rapporter comment les religieuses les faisaient laver et repasser les caleçons des prêtres et comment ceux-ci leur malaxaient la poitrine et le derrière, le Vatican peut faire des torsions avant de finir par s'excuser, t'as l'impression qu'il ne s'est rien-pas-sé. Personne ne fait profil bas. Quand ils n'ont pas le choix, ils font un semblant d'amende honorable, mais ils trient leurs mots, des mots de contournement, avec la même voix assurée qu'ils prennent pour distiller leurs oukases inflexibles, tu croirais pas que leur conscience les démange. Se demandent pas s'ils font honte… traitent leurs crimes comme une petite brouille, de vraies fripouilles ! Ça joue à l'embrouille ça s'débrouille pour s'en sortir et tant pis pour les gosses qui dérouillent

Dihya

Bof, le pouvoir, c'est le pouvoir. C'est pas parce qu'ils se baladent en robe qu'ils vont exercer le pouvoir comme des femmes

Véra

Femmes. Bon, on ne va pas reprendre la discussion, mais si c'est pour faire comme Thatcher…

Solavi

Faut régler ce problème une fois pour toutes. Je ne vois que deux moyens : soit on les autorise à avoir une vie sexuelle normale, mariés ou pas, hétéros ou homos ou bi, soit on les castre

Véra

Mais alors que fais-tu de la résistance à la tentation ? S'il n'y a plus Lucifer l'ange tentateur, il n'y a plus de ciel, or, non seulement le Paradis ça se mérite, avec des larmes et du sang, de la peur aussi, mais, plus important : si pas de ciel, pas d'enfer. Tout s'écroule !

Solavi

Et la preuve que c'est bien une histoire de queues de chair et pas de vœux célestes, c'est que même chez les bouddhistes tibétains y a des scandales

Véra

De là à supprimer toute source de frayeur sublime…

Solavi

Tu peux leur faire confiance, ils trouveront une autre dystopie

Célia

C'est un peu radical, la castration ! Et si jamais y en a qui veulent se défroquer, c'est quoi leur vie d'après ?

Solavi

Déjà, sont pas des masses à se défroquer. Ensuite…

Célia

N'empêche, même pour un seul, c'est radical, la castration !

Inaya

Ce n'est pas radical, c'est inutilement brutal

Célia

Ah, parce que la radicalité, ce n'est pas de la brutalité ? c'est de l'eau tiède ?!

Inaya

Ni tiède ni bouillante. La radicalité n'a rien à voir avec la brutalité. Ce serait même plutôt un moyen d'y mettre fin

Célia

Ah ouais ?!

Solavi

Quand on entend ceux qui se réclament de la radicalité, on n'a pas une impression de douceur…

Inaya

Douceur et radicalité sont de faux antagonismes

Célia

Mais encore, ma chère Inaya, toi, qu'est-ce que tu entends par radicalité ?

Inaya

Déjà, indépendamment de moi, ce que dit le mot lui-même. Son étymologie indique qu'il faut aller à la source des choses

Solavi

Nous voilà dans l'encyclopédie française, et alors ?

Inaya

Une fois qu'on a une compréhension claire du pourquoi des choses, on peut décider de trancher en arrachant leur racine. C'est ce qu'on comprend souvent comme radicalité. Et c'est ce qui donne l'impression parfois de la brutalité

Solavi
Donc en réalité, on arrache les racines sans faire de mal à personne ?

Inaya
Ça se peut ! mais ce n'est pas ce que j'essaie d'expliquer. Ce que je veux dire, c'est que la radicalité suppose que tu règles un problème pour de bon, une fois que tu as compris d'où il vient

Célia
Donc retour case départ : la radicalité, si tu dois régler d'un coup un problème pour de bon, ça marche avec la révolution ! On met à l'endroit tout ce qui était à l'envers. Dans l'Histoire, ça ne s'est jamais fait calmement !... ni proprement !

Inaya
Tu dramatises ! Lorsque tu te trouves face à une injustice, tu ne te contentes pas de l'observer ou de la dénoncer. Tu veux la corriger, non ?

Solavi
Si on prend cette route, on n'arrive pas au bout. Avec toutes les injustices qui pullulent !

Inaya
Arriver au bout n'est pas le sujet. Dans ce chaos du monde, on n'a que faire de la radicalité de pacotille. Tant que tu t'arranges avec le chaos du monde, un jour ou l'autre tu mets les pieds dans la mélasse

Célia

Bon, ben avec toi, c'est toujours dans la mesure

Inaya

Avec moi, c'est toujours logique

Dihya

Et tu la manies comment, ta radicalité ?

Inaya

Déjà, je le répète, tu cherches la racine des choses. Tu ne te contentes ni des apparences ni des seules conséquences

Dihya

Bien. Mais encore ?

Inaya

En toutes choses, tu prends parti

Dihya

Soit...

Inaya

Je parle sérieusement. Y en marre de vos critiques de camping qui ressemblent à des notes de bas de page

Dihya

Eh ben, c'est quoi, cette fureur ? On est là, peinardes avec toi, on discute, on n'est pas des débris, quand même !

Inaya

Y a plus ni la place ni le temps pour les foutaises

Dihya
Non, mais, tu t'entends ? Comment ton cerveau autorise ta langue à fourcher à ce point ? C'est à nous que tu parles !

Inaya
Pas à vous directement. Mais regarde comment vont les choses !

Dihya
Soit, mais je ne vois pas ce qui, sans tambour, déchaîne ainsi ta rage

Inaya
Ma rage ? tu n'l'as pas encore vue, ma rage !... Et ce n'est pas la peine de pincer tes lèvres, et sûrement aussi tes fesses comme une bourgeoise devant un pouilleux !

Dihya
T'es pas juste !

Inaya
M'en fous, à la fin. Dis-moi, c'est juste, de rire dans un monde qui radie les chômeurs, flique les érémistes, largue les femmes à leurs maris sauvages, néglige les vieux, renvoie les enfants de la cantine, regarde des gens se noyer à deux miles de jolies plages de sable fin ?... C'est juste que la société soit un boxon à ciel ouvert où des hommes forniquent à tour de bras, niquent la planète et les utérus, stérilisent des femmes en douce, donnent des leçons à tout va, pendant que les pauvres remboursent

la dette, que les vaccins sont brevetés, le palu invaincu, les expats prioritaires en tout, claniques et mieux payés, les quartiers séparés, les bars réservés, les…

Véra

Oh oh oh ! c'est bon, là ! tu mélanges tout, tu nous prends en grippe, tu te défoules, c'est bon, là !

Inaya

C'est bon ? non, c'est pas encore bon ! c'est pas bon tant qu'on ne fout pas tout ça en l'air !

Véra

C'est une belle manière de faire. D'abord, on rudoie les amies, on les vilipende, c'est très cordial, vive la révolution comme savoir-vivre !

Inaya

Tu as raison. Je déconne complètement. Je vomis l'état du monde car il est d'une violence ! C'est tant pis pour les faibles ! Or, qui est fort ? Mate-les, ceux qui gouvernent, de près ou de loin, à visage découvert ou en coulisses, la caste des puissants, des abrutis infoutus d'entrevoir un peu de beauté, d'harmonie et de raison dans le monde. Pas étonnant que les religions se revigorent. Elles sont plus douées pour vendre du bonheur

Véra

Ça fait des générations qui s'usent et s'épuisent à décrire le monde ! Je te rappelle qu'on te demandait simplement ce que tu entends par radicalité, vu que tu nous la fous à la gueule comme une tarte à tous propos !

Dihya
C'est ça, on te demandait ça, pas plus. C'est pas sur nous qu'il faut calmer tes nerfs

Inaya
Vous avez un peu raison, les filles, même si tout ça n'a rien à voir avec mes nerfs. Ce sont les gens qui devraient être énervés, avec ce qu'ils prennent dans la tronche !

Dihya
Quoi que tu en penses, nous, on fait partie des gens !

Inaya
Ce que je veux dire, c'est qu'il y a des gens qui en prennent plus que d'autres, plus longtemps que d'autres, sans la moindre chance de…

Dihya
Tu ne connais pas assez nos vies pour dire ça !

Inaya
Mais enfin, merrrrde ! C'est pas un bazar perso, c'est pas individuel, tu ne vas pas comparer tes soucis, quels qu'ils soient, avec ceux de femmes, par exemple, qui sont dans la nasse du matin au soir et pour l'éternité *secula seculorum* !

Véra

Eh ho Inaya, justement ne fais pas comme si c'était perso et qu'on en serait responsables individuellement !

Inaya

La responsabilité est toujours individuelle, comme l'indifférence l'est, comme la complicité l'est, comme…

Solavi

Hoooooooooooooooo ! permant ! J'aime bien les excès, mais là, tu attiges ! On te parle de radicalité et toi tu te lances dans un procès à la Valladolid ! Tu te prends pour Torquemada ? Lui, au moins avait une excuse : il était laid comme un cul de baboune !

Inaya

Je ne me prends pas pour Torquemada, à qui je ne trouve aucune excuse, même pour rire !

Véra

Oh lâche-nous ! c'était un trait d'humour à la dada. Pas terrible, j'en conviens. C'était petit-humour, comme on dit petit-bourgeois, ou petit-bras. Mais le cul de baboune, Solavi, c'était pas mal vu. Bien que ça ne nous avance en rien sur la radicalité. Mais puisque tu veux te faire prier…

Inaya

Vous savez aussi bien que moi ce qu'est la radicalité. Vous préférez les arrangements, les aménagements, les atermoiements, mais vous savez bien que ça commence dans les mots

Véra
Bien madame. Dans les mots de tous les jours ?

Inaya
Dans les mots qu'on empêche de claquer !

Véra
Par exemple ?

Inaya
Par exemple : « pute » !

Véra
Ah bon ! c'est plus poli de dire « pute » que « prostituée » ?

Inaya
Justement, elles n'ont rien à foutre de vos politesses

Dihya
Ça n'interdit pas d'être polie !

Inaya
Y a des politesses qui tuent ou trahissent !

Dihya
Et qu'est-ce que la radicalité vient faire dans ça ?

Inaya
Elle exige la franchise. Sans ça, la solidarité n'est que de l'empathie. Ça ne change pas le monde, et même pas la situation des filles

Véra

Tandis que les traiter de putes, ça leur fait du bien ?!

Inaya

Il s'agit de bazarder l'hypocrisie des mots. Les euphémismes, ça écrase les gens deux fois. Une pute est une pute. On n'a rien à foutre des mots hypocrites : « prostituées », « travailleuses du sexe », on disait même jadis « filles de joie » ! *(Inaya fait une moue méprisante.)* Joie sur l'air de quoi, de Beethoven ? Joie pour qui ? Pour ces salopards bien sous tous rapports qui leur déglinguent la chatte, quand ils ne les massacrent pas, littéralement. Les féminicides, c'est pas que les voyous

Véra

Eh ben voilà une définition toute en dentelle. Ça y est, tu es lancée !

Inaya

Moi, j'aime le mot « pute » pour tout ce qu'il dit : ces salauds l'ont composé à partir de puer. Les hommes à veston-cravate, ce sont eux qui inventent les mots sur les femmes. Ils marchent avec leurs chaussures Richelieu sur les tapis moelleux sous les lustres lourds des académies et des palais, caressant au passage les chandeliers vernis d'or, ils se sourient dans les larges miroirs scintillants, dînent avec des couverts en argent et des serviettes brodées, servis par des femmes raides vêtues de noir, dont ils ignorent les galères de métros et de RER

Dihya
Eh ben ! un seul mot qui nous mène jusque-là !…

Véra
OK, tu aimes le mot « pute ». Et ça fait quoi, pour elles ? Peut-être qu'elles veulent s'en sortir !

Inaya
J'aime le mot et j'aime les putes et elles vous ignorent. Elles NOUS ignorent ! Vous commentez leurs vies, elles n'ont rien à foutre de vos existences. J'en connais, elles s'appellent « putes » entre elles et elles vous emmerdent, comme les nègres s'appellent affectueusement « nègres » entre eux et n'ont rien à foutre de votre compassion, comme Baldwin emmerdait ce connard encore plus ankalaminé que lui et qui le traitait de « suceur de bites ». Les vipères elles-mêmes n'ont rien à foutre que vous les appeliez « taïpan », « mamba noir », « cobra » ou « crotale », elles ne craignent que les corbeaux et vous n'existez pas

Véra
Et voilà, une fois de plus, on ramasse ta rage ! Le pouvoir secret des mots !!!!!

Inaya
La puissance des mots, tu veux dire ! Mais j'en conviens, contrairement à moi, on n'a pas forcément besoin de tapage. Un exemple : quand Lorraine Hansberry, cette grande dramaturge afro-américaine, colle un timbre d'un dollar sur une enveloppe et qu'elle écrit sur l'enveloppe : « Monsieur le facteur, c'est un courrier académique ; la taxe est de 14 cts ; je n'ai

que ce timbre d'un dollar, le gouvernement n'en a rien à faire ; s'il vous plaît laissez une chance au prochain pauvre qui n'aura pas de quoi affranchir un pli. » Ça, c'est de la radicalité ! ça s'appelle prendre soin des autres !

Solavi
Tu pousses un peu, non ?

Inaya
Pas du tout ! C'est de la radicalité, parce que dans ce pays, avec sa grande supercherie de liberté et de démocratie, un gamin de douze ans meurt quand sa mère ne dispose pas de quatre-vingts dollars pour faire extraire une molaire infectée. Le dentiste fait le diagnostic mais il attend d'être payé. Pas de sécurité sociale…

Dihya
Y a Obamacare !

Inaya
Pas encore ! Le gamin meurt. D'une infection dentaire. Pour quatre-vingts dollars. C'est une histoire vraie. Ce gosse s'appelait Deamonte Driver. Un gosse parmi des centaines de milliers d'autres. C'est pas une histoire du Moyen Âge. D'ailleurs, les States n'ont pas eu de Moyen Âge. À cette époque, les Britanniques n'avaient pas encore débarqué et les Amérindiens étaient peinards chez eux. Une petite guerre tribale de temps à autre, rien à voir avec les massacres de la Renaissance et du siècle des Lumières. Non, c'était en 2007. C'est après, en 2010 qu'il y a eu l'Obamacare. Après ça, ces *congressmen* républicains, drogués

au néolibéralisme égoïste (pléonasme !), ont voulu abroger l'Obamacare. Et c'est grâce au vote du sénateur républicain John McCain quasi mourant, grâce à sa voix, cette seule voix qui a fait la différence, que l'Obamacare a pu être maintenu de justesse.

Véra
Toi et tes histoires à zigzags !

Célia
Évidemment, tu prends un exemple aux États-Unis. Dès qu'on veut de l'outrance, y a qu'à aller piocher aux États-Unis, aux Youèssé ! Ce pays est très bonne pâte : il offre en vrai toutes les caricatures qu'on veut

Inaya
Ce n'est pas une caricature, lorsque…

Solavi
S'il te plaît, Inaya, arrête de nous gonfler avec tes subtilités

Inaya
Tu ne devrais pas renoncer aux subtilités. Ce devrait être un commandement de philosophie. Désolée, ça commence presque toujours comme ça : j'ai beau vous écouter distraitement, je suis obligée de rectifier lorsque j'entends vos confusions, et que le sérieux des ruptures nécessaires s'estompe sous une radicalité de pacotille

Solavi

Mmmouais… tu vois, je manque peut-être de subtilité, mais toi tu manques de légèreté. Nous, on s'offre un babillage sans prétention, un gentil commérage, tu débarques, tu t'en mêles et ça devient un cours catapulté depuis une chaire du Collège de France. Même pas ! Depuis Harvard ! Tu sais Inaya, tu nous fais abominablement mais superbement chiiiiyer !

(Éclats de rire ; elles sortent bruyamment, Solavi mettant le bras autour d'une épaule d'Inaya pour l'entraîner.)

Scène II

(Une femme, inconnue jusque-là, entre en clopinant, sur deux béquilles, une cheville enrobée de larges bandages blancs et maintenue par une attelle ; elle s'appelle Cléo ; c'est la sœur de Faiza.)

Faiza

Eh ben ma sœur, t'as l'air bien estropiée ! tu reviens de la guerre ?

Cléo

Tu peux persifler. J'aurais pu y laisser ma peau

Faiza

Sans blague ! une expédition commando ? Pour quelle cause ?

Cléo

Pas commando, mais une belle cause : du temps pour s'occuper des vioques !

Faiza

Ah ! t'étais à la manif pour le quatrième âge ! Eh ben eh ben, y a du savoir-faire qui s'perd. À l'évidence, tu ne sais ni quand ni comment t'exfiltrer ? Ma chérie, faut pas t'aventurer ! C'est devenu dangereux de protester

Cléo

C'est rien de le dire !

Faiza

Les temps sont orageux. Il vaut mieux maîtriser la science de la manif, dorénavant. Ce n'est plus une affaire de rêveurs ou d'amateurs. On y perd des morceaux de son corps : un œil, un pied, une main…

Cléo

C'est bien ce qui est arrivé à quelques pas-dégourdis, hier après-midi

Keshia

Comment tu parles, là ! Il faut être dégourdi, maintenant, pour manifester ?

Cléo

Vaut mieux !

Faiza

Jambes lestes et flair aigu sont les rescousses du bon manifestant. Les manifs, maintenant, c'est pas des kermesses, c'est pas pour mémés et pépés. C'est POUR le quatrième âge mais pas AVEC le quatrième âge, l'âge des cicatrices et des souvenirs engloutis

Cléo

Tu ne crois pas si bien dire ! J'ai eu le flair, mais les jambes m'ont manqué. Ou plutôt, elles m'ont trahie. J'ai senti le truc juste à temps ! j'ai décidé de décamper deux minutes à peine avant la charge. Et patatras ! je me suis étalée sur une trace de crotte de chat ou de chien, je l'ai vue au moment où je posais le pied dessus…

Keshia

Aïe la poisse !

Cléo

La poisse ? L'incivilité, tu veux dire ? Enfer et damnation pour ces crétines et ces crétins qui trichent avec leurs cabots. Tu vois le truc, tu devines la chiure du chien d'salon, tu supposes la sale bête pomponnée qui lâche sa fiente en se dandinant, et tu sens la chose mal ramassée, la main délicate et répugnée de madame l'aristo ou monsieur le snob, le geste hésitant, imprécis et aléatoire, tu comprends tout de suite que d'habitude c'est Fatima la bonne ou Mamadou le jardinier qui s'y collent

Faiza

Ouaïe ! tu leur en veux, aux bourges !

Cléo

Aux bourgeois et aux aristos… on ne les distingue même plus…

Keshia

On a entendu aux infos, y a eu des dégâts dans cette manif. Record de blessés…

Cléo

Ça, c'est la loi des grands nombres : c'était aussi record d'impioks ! Les pas-dégourdis pullulaient

Faiza

Normal alors que les estropiés soient débordants

Véra

Quand même, c'est de la maltraitance ! C'était une manif d'aidants qui n'en peuvent plus, à s'occuper de leurs vieux !

Keshia

Ce qu'on a vu, c'est que les aidants commencent déjà à être vieux eux-mêmes, ça les épuise

Cléo

Sans compter qu'à force de s'occuper de vieux et de les fréquenter, leurs propres corps s'ankylosent. Ces gens-là ne savent pas courir ! Je peux te le dire ! Adossée comme une conne au mur que j'ai réussi à atteindre en me traînant, j'étais aux premières loges. Une femme s'est réfugiée dans l'embrasure d'une porte cochère en se collant au point de faire corps avec la paroi, les yeux plissés entre le nez et le front, comme si elle s'empêchait à la fois de voir, de réfléchir et d'entendre. Trois policiers ou CRS, je n'sais même plus distinguer leurs costumes…

Faiza

Leurs uniformes !

Cléo

(Une moue.)

Leurs uniformes… Ils se sont plantés devant elle, l'estomac bien gonflé avec leurs gilets pare-balles. Elle est restée emmurée dans ses yeux plissés. Ils ont marqué le pas, et puis ils sont partis, sans rien lui faire, même celui qui avait l'air d'aussi mauvaise humeur que son fusil d'assaut. L'un d'entre eux s'est arrêté devant moi avec une mine patibulaire derrière son casque à visière et sa mentonnière, du moins j'ai deviné sa mine à partir de ses mollets, vu que je ne me suis pas aventurée à regarder plus haut ; j'ai cru le voir lever son gourdin

Faiza

Gourdin ?!!! On n'est plus chez les pithécanthropes ! c'est une matraque télescopique, ma belle !

Cléo

OK matraque télémachin, donc j'ai plissé les yeux comme l'autre statue qui venait de s'en tirer sous mon nez, là, bien collée contre sa porte cochère. J'étais en train de me dire heureusement que ce CRS bien balèze devant moi n'a pas de LBD, je préfère encore un coup de gourdin… de matraque, tant qu'il ne me le fourre pas comme l'autre là l'a mis pour Théo. Pour ma chance, un collègue l'a tiré par le bras, y avait sûrement de la meilleure chère plus loin, de la bonne chair à tabassage, je suppose que ça doit être plus rigolo d'attraper le gibier quand il court

Faiza

Pas sûr ! Tu ne les as jamais vus s'acharner sur une personne coincée ?

Cléo

Justement ! À trois, ils ont d'abord attrapé un pauvre bougre qui avait commencé à brailler avant même qu'on le touche, les bras en bouclier au-dessus de sa tête. Il hurlait : « Moi je faisais que passer, je faisais que passer », d'une voix aiguë qui tranchait tellement avec son corps costaud, je crois que ça a déstabilisé les CRS balèzes. L'un d'eux lui a foutu un coup de pied au tibia, ça l'a plié en deux. Tu ne peux même pas essayer de leur rendre coup pour coup, vu qu'eux ont des protège-tibias. Un autre CRS s'est penché et lui a pincé le bras, comme les filles font aux emmerdeurs dans les cours des collèges. Après ça, ils lui ont donné une poussade. Sur l'instant, j'ai pensé : « Le hurleur peut s'estimer chanceux. » Ça aurait pu finir comme pour ce pauvre Dylan dans l'Essonne ! Ensuite, ils sont partis presque en sautillant rejoindre un groupe d'autres CRS balèzes avec des policiers, et d'autres gars qui portaient un uniforme que je ne connais pas, peut-être des gardes mobiles. Tout ça ressemblait à une armée de *warriors*, comme dans les Marvels mais croyez-moi, les filles, c'était pas un Marvel ! Ils ont encerclé un groupe de manifestants, tu crois des casseurs et des cogneurs en bande avec des barres de fer ? même pas ! Une poignée de pas-gaillards qui avaient la mauvaise idée d'être en groupe. Ils avaient ramassé des cagettes et essayaient, les malins ! de se cacher derrière

Keshia

T'étais quand même bien contente que les CRS et consorts s'occupent d'eux, ça t'a sauvé la vie, non ?

Cléo

Avec ce que je voyais, je me disais qu'on était tous en danger. Je n'étais pas seule à le penser. Un gars aussi sec qu'un saule tortueux se dissimulait, mal, derrière une moitié de pancarte où c'était écrit « Bouffe ma chatte au lieu… », sais pas au lieu de quoi, vu que sa pancarte était déchirée. Il soufflait comme un phoque et il gémissait entre deux respirations, comme si on l'écorchait vif et qu'il n'avait plus la force de hurler

Faiza

Tu en rajoutes un peu, non ?

Cléo

Hélas ! je vous décris le théâtre en direct. Ce n'est pas la première fois que je vois des pancartes hors sujet, comme ça. D'ailleurs, c'est mon cerveau qui a enregistré tout ça. Sur le moment, je crois que moi-même j'étais dans une autre peau, tétanisée. J'entrevois vaguement une espèce de ballet d'uniformes qui courent, qui jettent des gens par terre, et des gens qui se jettent sur eux, une mêlée bordélique, tu te demandes si c'est une manif ou les jeux du cirque…

Keshia

En fait, tu étais vraiment au spectacle ?!

Cléo

C'est ça, c'est facile, moi-même je peux faire de l'esprit aujourd'hui, mais je n'en menais pas large, comme on dit. Surtout que des élancements furieux menaient un bal endiablé dans ma cheville

Faiza
Et qui t'a sortie de là, les pompiers ?

Cléo
Tu parles, ils étaient trop occupés, y avait plus amoché que moi. C'est un jeune homme, qui passait en courant, il s'est arrêté, est revenu sur ses pas, et m'a prise sous l'épaule. Il sentait le musc, comme les gladiateurs au temps des Romains, du moins j'imagine, cette odeur que dégagent à la fois la peur, la fierté et le plaisir. Il avait dû s'en donner à cœur joie. Sa chemise à rayures était attachée à son jeans, on voyait des pectoraux de canard ayant grandi trop vite…

Keshia
Et il t'a traînée jusqu'où comme ça ?

Cléo
Il avait l'air de connaître le quartier, il est entré dans un passage pavé, il m'a installée dans une encoignure, on pouvait passer et repasser, sans me repérer, c'était une cachette en plein air idéale

Faiza
Tu y as passé la nuit ?

Cléo
Ça aurait pu ! D'où j'étais je n'entendais rien, pouvais pas savoir si le festival dehors était terminé ou s'ils faisaient des prolongations en nocturne. Et la sensation de brûlure à la cheville était tellement forte que ça anesthésiait tous mes autres sens

Keshia

Eh eh, on a failli entendre l'annonce de ta mort… dans les rumeurs ou à la radio…

Cléo

Ça aurait pu, j'aurais été vite identifiée, j'avais mes papiers sur moi

Faiza

N'empêche qu'il faut être déphasée pour aller seule à une manif, de nos jours

Cléo

En fait c'est sur place que j'ai décidé de participer à la manif. Je rentrais et j'ai croisé un cortège de gens d'âge bien mûr, très cool, avec leurs pancartes artisanales, j'en ai lu deux ou trois sympas : « C'est dans les vieilles marmites qu'on fait la bonne soupe », « Pour vivre vieux longtemps, ménage ton palpitant », « Les Vieux Fourneaux sont chauds comme le climat », ce genre de poésie là

Keshia

Ah ouais ça me dit, j'ai vu passer des images avec une que j'ai bien aimée : « Vieux corbeau ne croasse pas par défaut »

Véra

(Qui était restée discrète jusque-là, l'air absent.)

Comme on dit au Québec, où il y a de l'homme, il y a de l'hommerie !

Faiza

N'empêche qu'on n'a pas inventé les manifs pour les vieux !

Keshia

C'est assez vrai. Si on se base sur les images de manifs du monde entier, c'est pas des processions à la Vierge

Cléo

C'est quand même plus ou moins gai !

Véra

Il n'y a pas que l'humeur des gens, s'ils sont joyeux ou s'ils chantent ; les couleurs des drapeaux, ça joue aussi sur l'humeur. Les drapeaux avec des couleurs solennelles, genre blanc, rouge, bleu, comme aux États-Unis, en Angleterre, en France, ça donne des manifs genre on est sérieux, on fait une révolution à chaque génération, on est une grande démocratie, etc., et dans les pays où les drapeaux sont rouges, orange, rouge orangé, verts, jaunes, les manifs ça fait : nous, on aime la vie, on ne prend au sérieux que ce qui est sérieux, on aime quand le soleil s'admire dans nos couleurs. D'ailleurs, remarquez bien, souvent dans les pays à drapeau sombre, les gens brandissent en plus des fanions avec des logos sur tissu à fond rouge, orange, jaune...

Faiza

Jaune, orange ou bleu, les manifs, ce n'est pas recommandé pour les vieux

Keshia

Ce n'est pas juste ! on va vieillir, nous aussi. Ça veut dire qu'on n'aura plus qu'à fermer nos gueules et rester chez nous à décrépir…

Véra

Si ce n'était que ça ! On risque plutôt d'avoir pour meilleure copine la peur, le ventre qui gargouille à se demander tous les matins si notre fils marié qui nous a recueillie ne nous sacrifiera pas à la paix avec son épouse, en nous larguant dans un hospice crado, plus sûrement, ou si on a le goût des rêves amers et insensés, dans une « institution » chic, un dimanche après-midi

Keshia

C'est ça, l'ingrat il t'emmène soi-disant en promenade, en ayant glissé en douce une valise dans le coffre, et il t'abandonne en hurlant aux bonnes sœurs qu'il sait méchantes : « Et traitez-là comme une reine ! comme une reine ! comme une reine ! »

Véra

Ouais, c'est ça ! comme dans ce film à sketches de Risi et Scola

Keshia

Et Monicelli. Ça court les rues et les familles, les monstres !

Cléo

Quand vous aurez fini d'étaler votre culture ciné et de nous assommer de vos trouvailles philosophiques, l'une de vous pourra peut-être me déposer au centre médical, s'il vous plaît, je dois faire refaire mon pansement

Keshia

Allez, embarque avec moi, je te dépose. Ça va pas être le confort dans ma caisse à deux portes

Faiza

Trois portes ! faut compter celle du coffre, ça élève tout de suite le niveau de gamme

Keshia

Sais pas si ça change quelque chose pour sa jambe et ses béquilles

Véra

Deux portes ! c'est pas une voiture pour la drague ! Les sièges ne font pas couchette ?

Keshia

Pfffff ! c'est des trucs de films, ça !

Cléo

Et encore ! de films américains..

Faiza

Et du temps de nos mamies !

Keshia

À mon avis, nos mamies faisaient plus simple pour la drague et les baisers soi-disant volés : un buisson dans un jardin public, un coin de terrain vague, ou le jardin derrière la maison ou l'arrière d'un immeuble, ou la chambre de bonne prêtée par une copine étudiante

Véra
Ou le siège éventré à l'arrière d'une carcasse dans un cimetière de voitures

Cléo
Pour le romantisme, on fait mieux !

Keshia
Bon, nous, on y va !

(Juste avant qu'elles sortent, un bruit confus et aigu. Célia fait irruption sur la scène.)

Faiza
Oulah, Célia, ta tête ! Eh sainte Marie mère de Dieu, t'as croisé un maskilili ? Ou bien tu viens nous annoncer la deuxième mort de Marcus Garvey ?

(Célia se jette sur un siège et semble suffoquer.)

Faiza
Keshia, trouve un éventail et toi, Véra, déniche un verre de shrubb

Cléo
Mamma mia, elle est gris-vert !

Célia
Olivia…

Faiza
Olivia quoi ?

Célia

Olivia, Solomiya ne sait pas…

Faiza

Qu'est-ce que Solomiya ne sait pas ?

Célia

Le principal du collège est avec elle, la présidente des parents d'élèves aussi. Dans le poing serré d'Olivia, on a trouvé un papier, une feuille parfumée de papier à lettres, c'était écrit : « Je t'aime d'amour, Maman, mais je n'en peux plus. Je m'endors. » Par terre, dans le couloir des toilettes, il y avait un flacon vide de détachant antirouille

(Juste à ce moment, provenant de l'arrière de la scène, on entend le cri strident d'une voix féminine, arrachement douloureux d'une déchirante détresse ; cette voix évoque celle de Solomiya.)

(Rideau.)

(Chorégraphie inspirée de Barbe-Bleue *de Pina Bausch, sur un chant de Leyla McCalla :* Pays sans chapeau.*)*

Scène III

(Trois voix : Sequoyah, tenue amérindienne ; Gwendolyne, tenue bushinengue ; et Tadéa, tenue traditionnelle créole, haut en madras et jupe à grandes fleurs.)

(Les trois femmes sont placées sur scène, dans des coins sous légère pénombre, dans des poses personnelles mais pensives, de sorte que leurs répliques font l'effet de balles de ping-pong qui se répondent.)

(Une chorégraphie inspirée de Corbeaux *de Bouchra Ouizguen précède leur entrée sur scène, sur une percussion* Wide Awake *extraite de* SHAMANES *d'Anne Paceo.)*

Tadéa
Le ciel est vide

Sequoyah
Ils ont vidé le ciel, ce n'est pas pareil

Gwendolyne
Leurs habitudes de massacres…

Sequoyah
Ils sont désorientés : ils ne croient plus en rien

Tadéa
À rien. Ni aux licornes ni aux dragons

Gwendolyne
Ni aux centaures ni aux cerbères

Sequoyah
Ni à Chimère ni aux cyclopes

Tadéa
Ni même aux gorgones

Gwendolyne
Au Minotaure

Sequoyah
Aux satyres et aux sirènes

Gwendolyne
Ni Erinyes ni Harpies

Tadéa
Ni loups-garous ni maskililis

Sequoyah
Ni à l'hippocampe ni au reptile sous-marin du loch Ness

Tadéa
Ils ne rêvent plus

Sequoyah
Ils ont désappris à s'en remettre aux monstres

Gwendolyne
Et aux anges

Tadéa
Ils ne savent plus rien des peurs, les bonnes, celles qui commotionnent le corps et l'âme

Gwendolyne
Trop de temps passé à sabrer et massacrer

Sequoyah
Ça rend froids

Tadéa
Indifférents

Sequoyah
Ça décivilise

Tadéa
Ils n'ont plus de dieux

Sequoyah
Fini le temps où ils copulaient avec leurs dieux

Tadéa
Croyants cacochymes ou païens sans bluff

Gwendolyne
Ils ont largué jusqu'à leurs dieux vengeurs et sanguinaires

Tadéa
La violence n'est plus contenue

Gwendolyne
Circonscrite

Sequoyah
Rituelle

Tadéa
Elle se disperse…

Gwendolyne
S'étale…

Sequoyah
Se banalise…

Tadéa
Finis, les jeux du cirque et les gladiateurs

Sequoyah
On trucide dans les rues

Tadéa
Comme une mémoire du geste

Sequoyah
Après avoir fusillé saigné égorgé boucané sous les cieux moites

Gwendolyne
Si tu en parles, ils se crispent…

Tadéa
Se hérissent…

Gwendolyne
Se raidissent…

Tadéa
Se cabrent…

Gwendolyne
Se braquent…

Sequoyah
Se mettent à ânonner…

Gwendolyne
C'est du passé, du passé, du passé, du passé, il faut oublier !

Sequoyah
Qui a le droit de prescrire l'oubli ?

Gwendolyne
Du passé et de ses répliques

Sequoyah
Là, à leurs pieds, sous les fenêtres

Tadéa
Et ces déveineux dont les os sont déjà en poussière

Gwendolyne
Dont la moelle a refroidi

Tadéa
L'oubli…
Du passé…

Gwendolyne
Le déni…

Tadéa
Du présent…

Sequoyah
Qui les pleure ?

Tadéa
Qui pleure sur eux ?

Sequoyah
À part leurs mères et sœurs

Tadéa
Qui dit leurs rires rauques…

Sequoyah
Leurs fêlures…

Gwendolyne
Leur jeunesse vieillie d'avoir vu tomber leurs frères

Tadéa
Puis leurs fils

Gwendolyne
Et le fils de leur fils

Sequoyah
Et tout ce qu'ils sont présumés être

Tadéa
Présumés machistes

Gwendolyne
Présumés brutaux

Tadéa
Présumés barbares

Sequoyah
Présumés pervers

Gwendolyne
Présumés voyous

Tadéa
On leur prend tout

Sequoyah
Aux mamans, aux sœurs, aux épouses, aux compagnes

Tadéa
Tout !

Sequoyah
Jusqu'au droit, au devoir de défendre la mémoire du fils, du frère, de leur homme

Gwendolyne
Sa mémoire, son histoire, ses rêves puisque sa personne n'est plus

Tadéa
Son désespoir…

Gwendolyne
Qui devient écœurement

Tadéa
Sa dérision amère…

Sequoyah
Ses ambitions écrêtées…

Gwendolyne
L'irréductible galopade du temps

Sequoyah
Où mène le fil d'Alice…

Tadéa
… vers la tendresse ?

Gwendolyne
Pour qui la force ?

Tadéa
Pour qui le droit ?

Sequoyah
Pour qui la force et le droit ?

(Musique : Barbara Hendricks : Requiem *de Gabriel Fauré.)*

Sequoyah
Pauvre Olivia !

Tadéa
Un si grand désespoir

Sequoyah
La violence sans rites…

Gwendolyne
Rien ne la contient plus

Sequoyah
Elle n'a plus de champ, elle se répand...

Tadéa
Essaime...

Gwendolyne
Rampe...

Tadéa
Gicle...

Gwendolyne
Exsude...

Sequoyah
Elle bouscule et renverse comme un vent éperdu et blessé

Tadéa
Les enfants sont éberlués par l'injustice et la cruauté

Gwendolyne
Quand ils les comprennent ! Plus souvent ils sont désemparés

Tadéa
Pauvre Olivia !

Gwendolyne
Un si profond désarroi

Tadéa
Une meurtrissure épaisse

Sequoyah

Pauvre Olivia !

Tadéa

Un supplice en camisole

Gwendolyne

Une inconsolation désertée par les mots. Pauvre Olivia ! Comment nomme-t-on un fourmillement d'adultes aveugles au désarroi ?

Tadéa

Pauvre Olivia !

Sequoyah

Qui a le droit de dire que l'offense est indolore ?

Gwendolyne

L'humiliation inodore ?

Tadéa

Qui ? Sans avoir à la vivre, sans risquer de la vivre ?

Sequoyah

Les barbares servent de barème...

Tadéa

D'étalon...

Sequoyah

De toise...

Tadéa

Font joute avec les mondaines patronnesses

Sequoyah
Catégoriques, les barbares et les mondaines…

Tadéa
Eux, sourds, obtus et tuant…

Sequoyah
Elles, retranchées en certitudes…

Gwendolyne
Tant pis pour les vulnérables égarés au milieu

Sequoyah
Ils se sont perdus quand ils ont plongé dans le monde et commencé à exterminer…

Gwendolyne
« Les sauvages », disaient-ils

Sequoyah
Dans des contrées exotiques

Gwendolyne
C'est alors qu'ils ont cessé de creuser l'énigme du Sphinx

Tadéa
Ils ont brûlé leurs sorcières

Sequoyah
Se sont mis à se moquer…

Tadéa
Du langage des nuages, des messages de la fumée, des alertes du tam-tam…

Sequoyah
Du souffle de leurs Amarus…

Tadéa
De l'herbe poussant sur les pierres…

Gwendolyne
De leurs jolis mots…

Tadéa
De leurs belles histoires vraies…

Sequoyah
De leur vaillance et de leur force d'âme…

Tadéa
Leur cognition des visages

Gwendolyne
Le visage de l'autre

Sequoyah
L'autre soudain primitif, cannibale, bestial… inhumain

Gwendolyne
Exterminez toutes ces brutes !

Sequoyah
Les feux de salve-deux de l'écrivain Loti à Thouan-An

Gwendolyne
Le fil de l'épée du visionnaire Lyautey à Madagascar

Sequoyah
Les enfumages de Bugeaud à Alger

Tadéa
Le feu et le fer partout

Sequoyah
L'odeur du sang qui sèche

Gwendolyne
Dans les cours de leurs geôles la guillotine et le gibet

Sequoyah
La Terre : un Pandémonium !

Tadéa
Ils n'adressent plus de vœux aux étoiles filantes

Gwendolyne
Ne tirent plus de plans sur la comète

Sequoyah
Ils ont perdu leurs ailes et leurs racines...

Tadéa
Leurs contes et leurs comptines

Gwendolyne
Ils ne comprennent plus leurs fous

Sequoyah
Ils en ont de plus en plus

Tadéa
De plus en plus d'assassins aussi...

Gwendolyne
De plus en plus d'aigris…

Sequoyah
De désespérés…

Tadéa
De drogués de l'éphémère, de l'instant, du présent, du maintenant, du tout tout de suite. Des zombies…

(Des notes de musique s'élèvent en sourdine, d'abord, puis envahissent l'espace ; c'est le chant d'Anne Sylvestre : Les gens qui doutent. *En intégralité.)*

Sequoyah
Il leur reste, par chance…

Gwendolyne
Par obstination…

Sequoyah
Des porteurs de mémoire de ce qu'ils ont édifié de plus beau, et ce n'est pas de la pierre : c'est un goût immodéré pour l'insolence

Tadéa
Ça entretient le goût des autres…

Sequoyah
Et le goût pour les autres

Scène IV

(Avant que Kayla prenne la parole, s'élève un solo de kora, bientôt accompagné d'une voix, les deux sur scène mais d'abord dans la pénombre ; puis Kayla sera accompagnée tout le long par un solo de kora ; morceau : Mamamuso *de Sona Jobarteh.)*

Kayla

Solomiya est vêtue à la Soulages. Au moins six nuances de noir. De sa jupe si longue qu'elle traîne sous ses escarpins mi-plats, à son chemisier mal rentré à la taille, ses mitaines insolites, ce boléro incongru par-dessus le chemisier, jusqu'à cette étole transparente aussi longue qu'un sari dont elle a recouvert sa tête, plus à la manière d'une mantille que d'un foulard, alors qu'elle n'a jusqu'alors jamais manifesté de particulière attirance religieuse. Sans doute la teinte la plus compacte enrobe-t-elle son cœur ? Solomiya parle peu et sa langue est pâteuse. Elle est restée tassée à sa place, comme à la fois absente et pesante, durant toute la cérémonie. Elle arbore sur son boléro une broche d'un rouge criard, représentant une oseille. Elle serre ses mains l'une contre l'autre comme si elle allait les démantibuler. C'est seulement hier soir qu'elle s'est décidée. Sa petite Olivia, son cœur, sa prunelle, sa raison de vivre, sera incinérée. Solomiya avait d'abord murmuré : « Un cercueil tout en vitres. » Solomiya ne parvient pas à imaginer que le corps d'Olivia, qui s'était gracieusement affiné ces dernières semaines, cette silhouette qu'elle trouvait déjà ravissante ou en train de le devenir, et qu'elle croyait accompagner dans son embellissement grâce à sa nouvelle cuisine naturelle et saine, Solomiya n'arrive pas à se dire qu'Olivia va se décomposer, que ses chairs vont se défaire, que seul son squelette résistera, comme celui de cette Péruvienne d'Ychsma exposée dans un musée qu'elles avaient visité ensemble. Resteront son squelette et sa chevelure. Surtout, Solomiya ne se fait pas à l'idée que sa petite Olivia restera sur place, un seul endroit, dans une tombe fixe, sédentaire, qu'elle ne bougera plus, qu'elle y restera toute la vie qui reste à vivre, et après aussi… Alors, Solomiya s'est décidée. Hier soir. Tard. Elle fera brûler le corps d'Olivia. Ainsi, il ne pourrira pas. Et elle l'emmènera partout. Solomiya ne sait pas où elle vivra, désormais. Y a-t-il un endroit sur Terre où la douleur est moins implacable, moins âpre, où elle mord moins méchamment, où elle est simplement supportable ? Solomiya gardera sa fille Olivia dans cette urne. Solavi l'a accompagnée pour choisir l'urne. Dans un silence sans soupir. Elles se sont regardées, leur choix était commun. Solomiya a payé sans dire un mot et pris l'urne qu'elle a portée à bout de bras, comme pour l'éloigner d'elle. Cette chose qui enfermera sa fille Olivia, pour l'heure est hostile et impudique. Solomiya est hébétée. Comme dans une attente nue et malingre. Ses amies sont toutes là. Toutes, empotées, empêtrées, gauches. Elles ont perdu leur superbe et leur impertinence. Elles sont accablées de l'accablement prostré de Solomiya. Inaya ronge sa rage et son frein.

(Tandis que parlait Kayla, Solomiya, vêtue telle que décrite, errait, éperdue, sur la scène.)

(Séquence musicale : Josy Masse : O Banisso.*)*

Scène V

(Elles sont sept, assises serrées les unes contre les autres sur un banc public ; elles sont vêtues de tenues strictes et sombres ; elles s'expriment comme si chacune se parlait à elle-même ; ce sont des conversations verticales et parallèles.)

Solavi

J'ai pu faire un double de ses clés. Mais comment savoir le bon moment ?

Keshia

La Mostra de Venise attribue ce soir son Lion d'argent

Véra

La vie n'est pas une tragédie, c'est un drame. Plus banal et bien merdique, plus crasseux aussi... et ça dure plus longtemps

Keshia

Combien de temps tiennent ces fleurs qui n'ont pas d'odeur ?

Sayna

J'ai aperçu le principal du collège. Il n'a pas osé s'approcher de Solomiya

Faiza

Ma grand-mère a connu la Deuxième Guerre mondiale en direct. Elle dit que les livres racontent mal

Célia

Depuis deux jours, un morceau de poème me martèle la nuque

Keshia

C'est la journée mondiale de lutte contre le paludisme

Célia

Et plus je redresse la tête, plus il cogne

Véra

Les civilisations ne sont que des mutations de la violence

Célia

Un poème qui ne fait pas du bien, comment le larguer ?

Keshia

Un enfant de moins de cinq ans meurt du paludisme chaque minute. Il faut faire des phrases courtes pour ne pas être complice. Ne jamais parler plus d'une minute sans requiem

Célia

Plus je redresse la nuque, plus il s'enfonce

Faiza

Jaurès voulait rallumer tous les soleils. Quelle fadaise !

Célia

Nous avons déterré la Colère
L'amphithéâtre du soleil génital est un dépotoir
La bouche d'eau lunaire est un dépotoir
Le parc des amoureux est un dépotoir
La bibliothèque est un terrier de rats féroces
L'université est la mare aux grenouilles

Faiza

Condorcet voulait que l'école prépare des citoyens difficiles à gouverner

Dihya

Quelqu'un a vu Inaya ?

Véra

Des pêcheurs de perles ouvrent sans trêve les coquillages, silencieux. Il s'appelait comme le Michelangelo de la Sixtine. Asturias. Miguel Ángel Asturias. Qu'est-ce qu'il vient faire ici ? J'ai oublié ce que j'allais dire

Célia

Oh encore une mer à traverser pour que j'invente mes poumons

Solavi

Les mères ont l'air de s'écrouler. Mais toujours leurs poitrines fluettes portent leurs lourdes mamelles

Sayna

Il faut écrire au maire pour faire démonter le chapiteau

Solavi

Nous, on ne veut pas être des piliers, des potos-mitan. On ne veut pas être des femmes fortes. On n'est pas en ciment ni en béton ni en acier ni en bois. On est composées de pulpe et de nervures. De verre, parfois. On est fabriquées avec de la chair, comme la terre glaise. On n'est pas des totems, verticaux et indestructibles. Nous, on a du sang, du mucus de l'eau et des glaires et des artères. Et des larmes. De la salive et de la sueur. Marre d'être fortes. On veut être faibles. Quand on veut. On n'est pas rigides et verticales et rectilignes. On n'est ni pilier ni pilotis ni pivot ni pylône ni poteau. On est rondes, ovales, triangulaires, oblongues, charnues, pulpeuses, crémeuses, on est éruptives, mélancoliques et maussades. On est des courbes, la vie nous courbe, on veut plier… des fois. On ne veut pas être des femmes fortes. Point final.

Célia

Je me suis toujours demandé pourquoi « a » est une voyelle féminine et « o » une voyelle masculine

Véra

Severn Suzuki leur a dit avec aplomb : « Ce que vous faites me fait pleurer la nuit »

Solavi

Dès que ça les dérange, ils intiment d'oublier

Célia

Les voyelles ne sont que six. Elles auraient pu être des filles, toutes

Keshia

Inaya a dit que nous sommes choquées parce que nous avons le goût de la moyenneté

Véra

Combien d'ados, combien de causes, combien de détresses et de pleurs la nuit qui nous échappent ?

Dihya

La tranquillité est un leurre

Célia

« Consonne » est un mot féminin, or la plupart des consonnes sont rudes

Faiza

C'est jusqu'à quand, l'âge de l'innocence ?

Célia

C'est un trompe-l'œil !

Solavi

La tente, les ados l'adulaient déjà !

Scène VI

(Une lumière vive, jaune d'abord, puis qui change de couleurs ; l'obscurité, une obscurité épaisse ; puis une lumière tamisée qui semble percer une brume, avant de s'affirmer, jaune comme un brutal lever de soleil.)

(La Coryphée, et ses choristes légèrement en retrait, se tiennent à l'avant gauche de la scène ; Solomiya se trouve dans le fond droit de la scène ; elle est vêtue et chaussée comme décrit ci-dessous ; elle tourne en huit en marmonnant quelques sons incompréhensibles, et à certains moments, des Ououououm.)

(Juste avant que Kayla prenne la parole, un cri lugubre retentit, d'une voix humaine, exprimant une profonde affliction ; le cri s'éteint progressivement, comme un écho.)

(Solo de kora.)

Kayla, la Coryphée

Solomiya ne parle plus. Il ne sort de sa gorge que borborygmes sans chair ni miel. Ou ce cri-là, à décapiter le Kilimandjaro. Solo a maigri. Elle a fondu.

Ses vêtements flottent sur elle comme les voiles dépenaillées d'une vieille tapouille livrée aux alizés d'hivernage écumant l'Orénoque. Elle porte aux pieds des sandales dépareillées. Ses orteils en débordent. Solo est allée se mêler aux anciens camarades d'Olivia. Existe-t-il des mots pour camarades hostiles ou indifférents ou négligents ? Elle a réussi à pénétrer dans le collège. Elle s'est installée au milieu de la cour, sur le bitume, s'est assise en lotus puis elle s'est mise à pousser des Ououououm de plus en plus bruyants, glissant vers l'aigu. Le principal du collège a appelé les pompiers. Solomiya s'est débattue. Avec des gloussements à fendiller la cuirasse d'un caïman. Ils ont appelé la police. La police ! Trois hommes en uniforme et gilets pare-balles sont arrivés. Ils avaient l'air tout gauches et tout craintifs. Leur capitaine a soupiré : « C'est pas not'boulot, on sait pas comment faire, faut un psychiatre et une seringue. » Au bout de quarante minutes, toujours pas de psychiatre à seringue. Ils s'y sont pris à deux pour relever Solomiya. Sans leur résister, Solo a simplement relâché tous ses muscles et toute sa volonté. L'inertie est plus lourde que la chair et les os. Il a fallu que deux pompiers viennent prêter main-forte. Ils l'ont fourrée dans leur panier à salade comme on déplace les très obèses dans les hôpitaux. Soudain, un cri strident est sorti par tous ses pores. La porte du fourgon a claqué au même moment. Au commissariat, ils l'ont gardée huit heures. Depuis qu'ils l'ont laissée partir, elle revient chaque jour sous leurs fenêtres. Faiza et ses voisines se relaient pour aller la reprendre. Elles lui chuchotent des mots et des chansons et la ramènent en douceur. Solomiya continue à répondre en borborygmes. Son visage est figé. Elle, dont le sourire ne s'éteignait que très lentement, seulement quand s'estompait la lumière de ses yeux, elle garde des heures les lèvres entrebâillées, comme pétrifiées. Parfois elle se met à chanter en continu. Des berceuses. Seulement des berceuses. Ses amies, à tour de rôle, ont dormi chez elle, pour veiller sur elle. Elles ont dû se résoudre à prévenir sa sœur, seule parente connue, qui vit à l'étranger. Les jours ont passé. Quand Faiza et les autres, désemparées, regardent Solo dans le blanc des yeux, elles baissent les paupières, car elles voient dans le puits de brume de Solo que son esprit est parti en dérade. Elles ont cru la tenir à l'abri. Elles ont compris qu'elles ont perdu. Solo a rejoint le pavillon des folles.

***

(Version avec didascalies.)

Kayla, la Coryphée

Solomiya ne parle plus. Il ne sort de sa gorge que borborygmes sans chair ni miel. Ou ce cri-là, à décapiter le Kilimandjaro.

(Kayla porte l'index droit à l'oreille droite pour signifier le cri qui a précédé son propos.)

Solo a maigri. Elle a fondu. Ses vêtements flottent sur elle comme les voiles dépenaillées d'une vieille tapouille livrée aux alizés d'hivernage écumant l'Orénoque. Elle porte aux pieds des sandales dépareillées.

Ses orteils en débordent. Solo est allée se mêler aux anciens camarades d'Olivia. Existe-t-il des mots pour camarades hostiles ou indifférents ou négligents ? Elle a réussi à pénétrer dans le collège. Elle s'est installée au milieu de la cour, sur le bitume, s'est assise en lotus puis elle s'est mise à pousser des Ououououm *(les choristes ajoutent leurs voix à celle de la Coryphée ; Solomiya en fond de scène prononce en contretemps quelques Ououououm ; en évitant tout effet comique ; de même, en cours de discussion, Solomiya exécute ce que raconte Kayla, en visant l'effet pathétique ou tragique)* de plus en plus bruyants, et glissant vers l'aigu *(les choristes font quelques Ououououm aigus)*. Le principal du collège a appelé les pompiers. Solomiya s'est débattue. Avec des gloussements à fendiller la cuirasse d'un caïman. *(La Coryphée, suivie de ses choristes après les toutes premières notes, émet un long soupir déchirant ; option : ce soupir, individuel puis collectif, peut être préenregistré.)* Ils ont appelé la police. La police ! Trois hommes en uniforme et gilets pare-balles sont arrivés. Ils avaient l'air tout gauches et tout craintifs. Leur capitaine a soupiré : « C'est pas not'boulot, on sait pas comment faire, faut un psychiatre et une seringue. » Au bout de quarante minutes, toujours pas de psychiatre à seringue. Ils s'y sont pris à deux pour relever Solomiya. Sans leur résister, Solo a simplement relâché tous ses muscles et toute sa volonté. L'inertie est plus lourde que la chair et les os. Il a fallu que deux pompiers viennent prêter main-forte. Ils l'ont fourrée dans leur panier à salade comme on déplace les très obèses dans les hôpitaux. Soudain, un cri strident est sorti par tous ses pores. La porte du fourgon a claqué au même moment. Au commissariat, ils l'ont gardée huit heures. Depuis qu'ils l'ont laissée partir, elle revient chaque jour sous leurs fenêtres. Faiza et ses voisines se relaient pour aller la reprendre. Elles lui chuchotent des mots et des chansons et la ramènent en douceur. Solomiya continue à répondre en borborygmes. Son visage est figé. Elle, dont le sourire ne s'éteignait que très lentement, seulement quand s'estompait la lumière de ses yeux, elle garde des heures les lèvres entrebâillées, comme pétrifiées. Parfois elle se met à chanter en continu. Des berceuses. Seulement des berceuses.

(Les choristes fredonnent sans paroles : Une chanson douce *d'Henri Salvador ; puis* Duerme, duerme negrita *; puis* Twinkle Twinkle Little Star *; accompagnées par le quatuor.)*

Des amies ont, à tour de rôle, dormi chez Solomiya, pour veiller sur elle. Elles ont dû se résoudre à prévenir sa sœur, seule parente connue, qui vit à l'étranger. Les jours ont passé. Quand Faiza et les autres, désemparées, regardent Solo dans le blanc des yeux, elles baissent les paupières, car elles voient dans le puits de brume de Solo que son esprit est parti en dérade. Elles ont cru la tenir à l'abri. Elles ont compris qu'elles ont perdu. Solo a rejoint le pavillon des folles.

Scène VII

(Elles arrivent précédées de bruits qui signalent une relative agitation. Les treize femmes sont présentes sur scène, certaines très affairées (celles qui ne prennent pas part à l'échange avec Inaya) ; les trois Pythies (Sequoyah, Gwendolyne, Tadéa) se tiennent en retrait, mais visibles ; Kayla est immobile dans une pose de méditation ; Solomiya déambule en errance et en marmonnant en sourdine un air monotone, quelques notes répétées comme un gémissement ; par-dessus, on entend la voix d'Aretha Franklin : I Say a Little Prayer.*)*

Dihya

… j'ai juste rangé les lots d'ustensiles selon le registre. Pas le cœur à les répartir. Peuvent bien attendre deux ou trois jours là où ils sont

Célia

Tu as raison. Personne n'a le cœur à venir récupérer ses casseroles. D'ailleurs, si la fin du monde veut faire un tour, si ça lui dit de venir faire un gros méchant nettoyage pour qu'on puisse repartir plus proprement, elle peut, elle peut…

Solavi
Y a des fois où la vie est chienne de chienne. Elle fout un coup de fatigue qui donne envie de se reposer d'elle…

Inaya
Je n'ai pas su dire à Solomiya que je l'aime quand elle n'en avait pas besoin. Comment lui dire, maintenant que peut-être elle en a tant besoin ?

Célia
Le chagrin m'écrase

Véra
C'est délicat de parler de chagrin. Sinon, quel mot il reste à Solo ?

Sayna
Hummmmm… oui

Inaya
Toute cette violence sous nos yeux. Autour de nous. C'est rien d'en parler

Célia
Ce désespoir…

Inaya
Cette violence !!!

Célia
Le geste d'Olivia est un geste désespéré

Inaya

Et il vient d'où, ce désespoir ? Il a poussé tout seul ? C'est un champignon ?

Keshia

Eh ben, c'est quoi, cette fureur ? On est là, avec toi, on n'a pas plus le moral que toi

Véra

C'est vrai ! tu mélanges, tout, tu nous prends en grippe, tu te défoules, tu... Tu n'es pas la seule malheureuse. Nous aussi, on est anéanties. Nous aussi, on ressent le poids du malheur sur la nuque. Simplement on fait gaffe à Solomiya. À ne pas paraître plus dévastées qu'elle

Célia

Plus terrassées

Sayna

Plus foudroyées

Dihya

On pourrait se soutenir et essayer de se faire du bien quand on se retrouve !

Inaya

Se faire du bien ? Tu prends la vie pour un manga ?

Dihya

Mais enfin, Inaya, tu t'entends parler ? C'est à nous que tu dis ça !

Inaya

Oui, à vous ! terrassées ? foudroyées ? anéanties ? des égards pour Solo ? Vous allez vite reprendre vos p'tites vies avec vos p'tites routines vos p'tites mœurs vos p'tits ordinaires vos p'tits ron-ron vos p'tits train-train vos p'tites réprobations vos p'tites rébellions vos p'tites merdouilles vos p'tites…

Véra

Mais tu es insupppp-portable !

Inaya

C'est ça, faut plus me supporter parce que je compte bien ne plus rien supporter, rien ni personne. Personne chez les normaux. Ma compagnie, je veux les boiteux les boiteuses les gauchères les manchotes les mendigotes les poivrots les putes les éboueuses les empoisonneuses les gigolottes les morveuses les bonniches les poissonnières les têtes nues et les enfoulardées volontaires les brûleuses de hijab les qui-rendent-les-gnons à leur mari les adultères sans remords les rebelles les indociles les récalcitrantes les facétieux et les factieux les déphasés les asociaux les zandicapés les exilés qui trimbalent une pincée de leur terre dans un petit sachet en plastique fossile. Je veux seulement des gens qui regardent les autres dans les yeux. Je veux les conscients du chaos. Je veux le peuple des marges qui a compris qu'il ne faut plus obéir que c'est une question de vie ou de mort qu'il faut fuir la norme que les règles sont pipées les jolis mots avariés les grandes idées ont ranci et merde c'est mieux de s'aimer que de s'envier il n'y a aucun salut dans l'ordre aucun aucun aucun ! Je veux des gens qui n'aiment pas la paix et chérissent la discorde. Qui sentent par leurs pores et leur pubis qu'autour de nous, le plus vivant se meurt, des mésanges aux méduses, des hippocampes aux kakapos, des cris d'enfants aux larmes de joie, des étoiles filantes aux chiens rêveurs. Je ne veux plus être complice. Je ne veux plus être impuissante. Y en a marre de l'arrogance des installés, des imbéciles et des imbus des pourris et des pourvus des récidivants des mondains des encroûtés des routiniers pas foutus de voir une gamine en désarroi. C'est fini. Je ne commente plus le monde. Je ne l'analyse plus. Je ne le critique plus. Je le bousille. Je le fracasse. Je l'étrangle. J'en ferai de la poudre. Je veux du conflit. Je veux des heurts. Je veux des échauffourées. Je veux de la querelle de l'esclandre du grabuge je veux du carnage. Rien à dire à ces gens qui ne savent qu'exterminer. Exterminer les brutes, les bêtes, les bactéries, les bienfaisants, les bienséants, les Balavoine. Ils n'ont rien appris de leur longue histoire de défaites, les plus lointaines, les plus récentes, les plus bavardes, les plus attrites les leurs et celles d'Ulysses Grant d'Hannibal de Sélassié personne n'entend ni Gwendolyne ni Gaudé ni Marley. Perché sur le haut tas macabre et lugubre de ces défaites des puissants, le monde en déroute continue à courir cavaler galoper après la puissance. Plus c'est ringard plus c'est chic : des fous furieux paradent dans des salles sécurisées avec des boutons atomiques. Des gros avinés avec des restes de feuilles de salade entre leurs dents achètent des électeurs et vendent des armes à des dictateurs chouchoutés par vos gouvernants désinvoltes. Ils trinquent ensemble hilares et grisés le champagne de vos impôts levons nos verres à la destruction du monde nous nous avons nos bunkers mais non c'est une blague les bombes c'est pas pour les lancer c'est pour les stocker c'est l'équilibre de la terreur personne n'est assez fou pour jouer avec les boutons c'est pour ça qu'il faut toujours plus de bombes et d'ogives et de missiles pour se dissuader entre eux et l'avenir est à nous et buvons à nos yachts et à nos jets et terrorisons les terroristes et ringardisons les idéalistes et vivons et dansons et comptons et achetons de belles toiles d'artistes étrangers nous sommes des hommes de goût les bombes sont notre gagne-pain les toiles notre viagra. C'est ainsi. Et tous ces fils-de-saintes qui sacralisent la violence la font dégouliner ruisseler déferler se répandre partout partout partout et suinter. Ils fabriquent une violence-gigogne. Ça cogne et ça tue du plus haut la violence est en roue libre. Les p'tites frappes des cours d'école ne font qu'imiter les tyrans domestiques les despotes de bureau les agressifs de la machine à café les belliqueux des micros et caméras les persécuteurs d'enfants placés les gifleurs d'épouse et les siffleurs de rue les injurieurs sur Insta les compulsifs de la gâchette pour refus d'obtempérer les lacéreurs de tentes de migrants les éborgneurs de manifestants les hooligans. Cette violence s'insinue sournoisement fielleusement. Ça fuit ça fuite ça sourd ça goutte et s'égoutte ça dégouline partout ça imbibe tout et déteint sur tout. À chacun son rayon d'action.

Les protestations publiques ne sont qu'une débandade, les élections une capitulation, les demandes d'excuses une déconfiture. Je ne lave plus les mots, je les révoque je les torsionne. Et si je ne sais qu'éructer, c'est en transe que j'éructerai. Il n'existe pas de pourquoi à la mort d'une enfant de treize ans. Pas de pourquoi pas de pour quoi car tout est contre. Il n'y a que la rumeur de l'humus. Et la bave de la lune. Et les pets du soleil. Et le ricanement des volcans. Et le gouffre sépulcral qui avale sans roter la désolation épouvantée des parents. Quant à vous et vos armes dérisoires vos critiques vos rouspétances vos grognes gavées vos aigreurs repues vos acrimonies ravies vous serez broyées dans la mêlée, n'importe quel sent-la-pisse crache une opinion merdique et veut faire la révolution pour le progrès ou pour le repli. Tous incapables. Le statu quo est déjà un recul, une reculade, une débâcle. Et comme le système ne se crashe pas tout seul, rien ne change, les malheurs se repaissent dans les mêmes cours les mêmes cœurs les mêmes masures ils souillent et flétrissent les mêmes bourgeons. Vous serez broyées comme les autres. Les maskililis eux-mêmes ont choisi de tourner leurs pieds à l'envers pour ne pas avoir affaire à nous.

(Hormis (ostensiblement) les trois Pythies, Solomiya et Kayla, toutes les femmes sur scène s'exclament, étonnées, en chœur.)

Eéééh béééééééééééééééé !

(Court silence.)

Inaya

(D'une voix funeste.)

Sequoyah a raison. Le temps s'est déchiqueté. Voilà comment Olivia est morte.

(Obscurité. Rideau.)

(Avant que la troupe salue, le rideau remonte : les treize femmes défilent pour une retraite aux flambeaux, dans une chorégraphie d'Antoinette Gomis sur Nina Simone, She Doesn't Know Her Beauty.*)*

(Rideau.)

L'extrait de poème récité par Célia à la scène V de l'acte III est un passage de « Pétrifiée pétrifiante » d'Octavio Paz (in *Le Feu de chaque jour*, Gallimard, 1986) ; et le vers : « Oh encore une mer à traverser pour que j'invente mes poumons » est d'Aimé Césaire.

Remerciements

À Thierry BILLARD qui cultive l'art consommé de vous arracher des promesses d'écriture.

À Sophie CHARNAVEL, bulldozer de joie, qui concilie la rigueur professionnelle avec une intense socialité.

Annexe

TRIBUNE

Pourquoi nous, juifs et humanistes, condamnons sans appel les agissements de la police israélienne aux obsèques de Shireen Abu Akleh

La violence perpétrée contre le cortège accompagnant la journaliste américano-palestinienne vers sa dernière demeure est contraire aux valeurs du judaïsme.

Par collectif.
Publiée le 16 mai 2022 à 16 h 07 dans *L'Obs*.

Tous les signataires de ce texte sont humanistes – et juifs. Juif, chacun l'est bien sûr à sa façon. Mais en la circonstance, croyant ou pas, pratiquant ou pas, sioniste ou pas, ayant ou non développé des relations fortes avec Israël, les différences comptent peu. Le point commun de tous les signataires de ce texte est qu'ils donnent à leur attachement au judaïsme une portée éthique. Et même si certains ne sont pas habitués à le faire, c'est bien en tant que juifs qu'ils s'expriment ici publiquement.

En 2018, la Knesset déclarait Israël État-nation du peuple juif. Sans qu'aucun d'entre nous ait été consulté sur ce que pouvait signifier pareille définition, ni n'ait participé à l'élection des parlementaires qui l'adoptaient. De cette façon, la Knesset rendait d'office les juifs de diaspora et au-delà le judaïsme lui-même coresponsables de la politique menée par les instances dirigeantes de cet État.

Il s'agit là d'un évident abus de pouvoir. Les juifs de diaspora ne peuvent d'aucune façon intervenir dans la définition de cette politique. Et le judaïsme n'a de toute évidence rien à voir là-dedans. C'est là la seule chose que nous, juifs, voulons aujourd'hui rappeler solennellement.

Pourquoi aujourd'hui ? Parce que le vendredi 13 mai, comme vous, comme des millions de personnes dans le monde, nous avons été les témoins bouleversés de la manière dont la police israélienne s'est attaquée au cortège de ceux qui souhaitaient accompagner à sa dernière demeure la journaliste américano-palestinienne Shireen Abu Akleh, tuée sur le terrain alors qu'elle couvrait la prise d'assaut du camp de Jénine le 11 mai par les forces militaires israéliennes. Témoins de la manière dont cette police s'est attaquée à ceux qui portaient son cercueil, et à son cercueil lui-même, qui a manqué de peu d'être renversé.

De tels faits, attestés par des images relayées sur toute la planète, souillent la terre dont certains croient qu'elle leur a été donnée par Dieu. Ils souillent aussi le judaïsme et notre humanité commune. Nous, juifs et humanistes, déclarons que cette police n'est pas notre police, que ses donneurs d'ordre ne nous sont rien. Et que les actes dont cette police et ses donneurs d'ordre se rendent coupables ne nous engagent pas.

Le judaïsme, quelle que soit la définition qu'on en donne, n'autorise ni n'ordonne aucun acte semblable. Héritiers, chacun à sa façon, d'une histoire séculaire faite de justes combats et de souffrances sans nom, nous, juifs et humanistes, avons de la judéité une idée incompatible avec la perpétration de tels actes. De cette judéité, nous ne détachons pas certains principes à nos yeux intangibles. Le simple respect des morts et de leur corps en fait partie.

Premiers signataires :

Jean-Christophe Attias, directeur d'études à l'EPHE.

Esther Benbassa, directrice d'études émérite à l'EPHE, sénatrice de Paris.

Dominique Vidal, journaliste et historien.

Tauba Alman, militante associative.

Corinne Atlas, autrice.

Sophie Bessis, historienne.

Hervé Bismuth, enseignant-chercheur à l'Université de Bourgogne.

Bernard Bloch, comédien, metteur en scène et auteur.

Henri Blotnik, documentaliste.

Hervé Élie Bokobza, auteur de *Israël-Palestine, la paix à la lumière de la Torah* (2009) et de *De la violence juive* (2018).

Brigitte Denker-Bercoff, enseignante-chercheuse.

Bernard Frédérick, journaliste.

Philip Golub, politologue, professeur à l'American University of Paris.

Jean-Guy Greilsamer, militant juif antisioniste.

Viviane Guelfi, enseignante.

Gérard Lévy, militant écologiste.

Laurent Lévy, retraité, Marseille.

Chantal Morgenbesser, enseignante retraitée.

Béatrice Ores, militante antiraciste.

Richard Rechtman, directeur d'études à l'EHESS.

André Rosevègue, militant anticolonialiste, Bordeaux.

Elisabeth Salomon, retraitée.

Carol Shyman, vice-présidente du festival Palestine en vue.

Pierre Stambul, juif antisioniste, fils de déporté.

Rinke van den Brink, journaliste et écrivain, Amsterdam.

Dominique Ventre, juif antisioniste.

Richard Wagman, militant anticolonialiste.

Michel Warschawski, militant anticolonialiste, Jérusalem.

Idith Zertal, historienne.

Composition et mise en pages
Nord Compo à Villeneuve-d'Ascq

#lisez engagé !
www.lisez.com
Pour plus d'information :
Imprimé sur du papier issu de forêts gérées durablement.

CET OUVRAGE
A ÉTÉ ACHEVÉ D'IMPRIMER
SUR ROTO-PAGE
PAR L'IMPRIMERIE FLOCH
À MAYENNE EN DÉCEMBRE 2022

N° d'édition : 64728/01 – N° d'impression : 101586
Imprimé en France